書寫青春 15th

第十五屆台積電青年學生文學獎

得獎作品合集

聯經編輯部——編

序：縮影與理解

台積電文教基金會董事長　曾繁城

「台積電青年學生文學獎」自二〇〇三年起舉辦，迄今已邁入第十五年。若以人的成長來看，十五載光陰足讓一位志學少年成長為而立壯年。十五年的文學影格，映現出世代思考與文字軌跡，猶如青年創作者的縮時風景。

本屆文學獎以「回看所來處」為題，邀請十四位歷屆得主兩兩一組對談，回望成長道路。當年的文藝少年少女們，有的成為文字編輯，有的投身影像、藝術，有的則出版了新作品。文學苗火在文壇中各自找到自己的座標，逐漸擔負重任、燦爛發光，實為可喜。活動期間也舉辦了「學生最愛十大好書」票選活動，藉由網路平台及獨立書店的合作，描繪新世代的閱讀版圖。藉由文學對談與好書票選，期望為此文學交流平台增添對話及動能。

本屆三組徵件分別為小說一六四件、散文一一八件、新詩一九六件，網路徵文「三行告白詩」一六〇〇件，共計逾二〇〇〇件文字作品。高中生正處於身心急遽成長的人生階段，「啟蒙」遂成為重要的主題。小說首獎〈有聲〉文字精緻，有意識地以瑣碎噪音堆疊出戲劇性與張力，具象出內心的密室；散文首獎〈黑瞳〉以瞳孔起筆，深刻描寫初見人性黑暗面的衝擊與無奈，所有祕密最終隱藏在黑瞳中；新詩首獎作品〈一起褪色〉則誠實面對自我，聲響、節奏與意象的運用相當細膩，清新平實地呈現出流動的思緒。這些優秀作品以文字打磨生活中的困惑與啟發，其中流露的真誠尤為珍貴，文壇未來的新力量與新面貌儼然成形。

誠如評審林德俊所言：「這個文學獎是一個可以看見彼此的場域，讓整個社會與年輕人能透過文字對話。」千禧世代的青年朋友出生於資訊洪流之中，「文字書寫」被快速所壓縮，經常被認為是「失去語言的一代」；然而，我們藉由這些甚具想像力的作品，得以全新的眼光回看青春世界，世代理解於焉誕生。

目次

序：縮影與理解　台積電文教基金會董事長　曾繁城　002
第十五屆台積電青年學生文學獎短篇小說組金榜　008
第十五屆台積電青年學生文學獎散文組金榜　010
第十五屆台積電青年學生文學獎新詩組金榜　012

短篇小說獎

首獎　有聲　呂翊熏　014
二獎　熱鐵皮屋裡的春天　賴君皓　026
三獎　玻璃彈珠都是貓的眼睛　張嘉眞　039
三獎　外來者　呂佳眞　056
優勝獎　東東的足球鞋　陳澤恩　068
顏色　陳子珩　079
瘤　陳姵妤　094
窺屏　宋明珊　109
短篇小說獎決審紀要　123

散文獎

首獎　黑瞳　吳玟錡　140

二獎　小帳　曾俊翰　147

三獎　無題　王柏雅　155

優勝獎　現形記　陳品融　163

痕　廖予親　170

眼　陳佳筠　178

空地　胡皓羽　185

上年　宋文郁　192

散文獎決審紀要　200

新詩獎

首獎　一起褪色　周予寧　221

二獎　雨光　王采逸　226

三獎　未成年的魚　馬安妮　230

優勝獎　我們順著它走　張世妁　234

你問天主在哪兒？　蔡佩儒　239

網路視界　紀博議　243
唯一　李季璇　247
黎明之前　宋梵遠　251
新詩獎決審紀要　255

二〇一八高中生最愛十大好書　280

選手與裁判：支撐寫作的，是寫作之外的事——莊勝涵／記錄整理　281

附錄

作家巡迴校園講座

第一場　文華高中　充滿故事的空間　李孟豪／記錄整理　289
第二場　蘭陽女中　詩意的排列演算　詹佳鑫／記錄整理　295
第三場　嘉義高中　文學的第一個瞬間，靈光的啟蒙與接近　陳育萱／記錄整理　303
第四場　板橋高中　只有你能捕捉的寶石光澤　李蘋芬／記錄整理　310

徵文辦法

二〇一八第十五屆台積電青年學生文學獎徵文辦法　316

文學專刊

文學還在　吳睿哲／劉眗南　320

台積電文學之星

能夠一直寫下去的人生　林育德／江佩津　329

特別收錄
文學遊藝場

陪自己玩的青年　林宜賢／蔡均佑　338
關於改變　陳玠安／陳又津　348
新手作家，遲到中　翟翱／鍾旻瑞　357
在眞實中枯竭　鄭琬融／蔡幸秀　366
Present　蕭詒徽／盛浩偉　375
「三行告白詩」徵文辦法　384
三行告白詩——示範作　385
三行告白詩——駐站觀察　387
三行告白詩——優勝作品十首　392

第十五屆台積電青年學生文學獎

短篇小說組金榜

首獎
呂翊熏〈有聲〉
獎學金三十萬元，晶圓獎座一座

二獎
賴君皓〈熱鐵皮屋裡的春天〉
獎學金十五萬元，獎牌一座

三獎
張嘉眞〈玻璃彈珠都是貓的眼睛〉
獎學金三萬五千元，獎牌一座

三獎
呂佳眞〈外來者〉
獎學金三萬五千元，獎牌一座

優勝獎

陳澤恩〈東東的足球鞋〉

獎學金一萬元，獎牌一座

優勝獎

陳子珩〈顏色〉

獎學金一萬元，獎牌一座

優勝獎

陳姵妤〈瘤〉

獎學金一萬元，獎牌一座

優勝獎

宋明珊〈窺屏〉

獎學金一萬元，獎牌一座

第十五屆台積電青年學生文學獎

散文組金榜

首獎
吳玟錡（筆名：夏茈）〈黑瞳〉
獎學金十五萬元，晶圓獎座一座

二獎
曾俊翰〈小帳〉
獎學金十萬元，獎牌一座

三獎
王柏雅〈無題〉
獎學金五萬元，獎牌一座

優勝獎
陳品融〈現形記〉
獎學金八千元，獎牌一座

優勝獎
廖予親〈痕〉
獎學金八千元，獎牌一座

優勝獎
陳佳筠〈眼〉
獎學金八千元，獎牌一座

優勝獎
胡皓羽〈空地〉
獎學金八千元，獎牌一座

優勝獎
宋文郁〈上年〉
獎學金八千元，獎牌一座

第十五屆台積電青年學生文學獎

新詩組金榜

首獎
周予寧〈一起褪色〉
獎學金十萬元，晶圓獎座一座

二獎
王朶逸〈雨光〉
獎學金五萬元，獎牌一座

三獎
馬安妮〈未成年的魚〉
獎學金三萬元，獎牌一座

優勝獎
張世夠〈我們順著它走〉
獎學金六千元，獎牌一座

優勝獎

蔡佩儒〈你問天主在哪兒？〉

獎學金六千元，獎牌一座

優勝獎

紀博議〈網路視界〉

獎學金六千元，獎牌一座

優勝獎

李季璇〈唯一〉

獎學金六千元，獎牌一座

優勝獎

宋梵遠〈黎明之前〉

獎學金六千元，獎牌一座

短篇小說獎　首獎

有聲

呂翊熏

個人簡歷

呂翊熏，2000 年生，新竹女中二年級，校刊社退役網管。袖珍少女，自比為一隻小刺蝟。

得獎感言

看到通知的時候我是滿口韭味，坐在床緣。真的很驚訝，從通知信到編輯來電，都像是一場未醒的夢。

感謝很認真給建議的班導、陪著我的朋友、讓我有信心的竹女竹中文藝獎、媽媽跟哥哥、還有所有成為我動力的。

謝謝這個美好的獎項。

我還在摸索，嘗試讓自己能夠承擔「不錯」與「不輟」。

有聲

終於告一段落了，庭映從貓眼看出去。不是歧視有點毛病的小孩，是他們太誇張了，既然有問題就應該好好照顧，每天每天都是摔東西的聲音。人家問就說不好意思小朋友走得不是很穩，扶了椅子卻反而把它弄倒了，有時候就是會不小心把桌邊的東西掃到地上啊，他還需要練習的。因為擔心小孩跑遠就讓他在兩戶之間、電梯之前玩耍，那明明是公共空間，更不用提發出的噪音。剛好在會考之前搬走，女兒也能有個安靜的讀書空間，不必再接接送送了。貓眼外扭曲的人們搬運著，把箱子放在電梯口，任由它被沉重的門撞著發出低吼，門裡走出一個小男孩，一副眼鏡，雙腳裝著白色的支架，關節看來不太能彎，吃力地走著，然後門鎖一陣翻騰，一切都進到電梯裡了。接下來像是畫面倒轉，另一戶人家，在貓眼裡被部分放大地播放。

庭映用抹布輕拭老舊的空氣清淨機，那是好久以前在一個百貨特賣會上買的，那時候銷售人員還提醒這型號比較舊，運轉可能會有點聲音，她笑著說沒關係，能清淨空氣就好。其實製造聲音才是目的，曾經沒有這台機器她就無法入眠，家裡充斥著別家的聲音，翻倒的聲音、小孩的尖叫、誰家母親的聲嘶力竭，多像是活在別人的生活裡。一手覆著抹布，一手抓著插頭，從電線頭擦到電線尾。橡皮筋會脆化，她從流理台下的抽屜裡拿出吃完麵包後留下的密封用鐵絲，把繞了又繞的電線固定好，整台用塑膠袋包起來放到儲藏室。世界終於有了寧靜的時刻。

夜裡似乎還是有細碎的聲音，畢竟這是舊國宅，不能太要求隔音的，不是硬生割開眼皮的，就別太計較了，睡得不是很安穩，但總是能睡著了。

隔天撕開白晝的，是某家辛勤的烏克麗麗，清脆的撥弦從早上七點就開始。庭映躡手躡腳地走出房門，看了看隔壁房間，發現女兒早已坐在書桌前。

「你被吵起來的喔？」庭映倚著門框問著。

「嗯，很早就起來了。」女兒翻著書像是在找什麼。

「還沒吃對吧？」庭映胡亂地紮起頭髮往廚房移動，從冷藏的抽屜拿出兩顆蛋，打開另一個門抽出兩片冷凍的吐司放進微波爐回溫，時間鈕一轉，伸長了手把抽油煙機按開，開火熱鍋下油，想著考生需要更多營養，又從冰箱拿了起司片出來，不一會兒吐司貼蛋就完成了，她喊著女兒的名喚她出來吃飯。

「你拿著背包是要去哪裡？」庭映看著女兒拎著的背包問道。

「去圖書館啊。」女兒把背包靠著桌腳放著。

「現在家裡又不吵，在家念念看啊，每次都要出去接你也很累的。」庭映把吐司對折著吃。

女兒把吐司挪到邊緣，兩手把盤子端起，試圖在不弄破蛋黃的方式下食用，「嗯。」她嘴裡咬著吐司應道。

烏克麗麗在不知不覺中消失了，也可能是存在被習慣了。早餐後，女兒回房奮鬥，庭映把一籃衣服從浴室提到後陽台，假日的早晨，大家都在洗衣服，各家洗衣機注水的聲音像是不同音高的合唱。洗衣機有點年代，庭映離開後陽台前特別確認有沒有真的啟動，已經不只一次沒有確實按到了。走經廚房，順手把抽油煙機關掉，到客廳沙發上摺著昨天洗的衣服。已經很久沒有這麼安靜過了，以前還需要時刻開著電視來蓋過那些跌跌撞撞，現在不需要了，但是沒有電視聲總是怪怪的，開了電視，並把音量調小以免吵到女兒。她突然想到如果女兒一直在家，那就不能吸地，這是一定會吵到她的。

新鄰居的職業是保母，其實這一帶做保母的很多。有中庭可以遛小孩，附近也有中小學，送上學的時候可以順路，這一棟應該就有四、五戶是當保母的吧？但之前好像從來沒有這麼深刻體認到這件事。大概八、九點的時候門外開始有動靜，大概是不願意離開母親，有些小孩哭鬧著。每一次出來迎接孩子，聲音都會隨著門的打開被釋放，透著牆壁的每一個毛孔滲進另一頭的屋子。藉著整理家務的走動，庭映步過女兒房前，還好聲音傳不太到她房間。

下一次有對話透過來是晚上六點左右，父母來接回小孩，會逗留在門口講幾句話，比早上的寒暄要久許多，可能為了表示熱情，保母太太講得有點激動，還有搭配手勢，讓人想到親子台帶動跳的大哥哥大姊姊，要以這樣的姿態跟人講話感覺好累，記得女兒還小的時候帶她去過一次見面會，在百貨外的廣場排了好久，試圖勸退女兒卻都以失敗告終。那些名字以水果開頭的大哥哥大姊姊做著標準化的動作，揮手時不只動手腕而是以手肘為軸心，那燦笑不知道有沒有規定要露出幾顆牙，源源不絕的小朋友就像遙無盡頭的生產線，做這樣的工作也是不容易的。庭映有點頭痛，不知道是因為噪音還是這樣的應酬方式讓她看了就皺眉。她喚女兒出來吃飯，關心一下念書的情形，問了下次模擬考的日期。晚飯拌著一組一組的家長下嘛，其實別人不是很有興趣聽到你家小孩今天大便正不正常，庭映把電視音量調大。

對門的保母家常常不關大門，聽說是從眷村搬來的，聽說那是個鄰居之間感情很好、都不用鎖門的地方，就這樣把生活細節都放出來給大家知道，不會很赤裸嗎？每次只要稍微有點聲響庭映就會到門口看看發生什麼事，從外面是看不出來裡面的人在用貓眼的，能夠不著痕跡地看光一切。

「不好意思，可以請你們小聲一點嗎？」庭映往對面半開的門內喊道。

保母太太急忙出來。「不好意思啊，小朋友有點太吵了吼。」

「如果門可以關上的話會比較有隔音效果啦。」可能是因為穿著室內拖走出家門，庭映覺得有些不自在。

「喔喔喔真的很不好意思。」保母太太關上門與對話。

庭映走回屋內，光著腳拎著室內拖去浴室洗，餘光從半掩的門瞥見女兒念書時竟然戴著耳機，這樣怎麼能專心呢？有沒有在聽啊？而且門關著空氣不流通腦袋會不清楚的，距離考試沒剩下幾天了要好好把握才行，她嚴肅地告誡著孩子，悻悻而離。

「就是這樣戴耳機才會沒有聽到我講的話。」庭映嘴裡碎念著，沒有看見女兒摘下沒有插在任何東西上的耳機。

再從貓眼看過去，對面的門是緊閉的，庭映鬆了一口氣，想著跟鄰居說話的時候態度應該不至於太强硬，還好沒有因為一時衝動而暴走。跟前任住戶反應的時候好像有點太激動了，棟委也來暗示過，說人家照顧孩子壓力也很大的，哭哭啼啼地找他來家裡看實際情況，還借了分貝計來測，最後搞得像是沒事被找碴。當然不會達到噪音標準，聲音不是持續的，但偶爾一次，那種不規律才是讓人抓狂的地方。但之後好像被人調查過行程一樣，門在庭映下班回家之後才關上，金屬的門像被狂風催著似地，「碰」。撞擊聲常讓庭映為之一震，要是女兒這樣關門，絕對免不了被念上幾句的。像是要漸漸讓人習慣，對面的門打開的時間越來越長，庭映也越來越常走去玄關。有時候太急了，眼鏡直接撞上貓眼的框。

鼻的抽動，今天先傳過來的不是聲音，是煎魚的味道。庭映急忙開窗、開抽油煙機，四處尋著來源，從貓眼發現對面的門半開，開點門縫，味道直刺進來，接著是小孩嬉鬧的聲音。足跡蔓延了，像是宣示領地的貓，如此趁人不備地繞遍每一個角落留下存在，兩戶間的走廊上多了許多小朋友的用品，嬰兒車就大剌剌停在路中間，滅火器被當成門擋。貼著門的手掌微微出汗，呼氣讓魚眼鏡面開始生霧，視線逐漸模糊。

不是沒有試過再提醒幾次，但每次都脫離不了輪迴，過沒幾日又能聽到聲音。那些噪音像咒文纏身，能聽得懂的內容讓人更無法忍受，某次聽見保母太太說再吵對面的阿姨會來罵人的，荒唐的說法讓庭映不知該作何感想，納悶為什麼永遠都是她被當成壞人。某次公司聚餐，預留好晚餐，留女兒在家，回家卻看見女兒坐在電視前，雙手泡在臉盆裡。聽她說端湯麵時被突然的尖叫嚇到，左右一搖，滾過的湯灑在手上，趕緊把麵放下，沖水，一離開水連筷子都拿不穩，所以就一直泡著。庭映看了看女兒的手，確認沒有外傷，下樓去買了包鹽巴，鹽巴比較吸熱，應該是比水更有用，就這樣泡到睡前。隔天手還是起了水泡，還有腳被滴到的部分。

把水龍頭拗向一邊，等熱水來，庭映戴上橡膠手套準備洗碗，這原本是女兒的工作。恰恰相反，庭映習慣戴著手套洗碗，但女兒戴了手套反而不會洗了。畢竟女兒手小，通常手套都太大，多餘的部分在指尖擠成一坨，也容易摔盤子，很難湊合著用。看著水泡越來越大，她碎念著等等要叫女兒去找校護看看。她聽見風鈴的聲音，懸在門把上的風鈴，參雜在水聲裡面，她讓女兒養成睡前要去鎖門的習慣，風鈴是為了讓這個動作發出聲音，讓她知道女兒什麼時候睡的。讓左右手拉了拉彼此的指尖，她脫下手套走到門口，對面的孩子在狹小的公共空間溜著蛇板，好不容易加速成功就到了走廊的盡頭，撞上別人家的門，讓風鈴震得花容失色。庭映扳了門鎖打開門，那小孩立刻停下，還沒來得及說什麼孩子就躲回家門內，她不禁懷疑自己是不是看起來很兇，輕闔上門。

「媽咪，房間裡聽得到我在溜蛇板嗎？」庭映停下腳步。

「聽得到啊，怎麼了嗎？」保母太太這麼回道。

「噢我跟你說，本來想說對面搬走了是一件好事，沒想到來了一個更糟的。」庭映講著電話抱怨道，沒有找個人講講心裡很不爽快。有時候是傳訊息，但其實沒什麼不同，耐心敵不過打字速度，庭映用語音輸入，不過還是不太好用，可能要重複講好幾次，或是換句話說再講幾次。電話的另一頭通常是些應和聲，偶爾會有人忿忿地說著以「這種時候就應該……」為起手式的制裁方法，庭映都是說要再溝通看看，畢竟因為抱怨前鄰居也跟棟委搞得不太愉快，換了新鄰居沒多久又再跟人家發生問題，會被人家覺得是自己的問題的——直到庭映的最後一絲理智被截斷。

一大清早的，理當不會有人來拜訪，電鈴卻響個不停。被吵醒的庭映走向玄關，從貓眼看出去，是一個死小孩踩著蛇板按電鈴。住了這麼些年，門也舊了，似乎再也關不緊，永遠都有縫隙，現在被蛇板撞得能緊閉，但沒過多久又微開，就這樣持續開合，連帶整間屋子都在震動，還附帶橡膠拖鞋落地的聲音。庭映想著一定要好好說說這小孩，彎腰打開門鎖，但一有開門鎖的聲音，那小孩就撤退回家了，當她打開門的時候只剩下微微內靠的大門，與拖鞋拍打腳底板和地面的回音。庭映撥了撥頭髮，隨手拿起鞋櫃上的外套，前去按對面的門鈴，保母太太卻矢口否認孩子做了這樣的事，堅持他們都還在睡覺，那孩子不是別家托的就是她自己的孩子呢！她冷靜的應對讓庭映啞口無言。

庭映坐在電腦前，樓上若有似無的腳步每一次漸强都像是被人從頭上踩過，受不了只好起身，在屋內來回踱步，彷彿是在各頻道間遊走，不同的頻率播著不同家的故事。有個故事是說有個人從樓頂跳下來的時候，從外人的角度看見了下面每戶人家的心酸（當然這絕對是慢動作的），然後後悔地說著早知道就不要跳下來，在她來看根本沒這個必要，在家裡走動就能知道一切，像是停不下來的有聲書，卻也沒有靜音可以按。一度想要去按棟委的電鈴，查了環保局的聯絡方式，從回收箱裡翻出社區通知想找到管理中心的電話。拿了膠帶想把家的每一個隙縫都貼住，望向了門，但不能封四邊，沒有其他地方好貼，最後她把內側的鑰匙孔貼了起來。

不想參與哪家的紛爭，庭映把電視打開，聲音調大，在沙發上按著電話號碼，焦慮地抖著腳，四顧自己被入侵的家，走向玄關，拿電話的手從右手換到左手，夾著，從貓眼望去，對面的門開了個小縫，可能因為有風或是其他原因，愈開愈大。電話終於被接起，沒給對方空檔抱怨為什麼這麼早打電話來，庭映劈哩啪啦地講了一堆，音量漸大，為了蓋過被調大的電視聲。庭映話越講越急，她可以感受到從脖子開始發紅延伸到額，毛孔打開、血管擴張，熱氣從臉上蒸騰，不知不覺她也變得如此激動。「你不知道他們有多惡劣，上次……」

忽然，「碰」的一聲。這次是來自女兒的房門。

名家推薦——

這篇作者對自己提出議題的實踐度，已接近百分之百，顯現他對小說有很好的駕馭能力。——童偉格

在現代蜂窩式的居住環境裡，我們的生活往往是被噪音困擾的，這篇作品顯然有一個取經的對象或眞實的生活經驗，而作者能將其化爲細節化的洞見，讀來充滿眞實感。——甘耀明

這篇乍看之下瑣碎，其實文字功夫非常精緻，它的瑣碎不是冗言贅語，是有意識地段段推進。作者找到了一個適合的語言風格來呈現，從題材的選擇到體裁的控制，都令人欣喜。——黃麗群

短篇小說獎　二獎

熱鐵皮屋裡的春天

賴君皓

個人簡歷

賴君皓，1999年生，建國中學三年級，台北人。將入學交通大學電機系。

最喜歡的食物是烤馬鈴薯。

得獎感言

感謝評審願意花時間讀完這篇作品。
感謝父母與朋友們（還有我的兔子）。
感謝啟發我的吳岱穎老師，我很喜歡論語和詩經的課。感謝陳正來先生；感謝謝恭正先生。

第一次嘗試寫小說，有許多應完成而未完成之事，希望未來不會荒廢這條路。

熱鐵皮屋裡的春天

陽光始終透不進來。五月中的午後，冬日離境已久，夏天銜接不上，乍暖還寒。工業區旁少見花草和禽鳥，春意淡薄。

狹窄書房悶熱，陣陣催人欲睡。但我勉强醒著——倒不是趕著念書，我早念完了。只是提防指考下午精神不濟。百無聊賴，但我仍舊待在房中，因為這個時間點上哪兒去都少了點理由。

台上一個身懷六甲，台下個個含苞待放，諺語說女人心海底針，我看連女人也摸不透彼此。滿腔理念不顧身孕，硬是陪高三學生闖蕩升學道路。我們悶壞頭殼也想不到放棄產假就因為這理由。

女孩們，差不多得開始調整作息囉。年輕女班導語帶過溢的輕快腔調，但聲音被口罩打散泰半，細若游絲。我們小口呼吸聽著。

「四十個日子後就七月一號，老師跟妳們一樣緊張。妳們準備這麼辛苦當然希望考好。不過，老師還是要妳們知道，這些都是過程。」班導沙啞，右手撐著黑板溝，左手扶住小生命。「重要的是妳們在過程中學到什麼，不是最後的結果。」

女校，高三女學生，年輕女班導。卻是反常一班，師生並不因年齡相近而親暱，反倒是隔著一條不深不淺的代溝相安無事。前腳進門老師好後腳出門老師再見，一字一句不逾越本分的關係。

「除了睡眠，妳們要特別注意生理期。每年都有學姊上考場前突然來，失常沒考好。這不能怪妳們，但事前還是多做一點準備。老師建議同學們不要熬夜了，作息固定。你們學姊都是這樣子過來的。」結尾句號凝結空中，要落不落。大家忽然有志一同地抬頭看了她一眼，口頭禪又犯，「你們學姊都是這樣過來的」。

這倒也是一句話舉重若輕。誰都知道沒法子保所有人平安，學校和學生都是走一步算一步，學校挽顏面學生挽事業。最後走順的攀上公車廣告招搖過市；走壞的，長江後浪推前浪，降志願、重考，隱姓埋名等下次浪來。殘酷，但都這節骨眼了，誰也沒心思多同情誰一些。

沒人開口，千思百緒一閃即逝，眾人又低下了頭，多讀一點是一點。空氣裡溫溫酸酸的梅雨味教人昏眼。春天的氣味封閉壓抑，教室沒開冷氣，潮濕朦朧。身後的同學呢呢喃喃討論中藥調經的配方，台上班導被小嬰兒吸光靈氣般憔悴失神。

所有人都只求一個自保。這時候誰也沒心思多同情誰一些。

我的房間寶貴，敝帚享之千金。即便只是工業區旁也樓房櫛比鱗次。直截了當的說，對面鄰居看得見我。獨居、蓄鬍、短馬尾，年輕（而窮困）的畫家，我國三那年悄悄的搬進對面，賣畫餬口，我喚他老清。老清的房子是舊公寓的頂樓加蓋，霉氣會在換季肆意鑽出。他是韜光養晦還是江郎才盡，我不清楚，也不好意思問這種問題。

老清的畫室在我房間對面，一覽無遺。他挑明不介意，任由我看，看一陣子看進屋，有時莫名感覺天地不容我，便往老清家跑。那棟公寓和這裡所有公寓一樣老舊。踩著前一個住戶的腳跟溜進大門，冰涼骯髒灰石子階梯，大紅塑膠扶手在手心留下黏黏觸感。第一次爬上頂樓我高一，門鈴三聲便開，我們都十分理所當然的樣子，他沒多說什麼就給進了；倒也冷冷清清沒招待我，大概知道我只是類似避難的心態。

他作畫我看書。創作這種事需要隱私，所以我也不好湊近問東話西，都是趁看書空檔瞄幾眼。通常都是些裝飾屋子的水果瓶盆、風景畫，壓克力油彩炭筆。

而真正吸引我的系列，是一個女人。那女人或坐或站，或裸或衣，這幅玩世不恭又在另一幅畫中脫俗離塵，胸前抱叢玫瑰人竟比花豔。

我在心裡稱她巴黎女人（雖然鼻骨與膚是純種東方貌）。

「小櫻，其實這裡有幾幅是畫妳的。」他有天突然抽出一幅壓克力畫。

我抬頭，「我知道，我在房間看得到你畫。」正方形畫紙上鋪滿灰黑色的骯髒壓克力，一眼辨認是公寓外牆。顏料陰鬱往正中央收斂，囚住渺小的窗，窗裡佇著一個女孩，蒼白冷冽，我。

窗格四周綴著暗黃色的點，認真看了許久，像是蜂。

我抬頭從老清畫室望出去，我的房間當然空無一物。不過窗櫺右方的公寓外牆上，黏了一顆柚子狀褐色球體，細看一晌，竟有隻肥碩虎頭蜂悄悄鑽出。

「妳不知道？」老清好奇道。

「沒注意過。」我承認。

「只有虎頭蜂會在人類屋子內外築巢，」老清向後伸懶腰，「趁變大之前挖掉比較好，我也怕牠們飛過來。」

我納悶大於吃驚，這工業區從來最缺乏綠色植物，再怎麼說食物也不會多，居然發靈感選在我窗戶旁落腳。這些蜂到底什麼居心、什麼風水標準。

那日老清把畫送給我，爾後我成了固定訪客，有時甚至在那混周末。畫室裡能感覺到混著顏料味，溫溫的風。

媽聽我說了蜂窩的事，淡淡說這樣氣運旺，但還是找個日子請消防隊來吧。自此窗戶長久封上，便擱著了。

老清固定幾天不在，會特別修鬍，紮馬尾，更衣。把門窗密密鎖緊拉上兩層繡花紋重窗簾，大概去賣畫。

記得高二時的秋老虎，一個熱得受不了的周日——那是整座城市都把冷氣遙控收妥後，猝不及防的回馬槍。我沉沉從午覺醒後，發現老清的畫室窗開著，簾子卻反常地拉實，隨著熱風有一搭沒一搭的起起伏伏，我愣了一下，以為遭竊，於是坐在床緣細細地看著。

突然刷的一聲簾子被拉開，原來老清沒出門。他看見我愣頭愣腦，指指我，再指指我的窗簾。我還沒意會過來，老清就回到畫板前了。他被蒸得油頭垢面，汗水霧氣熱鬧，脱得剩內褲汗衫。對面的女人——我沒意外多了一個女的，就是那「巴黎女人」。她側躺在老清平時放水果的素描長桌上，西曬的光被老清用百葉濾板篩出一塊塊熱辣光條，就映在赤裸的脖子，恥骨和腳踝上，像一隻肉色斑馬，妖豔詭異。她散亂的黑髮覆蓋住胸脯，嘴中一支香菸裊裊，從側躺的姿勢抬頭望向我，眼角淡淡的魚尾紋勾進黑眼珠底，輕佻而冷冽的向我噴氣。女人對我的窗簾努嘴，便不睬我了。

過了一支菸的時間我才發現女人全身無汗，四肢一層薄膜包住剔透嫩肉且冰涼清爽，老清和畫板的熱氣似乎到她身前便涼了。女人持續抽著菸，我當然沒照做拉上窗簾，就這樣愣愣看了一下午。

「妳叫他啥？老清啊？」

「嗯，他讓我叫他老清。」

「那我叫妳什麼？」

「小櫻，櫻花的櫻。」

「有空多過來玩啊，小櫻。」女人看著老清，吐了一口煙。

有人說活著本身就是一種壓力，吃飯喝水都有風險。怎麼讓自己好過一些是一門學問，倒沒人教。勸和不勸離，勸生不勸死，多數人都找不到理由生存，但更沒理由不活下去。

有次去找班導時，看見一瓶小藥罐，在教師辦公室慘白日光燈下燁燁折射，一顆顆奶白晶亮。標籤寫帕羅西汀。當時班導的肚皮尚未鼓脹，直接在我面前傾出一顆，仰頭和水吞，彷彿維他命。

媽也是這樣吞藥，一仰頭後撒一頭長髮，細脆後頸在髮絲間若隱若現。罐子上標註B群，媽，說謊也該打草稿，B群怎生乳白。後來一查倒非驚世駭俗，帕羅西汀，俗稱百憂解。

媽總在想念離開的人。家裡當然不是一開始就母女相依為命，貧窮夫妻百事哀，幾年前打腫臉充胖子，身無分文卻玩起離婚把戲；鬥到最後所剩無幾，這邊破爛屋子，理當女士優先；至於哥哥則歸爸。屋子換兒子，在爸眼裡倒不失為樁好生意。

就剩我們互相扶持。以客廳為交會點溢向兩個生活的母女，連生理用品都各自獨立。爸和哥離去後，媽開始嗜睡成癮。客廳最角落的沙發是她的位置。壁癌漫漫，一路從天花板頂爬進霉裂皮製沙發，再爬上媽的臉頰和眼角。她縮得像午睡的貓，彷彿一世都蜷在那個角落中，那畫面竟有點安詳。但她總是在白日沉睡，深夜卻在暗室中撐大猩紅雙眼不發一語，瞪著午夜重播的八點檔。不止一次我故意走到她面前，卻遲五秒才有反應。小櫻，這麼晚了沒睡？

我不喜歡她如此，但又深怕改變了這泥淖生活的任何一點，都足以讓她從勉强取得的平衡中失足。只能帕羅西汀給吃，午覺給睡，神靈求的符燒灰泡水給喝。偶爾午夜時我會窩到沙發一頭陪她，舊電視的光刺破黑暗，毫不留情地轟炸視網膜。劇不連戲詞不達意言不由衷，但我想這一室的破舊配上這些二流的光，多半荒涼得非常協調。

「小櫻，這學期的獎學金老師幫妳蒐集好了，回家拿給媽媽簽名，禮拜一拿過來。裡頭至少八成有機會通過。」班導把百憂解收回抽屜，拿出薄薄一疊紙，順勢用藍筆揉揉太陽穴，然後抬頭望向我，奮力擠出一抹微笑。

我看向她，忽然有些暈眩，彷彿她也縮在剝蝕沙發的角落。也許不是角落，此刻她就被困在辦公室强硬切割出的隔板中，像媽一樣無助脆弱。

「謝謝老師。」我逃開。

那次瞧見老清的女人後，他們作畫也不拉窗簾了。就任憑我看，他們也通風。有時我甚至就過去閒晃，女人跟老清一樣冷冷的，任老清吩咐擺姿勢（大部分時間衣服穿得好好的），他們作畫我看書，偶爾放一點音樂。

女人確實是和他拍拖的。過了很久我發現她的冷洌是天生使然，別的紛紛擾擾透不入，她又昂然自得鎖著那份冷酷，冷進骨子裡還帶刺。她愛跟老清時就跟老清，膩了悄悄離開；不愛同我說話便像塊涼刀片，愛同我說話又似冰雹打熱柏油，敲得我舌根糾結。

女人有次對我講起蜂窩的事，她說小時候好奇打死了一隻蜜蜂，半晌同夥三兩成群前來報仇，嚇得她逃回家後整個夏日足不出戶。之後整暑假作著蜂群侵門踏戶的噩夢，讓她日夜守在窗前。別人看起來以為思春，卻不知道她是害怕。

「妳讓我想起這段回憶。」她說。

我從畫室望外看。蜂巢從柚子變成足球大小了，母親和我許久不敢開窗，日夜緊鎖，又互相不率先發難打給消防隊，便擱著讓牠們一步步試探底線。

女人若有所思吞吐著雲霧，沒有要把話題接下去的意思。

蜂窩越滾越大，遲早有天滾出事。

鴨卵密密也有縫——三隻虎頭蜂沿水管飛進來，找上了媽。一被螫到不妙，媽趕緊開了門自己叫救護車，沒多久昏倒。春初那日眼皮亂顫，感覺不對，果真班導找上我。妳媽在醫院。

好在媽難得機警，傷不重只需休養，醫生說她處理得好，昏倒前甚至記得把健保卡握死在手心，深怕要自費。

我在病房裡看著她靜靜地睡，當然沒人探望，形單影隻。

哥在離開前，有天突然語重心長——妳要哪天運氣走壞了，自己小心照顧自己。話說得那樣好聽。他知道遠水救不了近火，於是把水搬更遠一些，順勢把這層關係抹掉。我不怪他，我們各自承擔自己的壓力，哪天爸出事了我也未必就比他更仁慈慷慨一些。

媽翻了身，我突然有點惱，怎麼那群蜂我都井水不犯河水，河水自個來找碴？不諱言我跟媽是疏忽了，或是懶，任牠們一天晃過一天。但非得要撕破臉面，弄個死活才過癮？

媽安詳的側著身呼吸，一起一伏。

我看看時間，打了電話給消防隊，擇日便來。

「小櫻，家裡還好嗎？」班導問。

「不好。」

她看了我一眼。「再怎麼不好也得把生活過下去。」

「那妳呢？妳過得好嗎？」我反問。

「妳看我的樣子能好嗎？」班導苦笑。

我們交換了一口空氣，沒交換意見。

「今年春天真長呢。」班導有意無意的說。

「我有打給消防隊了。」我說。

「恭喜。」

「也許拆掉蜂窩之後生活會舒服一點。」

她點點頭，「有問題隨時告訴我，妳們學姊都是這樣過來的。」

「……有沒有過不來的？」我反問

班導微笑，沒有說話，左手靜靜扶著肚子。

大工程，母女倆被請出家門，街坊被告知別出外遊蕩，頓時鬧空城。媽去了廟裡，我蹲在公寓灰石子樓梯上，聽著消防隊在幾道牆外作業。

高頻率的振翅聲穿透水泥與熱鐵皮，刮過耳膜。到底有多少的蜂，能夠發出這麼大的聲響？就連摀住耳朵，都能感覺到震動，令人暈眩。我彷彿看見牠們像潮水一般湧出，一根根毒針，拍打窗戶，令人絕望。

明天之後這事可以了結吧。然後打開窗戶能感覺到春日溫暖的風，也許在窗邊放盆植物，雖然不會生得太好。

閉上眼睛我想起班導師臨走前心力交瘁的雙眼，她的左手支持著下腹部。也許人生就是一灘爛坑，舉步向前卻愈發陷落。終究是要沉進去的，但我們都勉强抓住一線生機。是這樣吧。

想著想著，腦中突然一熱，響起一句話，「你們學姊都是這樣過來的」。

那句話圍繞在耳際，許久，然後消失時留下耳鳴的感覺。感覺不妙。

我繃起脊背，潮濕而黏膩的感覺將我吞沒。下腹部深處絞痛，大腿根已經濕潺。

泰山崩於前而面不改色。直視前方，我緩緩下樓，一步一跨之間在老舊的樓梯上留下鮮紅記號。一路暗示我的去向。

我推開公寓的大門，忍住不往後看。腦後昆蟲的哀號撕心裂肺，頭頂有數百隻毒蜂飛舞，與細紗網搏鬥。我以極緩慢的速度，穿越巷子，但願牠們聞不到血的氣味。

老清公寓的大門沒有上鎖。上樓卻更加煎熬，紅色塑膠扶手在手心留下黏黏觸感，血在樓梯地板上留下黏黏觸感，彷彿踏進了泥濘。

終於爬上了頂樓，門鈴響。老清，拜託開門。不可以往後看，但我能聽到翅膀在我身後震動，近在咫尺，尾隨而上。

那女人腳步聲接近門口，隔著一道門我似乎聞到她香菸的味道——冰冷而帶刺。女人這時是什麼表情？我突然感到害怕。

她在門口停留許久，並向老清說了些話。我踩在自己製造的爛坑裡，動彈不得。不知到底經過多少時間，空氣寂靜得像被凝固。

我終究回了頭。

毒蜂以最優雅的弧度張開翅，慢動作劃過空氣，朝我逼近，從容不迫的。

黃黑斑斕眩目——牠降落在我鼻梁上一剎那，我終於在牠身上聞到了，春天的味道。

名家推薦——

這篇是非常奇幻的書寫，看作者調度「隔窗觀看對面的畫室裡的老清和模特兒」以及「我身後的壞掉的母親」這兩個空間，各自展現了這位年輕小說家的造境能力。——駱以軍

這篇作品在常見的啓蒙裡面達成了一種反啓蒙。也許大家都在找一個方式進入成人世界，在這種時候，小說其實處理的是這個門檻，寄望完成一種啓蒙；但這篇它用直觀的方式告訴我們，他明白這些成年人可能會有的疲累與匱乏。——童偉格

短篇小說獎　三獎

玻璃彈珠都是貓的眼睛

張嘉真

個人簡歷

張嘉真，1999年生，高雄女中三年級，即將變成在台北生存的人。

喜歡海、會彈吉他的人和台灣，獨立的樣子會更好。

曾獲第18屆、第20屆馭墨三城高中聯合文學獎小說組首獎。

得獎感言

謝謝林達陽，謝謝馭墨，謝謝文學把世界串起來。
謝謝總是叫我雄女生的人；陪我一起去喝酒，說出很多浪漫的話的劉。
謝謝告五人的歌，還有獻給我愛的顏，寫什麼想的都是你。
生活中瑣碎的貝殼和疼痛，撿起來就能拼出一整片海洋，要一直這樣相信，文字是有力量的。

玻璃彈珠都是貓的眼睛

她怕血，五歲那年從樓梯上滾下來，血流了一地。她其實記不清楚血與自己交雜在一起的模樣，可是恐懼記得血是疼痛。

草原的盡頭是海，海的邊界是天，天還未亮，他們在等。

風將海的味道帶到他們面前，她深吸了一口，好像舔進滿嘴砂糖。

「你知道，我喜歡海。」林菽恩說，碰到他的肩膀時，感覺更加喜歡。

陳昱方順勢靠近她一些，他們的肩膀遂貼在一起。

「我喜歡坐機車，你喜歡騎。」

林菽恩繼續說，即使沒有得到回應，她仍然按部就班將預備好的台詞說出。她喜歡計畫，他適時的沉默也在計算之內。

「太陽要出來了。」陳昱方側過頭看向她，而不是日出的方向。

「嗯。」

海與天的交界是迷幻的顏色，好像隨時會有獨角獸衝破霧灰的氛圍，然後在天光大亮的瞬間又消失。

他們閉上眼，摸黑緩緩靠近彼此，想抓住獨角獸出現的剎那。

雙唇相依前的最後一個步驟，林菽恩開口，「我喜歡你，最喜歡你。」

「陳昱方，我們在一起好不好？」

天亮了。

旖旎的露水忽地蒸發，完滿的光線照得他們無所遁形，林菽恩感覺出來這是最後一步，但他卻是往反方向走。那是一隻沒有角的馬。

她張開眼睛時，剛好對上陳昱方的驚慌失措，「可是妳是雄女的。」

「他說我是雄女的，哇真是謝謝他的提醒，我還穿著制服去墾丁，因為我看完日出要回來上第三節的數學課。」林菽恩用力地刺穿便當裡的魚排，「幹，我是因為制服在 seven 買酒被拒絕過，不過我沒有想到還會因為制服被男生拒絕。他竟然真的敢說出來。」

「妳說他讀哪裡？我又忘了。」徐芮芊夾起被她碎屍萬段的魚排，吃下。

「高職，反正我說了妳也沒聽過。」

「喔，那很正常啊，父權思想作祟。」

「妳覺得陳昱方知道什麼叫作父權嗎？」林菽恩翻了一個白眼。

「幹，妳超壞，妳根本不喜歡人家吧。」徐芮芊說，一邊笑到拿不住筷子。

「喜歡嗎？」她輕聲複述，夾起一半的魚排，「食之無味。」

魚排好歹還是主菜，而她在這一役中是紅蘿蔔，歸處只有廚餘桶。

她是被挑剩的那一種。

林菽恩還是哭了。

她盡力坐直身體，想看清楚黑板上的單字片語，可是眼淚像洪水，沖垮她認真向上的唯一道路。

她不想趴下來擦眼淚，那樣無異於求歡失敗的猴子。

除了道歉，他沒有再說話。回程的濱海公路變得冗長，他們不發一語，只剩落山風在哀嘆。

她很想再抱住令她安心的背影，可是她伸出手也到不了，整片台灣海峽突然橫亙在他們之間，他們駐足在海邊的清晨，確實帶回了一片海洋。

一顆小紙團打斷林菽恩的眼淚。

「放學帶妳去一個地方。」

她轉頭，看見徐芮芊對她笑了一下。

滷味店和五十嵐的中間有一棟商用大樓，沒有招牌和食物的店面往往會被忽略。

「我都不知道學校附近有酒館。」林荍恩說，她甚至不知道這棟大樓的存在。

「學姊帶我來的。」徐芮芊沒有得意，興奮中帶有一絲侷促，像是準備打開自己的潘朵拉盒子，卻怕它在別人眼中只是一個吃剩的餅乾盒。

「沒有約我。」林荍恩彈了一下她的額頭。

「我想啊，可是酒館挑人。」

「妳那時候也還沒有成年吧？」

「噓。」徐芮芊拉起她的手走進電梯，「現在也還沒。」

一隻貓在電梯門闔上時，竄進她們之間。

「啊，咪咪跑出來了。」徐芮芊輕呼一聲。

「妳認識牠？」林荍恩盯著牠，有些好奇。

「牠是酒館的貓，很兇，都不靠近別人。」

「可是牠在聞我。」

「我也聞聞看。」徐芮芊湊近，吐出的氣息讓林荍恩恍然以為她在舔她。

酒館小小的，都是女生，她們坐在角落的沙發，黑色的百褶裙和黑色的沙發融為一體。桌上放了兩杯快要見底的調酒，兩根吸管交換著吸，上面都有林葳恩咬過的痕跡。

「我覺得好像可以了。」再吸一口長島冰茶，林葳恩宣告。

「那就開始吧。」

「我跟他是國中同學。」

燈光昏暗，照不出她們酡紅的雙頰。

陳昱方長得很高，笑起來有梨渦，淺淺的，常讓人沒有注意到自己其實已經困在裡面。

他喜歡做菜，不愛念書，自然而然選了餐飲科。

放榜那一天，林葳恩得到整模專屬她的檸檬白乳酪蛋糕，慶祝她考上第一志願，其他人都不准來分食，這是陳昱方的堅持。

林葳恩不是班上成績最好的人，她們一群包辦前五名的好友中，只有她放學後不用直奔補習班，偶爾會睡過頭蹺掉幾堂課，前一天看小說看得太晚，只好交出一本空白的作業簿。

這些日常曾經讓她以為自己不算是好學生，這對她來說是一種榮譽的認可，甚至得到陳昱方的蛋糕加冕。

那一年暑假，他們繞遍陳昱方的機車到得了的每一處海岸。在那裡，林葳恩都許下同一個願望，他們還要去更遠的地方看海。

「欸陳，你知道怎麼騎去雄女吧。」最後一個海邊，明天開學。

「知道啦，我查過很多次。」

「那你以後要常來找我，我是說真的喔。不是改天見的那種客套話。」

「我穿制服去會不會害妳很尷尬啊？」

「我跟她們才不一樣。」林菽恩用力駁斥，抓起一把沙子灑在陳昱方的褲子上，「你忘記張欣如的畢業卡片寫給我什麼了嗎？『我本來很討厭妳這種明明很愛玩又可以考很好的人』。」

陳昱方笑了，摸摸她的頭，沒有撥掉沙子。

十一月的風還是悶熱，吹起來就像八月，與他們分別時沒有差別。

他們相約晚上八點，舞社練習時間結束與陳昱方的放學時間恰好契合。

林菽恩走出校門的時候，陳昱方的機車已經停在外面。他拿著手機頭卻垂下，坐著就睡著。

「嗨。」她輕輕拍了拍他的肩膀，「你吃飯了嗎？」

「沒有，做太多吃的就不想吃了。」

「可是我好餓。」林菽恩說，拉起他的手，「陪我去吃鍋燒意麵。」

「幹嘛不上來？」

「你剛剛睡著了欸，不要再騎車了，很近，走過去就到了。」

陳昱方愣了一下，聽到她說的話卻沒有抬起頭，走下機車坐墊的時候他將手抽了回來。

「不要太靠近我，我很臭，都是油煙味。」陳昱方說。

「我也很臭啊，我今天上體育課，而且又練了那麼久的舞。」林菽恩不以為意，貼在他身邊。

並肩走著，影子被路燈晃得若即若離，林菽恩始終不讓陳昱方逃開。

又走了一段路，直到路燈的盡頭，再看不見他們的影子，陳昱方才回應，「那不一樣。」

期末考前的夜晚，林菽恩趴在書桌前，努力撐開眼睛與三角函數搏鬥。

一不小心睡著又驚醒，她索性拿起手機，「明天要考數學。」

「加油，妳一定可以的。」

「現在早就不像國中的時候了，讀書好難。」林菽恩有氣無力地把玩手機，傳送她的徬徨與焦慮。

「你們已經很厲害了。」陳昱方飛快回應了。

林菽恩的眼皮往上提了一些，她不喜歡他話中的評分等級，「我覺得會做蘋果派也很厲害啊。」

「不一樣啊，讀書是你們選的。」她可以感覺到他的停頓，「現在才後悔自己當初幹嘛不好好讀書，做菜也比不過別人。」

林菽恩徹底清醒，她猛地坐直身體，按下通話鍵。

「陳昱方，我們沒有不一樣。我只是剛好符合大家推崇的生活方式，可是那不代表你的生活比較廉價。我們不可能停止比較，但是至少要知道暫時輸掉沒有關係。我很常算完三本數學講義，還是考不及格。」一接通，她劈哩啪啦地開口，不給陳昱方發話的餘地，「你也有在努力就夠了呀，不是只有好好讀書才是好好生活的方式。」

他沉默了片刻，挑他擅長的回應，「妳盡力就好，不要給自己太多壓力。」

「我才不是在說這個！」

「好啦，只是父母相對希望的不是我這一種，而且好累。」

聽見他提起父母，林菽恩就後悔了，她應該繼續維持和平的幻象，「你做的蛋糕是我吃過最好吃的。」

他笑了，總算找回熟悉的話題，「妳生日之前，我會做出獨角獸。」

陳昱方總說，她像獨角獸。林菽恩已經不確定是因為他認為她與眾不同，或是她對他來說其實只是幻影。

「……好，累的話早點睡。」

林葳恩氣焰全失，她沒有想過當陳昱方承認自己總被世界俯視的時候，她也是世界的一員。她只想著激勵他。

那是陳昱方最後一次仰起頭。

「然後呢？」徐芮芊問。

「就是今天他拒絕我。」長島冰茶見底，林葳恩進攻另外一個杯子，「這是我印象中僅有的幾次意見不合吧。」

「只是妳單方面地入侵他吧。」她看著她，眼睛逐漸遺失焦距。

「幹。」林葳恩想給她一拳，卻沒有瞄準，歪倒在徐芮芊懷中。

她輕輕哼了一聲，聞著熟悉的味道，舔到自己的眼淚，「對不起，我知道要慢慢走啊，可是他一直往下跑，我怎麼跟得上……」

「什麼？」徐芮芊低下頭，想要聽清她未盡的後話，卻沒有抓好距離，幾乎貼在她的臉上。

林葳恩突然看清楚她的眼睛。

她終於被挑中。

「深山裡的獨角獸或百合花，妳會想當哪一種？」

徐芮芊逐漸瞪大眼睛，看向她卻不像在看她，「我想當盜獵者。」

林菽恩勾起嘴角，她的大腿敲了敲沙發，百褶裙上下晃動，「都是黑色的。」

吸收過多酒精的眼皮變得沉重，所以她只想做一些閉上眼睛的事，例如接吻。

徐芮芊的舌頭掃過她的牙齦，逐一清點，像在參觀博物館的典藏，僅此一次蒐羅匪易，要輕輕地碰用力地記。

接吻之前不需要確認身分，林菽恩已經學會。

水聲漫溢，她將唇舌從相同濃度的嘴中抽離，喘著氣，附在她耳邊輕聲喚，「徐芮芊。」

「幹嘛？」

「幹嗎？」

「幹。」她失聲，是咒罵也是回應，林菽恩猜她們的下體都一陣緊縮。

林菽恩漂浮在漆黑之上，順著一波一波的快意晃蕩，她不知道自己會抵達何處，愜意卻令她慌張，她的專長其實是按表操課。

腳尖著地的瞬間她就認出來了，是階梯。

「會掉下去。」

「是要進去囉。」

徐芮芊的聲音很遙遠，她似乎在回應她，但林菽恩其實是在對自己說。

每一次她都會回想起媽媽當時在她身後的驚呼，言猶在耳卻在之後屢戰屢敗。

「會痛。」

噗一聲，她探入的同時她滾落，都會流血。

「很痛嗎？」

「可是很快。」

她對媽媽說，希望她不要多慮，這是她找出抵達心之所向的捷徑，總要承擔一些犧牲。

「那要再一次嗎？」

徐芮芊問，可是受傷從來沒有選擇的餘地。所以她們稱呼為做愛，好像就是出於自由意志。

「喵嗚。」

一隻爪子勾住百褶裙的邊緣，她們同時被拉回酒館。

「牠真的很喜歡妳。」徐芮芊失笑，只好將手移到貓咪的頭上。

「鹹腥味牠都喜歡吧。」

「十點了，公車要來了。」

林菽恩點頭，拍拍裙子站起來，「濕濕的。」

「等一下就乾了。」徐芮芊摸了摸她的頭。林菽恩沒有阻止她，儘管她其實覺得有一點不衛生。

走之前她回頭看，沙發上也濕了，幸好都是黑色的。她看著那一片痕跡，知道不是血，卻無可抑制地害怕。

●

隔天放學，林菽恩沒有和徐芮芊一起走。

她搭上一班陌生的公車，搖搖晃晃抵達她未曾到過的轉運站，再換一班公車。

她不太流手汗，一路上卻緊張得幾乎握不住手機。

下了車跟著手機導航的方向走，林菽恩來到校門口。她像一隻逆流而上的鮭魚，和放學的人潮走相反的方向。

同樣都是白衣黑裙，她卻感受到前所未有的尷尬，他們能夠分辨出異族的鹹腥味，頻頻回頭。

餐飲三智，還沒有找到班級牌，她就停下腳步了。

陳昱方坐在轉角的台階上，腿上還有一個女生。

相顧無言，林葳恩先開口，「嗨。」

「妳怎麼在這裡？」陳昱方的手還環在女生的腰上，不知道該收還是放。

「終於換我抬頭看你了。」

他沒有說接話，她覺得他可能聽不懂，有些失望，隨即釋然，他一向是不懂理論只知道實踐的人。

「雄女是輸在這裡嗎？」

「妳不要這樣說話。」

「你是不是覺得碰一下雄女生的屁股就會被送性平會啊？」

「妳們不一樣，沒有什麼好比的。」

「雄女有什麼了不起？妳不要看不起我們。」附著在他腿上的女生被提及，找到發表意見的機會。

「是你們太看得起我。」林葳恩抓著百褶裙的邊緣，「我的學校，不是我。」

「我也不想，可是看妳的時候，我就看不到自己。妳每一次說一樣好，我都覺得我更沒用。」陳昱方低著頭，口氣平靜，他一直以來都是這麼想的，「我們就是不一樣了。」

「我知道。」

林葳恩真的知道，她永遠走不完這些階梯，她只能踩空，地心引力對他們才一視同仁。

「所以我換了一個方式。」

他們都不需要更多心靈雞湯。

「我不是處女了。」她否定自己的貞節，好讓這件事更接近摧毀。

她看見陳昱方的眼睛掀起一片驚滔駭浪，衝垮神壇，她正從那之上直直往下墜。底下是還沒有乾掉的血跡。

「妳在幹嘛？」陳昱方看起來氣炸了，「不要亂開這種玩笑，女生要愛惜自己的身體。」

「我們一樣了嗎？」林葳恩問，終於感到眼眶有濕意。

「妳……」陳昱方說不出話，林葳恩也沒有期待得到答案。

「妳跟別人做過了，昱方才不會要妳。」

「嗯。」林葳恩點頭，仍然盯著陳昱方，「所以我是來告訴你，你每一次說不一樣，我也會流血。我以為我們終會相遇，所以拚命拉扯你，但對不起，我不該覺得只有我需要對抗地心引力。」

「妳怕血。」他只說得出這個。

走進酒館前，她們蹲下身和緊跟著林葳恩的貓咪玩耍。

「妳看，牠的眼睛好像玻璃彈珠喔。」

「會不會其實所有玻璃彈珠都是貓的眼睛呢？」

「那樣的話，玻璃彈珠就不會這麼便宜了。」

「所以祕密才有價值啊。」

「但有些祕密卻會讓妳不再珍貴。」

她懇切地希望在摔碎所有祕密之後，終是平地，如此即使是躺在一片血泊中，她也不再害怕。

可是人總往高處爬，她看著貓，玻璃彈珠反射出她緊緊抓住階梯邊緣的樣子。

名家推薦——

這篇光是題目就非常漂亮，有整體性，以及視覺效果。貓的眼睛一旦被抽離出貓的身體，就變成透明

易碎的玻璃珠，但這每一個玻璃珠裡，都是難以被定義的眞誠。——駱以軍

這篇作品探討年輕時性的摸索，寫作者能洞徹一種不平板的階級限制，以雄女學生的戀愛去談論階級如何困住一個人；主題揭示的方式有趣也令人無奈。——黃麗群

短篇小說獎　三獎

外來者

呂佳真

個人簡歷

呂佳真，2002年生，新竹女中一年級，曾獲第28屆竹中竹女聯合文藝獎小說組第一名。喜歡看電影、安靜的待在嘈雜的人群中。

得獎感言

謝謝愛我的家人、我的朋友、我的老師以及賦予我靈感的陌生人。希望自己的文字能夠帶給別人一點什麼。

外來者

F窩在僅有一坪大小的房間裡，床（不過是一張竹蓆，覆蓋著起了球的浴巾）佔了三分之二的空間，剩下的空間除去玄關，剛好擺得下一張桌子，上頭歪七扭八的擺著半打冰火，透明的玻璃瓶已經全都空了。

他一般是不喝冰火的，太甜。不過很多事都會有例外，比如說像今天這樣的日子，他等不到台啤回甘的時候。

「床前明月光，疑似地上霜。舉頭望明月，低頭思故鄉。」他坐在蓆上，望著旁邊的小窗，突然沒頭沒腦地說。

這段句子從F口中說出是相當弔詭的一件事，一來從他房間那扇小窗只能看見對面的水泥牆壁，二來像他那樣的人是不該認識李白的——工人，還是印尼來的。他大抵是有些醉了，手顫顫巍巍的伸向電風扇旁邊的一包新樂園，又從口袋裡摸出一支賴打，搖晃地點了根菸。他深吸了一口，眼睛微瞇，煙霧昏昏乎乎的順著窗外飄了出去，像在勾勒一點微不足道的憂慮，轉眼又被夏日夜晚特有的清風吹得一乾二淨。

天氣沒有白天那般熱，但他自下工後還沒洗過澡，黝黑的肌膚上附著一層薄薄的膜，混合著工地的塵土和汗水，部份已經結了晶，帶著顆粒。F渾身都覺得黏膩，整個人有種說不出的不適，彷彿是心底冒出來的一股熱氣把自己燻得煩躁不已。

突然超商的塑膠袋裡響起了披頭四的《Lucy in the Sky with the Diamond》，副歌部份。飄渺起伏的吉他聲順著電風扇在斗室中迴盪，如同引起整片空氣的共鳴般充斥在房間中。F刻意慢條斯理的抽完菸，把幾十秒的副歌聽完一遍後才從超市的塑膠袋中抓起手機。

「喂。」他的聲音不自然的拔高，尾音有點飄忽。

電話另一端是一個沒有溫度的女聲，雖能聽得出是真人在說話，但聲音卻像被抽走靈魂般毫無生氣。

「不好意思……能請您配合……訪談……」或許是因為訊號太差，又或者單純因為F醉得不輕，他只能依稀聽到模糊的幾個單字，最後以一個問題作結。

「……你的出生地是？」

「Pulau Belitung。」他說，然後掛了電話。

他大抵在自我介紹時都只會簡單的說自己來自印尼，不過很多事都會有例外。他今天莫名的想和別人傾訴自己的歸處，想用嘴巴吐出自己熟悉的那個單字：

「Pu-Lau—Be-Li-Tung」他大聲地對著窗外的水泥牆又複述了一次，一個音節一個音節分明的、清楚的說出口。

他此時突然想起剛來到台灣時，曾經吃過的一家印尼小吃。其實店離宿舍不遠，不算貴，也不難吃。但不知道為什麼後來就再也沒去過了。

那家店開在路的轉角，彆扭的擠在舊市區的一家眼科和屈臣氏之間，招牌不大，但一股沙嗲醬和椰奶混合的濃重氣味使得它的存在分外突出。店裡雖然擺了幾張塑膠桌椅，但是全堆滿了一箱一箱的罐頭，瓦楞紙箱上積著薄薄的一層灰，一個中年的南洋人就在凳子上翹著二郎腿盯著映像管電視的螢幕，老花眼鏡隨意的卡在額上，半掉不掉的樣子。日光燈散發著過白的光線，照得薄荷綠的磁磚地都刺眼了起來，紅棕色的電風扇葉以不是很快的速度呼呼地旋轉著，把空氣攪和成印尼的流逝速度。

「我要一份印尼炒飯。」他記得自己是這樣說的。

老闆沒有回答，只是將電視關掉，從凳子站起身，約莫五分鐘後端了餐點出來。白色的盤子上隨便的裝滿深褐色的米飯，甜膩的醬汁香氣充斥其中，味道單一、沒有半點層次，連配料都很稀少，但旁邊的蝦餅卻莫名大器的給了很多。而炒飯旁的紙杯裝著某種類似茶的褐色液體，雖然不難喝，但卻怎麼都喝不出那液體是什麼，只能稱之為這種小攤專屬的飲料。整體而言道地得很難吃，完全重現了當地小攤廉價的氣氛。

他吃完後把錢拿給老闆時，老闆正接續看著電視機裡的故事。一個女人頂著頭五〇年代的三七分淡金捲髮，戴著一副壓克力紅框墨鏡，正從信箱裡拿出一把手槍，要放進包包裡。電視機的聲音開得不大，電子合成的弦樂迷離的融入現實——這間餐廳。然後他把電視機按了暫停，走向櫃檯。畫面停在有些焦躁的那個女人單手想將手槍塞進皮包的樣子，看起來有些好笑。

「你怎麼會在台灣開這種店啊？」他其實並不感興趣，只是義務性的想說些什麼。

老闆沒有回答，反問了一個不相干的問題：「你有沒有聽過一首詩，中國人寫的。李白的〈靜夜思〉。」

「沒有。」他心裡對他的問題感到有些奇怪，但也沒說什麼。

老闆聳聳肩，從櫃子裡拿出一個裝滿鈔票及銅板的大玻璃罐，將他給的錢全塞進去，那個問題就懸在空氣中，沒有答案。

大概是酒精的作用開始在F的體內開始發酵，這段短暫而平凡的記憶化為一個念頭，隨著酒精隨血液擴散不斷揉合成形，將理性熔融在其中，最終轉變成一個清晰明確的計畫，在腦中以稜角分明的粗體大字呈現著：

去偷印尼小吃的那個罐子，然後進監獄。

這大概是他這輩子做過最愚蠢的事，但強烈而莫名的渴望繚繞在他的心頭，逼著他不得不這麼做。於是F踩上夾腳拖，背上一個愛迪達的黑色腰包後，走出房間。

外頭的空氣清澈無比，沒有半點味道，彷彿被午後的雷陣雨徹底清洗過了一般。但F的心情跟清爽的天氣截然相反：腦袋混濁黏膩，隱約殘存的酒精搔著喉嚨，使他煩躁卻又雀躍。他加快腳步，在空曠的馬路上開始大步奔跑，半明不暗的路燈把晃動的影子拖得很長。

他站在小吃店門口，透過自己在落地窗打破的大洞，窺視著昏暗的店內。這家店的時間流逝確實和一般地方不一樣，儘管距離他上次來已有三年之久了，這間店卻仍彷彿停在上次他造訪的那刻，沒有任何改變。

最裡頭是全然的黑暗，只能隱約看見燈的開關微微的亮點，靠近外頭則漸漸混入了夜晚的顏色，帶點淡灰迷濛的色調。被他打碎的玻璃散落在地板上，反射著微光，閃著摻了水的正黃色——或許帶點綠。

看起來像是一幅靜物畫，F心想。

他小心翼翼的從那個大洞鑽進店內，踏上那薄荷色的磁磚地，依著記憶從最靠近廚房的櫃子裡拿出了那個大玻璃罐，裡頭擺滿了各式面額的硬幣及鈔票，雜亂的擺在一起。F指腹摩挲著玻璃罐身貼的紙帶邊緣，然後瞥見了占據桌子的紙箱。他用廚房的菜刀把封箱膠帶輕輕劃開，裡頭整整齊齊全是印尼料理最常用的參巴醬，像是安迪沃荷的畫作。

F抽出正中央的一個罐頭，原本完整的排列凹了一個洞，顯得比周遭又暗沉些，看起來多了一點不完整的美感。再將罐頭放進腰包後，他抱著玻璃罐、跨過落地窗打破的大洞，然後走下不遠處的地下道。

地下道很長，大概是響應節能減碳政策，日光燈半明不亮的照著，發出細微的嗡嗡聲。灰白色的牆上七彩的噴漆塗鴉肆意攀長，張牙舞爪的宣示著不滿。

遠方的燈下有一個乞丐蓋著報紙，用右手做枕托著自己的頭。他酣睡著，像是他不是在地下道，而是在一張温暖柔軟的床上。

他蹲下身，將右手貼在乞丐的肩上把他搖醒，他的身體散發著汗與灰塵混合的臭味，附著的衣物緊貼著，摸起來有種乾掉的汗的粗糙感。

乞丐撐起身子，抬頭困惑的看著他。F把手中捧著的罐子打開，將裡頭的錢一股作氣的倒在乞丐前方的關東煮紙盒裡。硬幣與鈔票一瞬間就填滿了盒子，其中一枚硬幣掉出來後滾進了水溝中，發出哐啷哐啷的聲音。

「Thank you, thank you.」乞丐怯弱的說，不斷重複著。

「我聽得懂中文。」F說，一邊蓋起已經空了的玻璃罐，走向地下道的出口。

「謝謝、謝謝、謝謝……」他的聲音在地下道裡迴盪，直到F走出時都還能隱隱約約聽見。

F原本今天是要辭職的。

今天的工結束後，他走到仲介處裡，這是他第二次踏進那個地方。辦公室裡頭擺了印刷精美的水果月曆、鬆軟舒適的酒紅色沙發，還有一張漂亮的黑色大理石辦公桌，上頭擺了一台桌上型的電腦，華碩的。

介紹他來的人是一個肥胖的男人，他正坐在沙發上，斜斜地靠在手把邊，脂肪把西裝撐得緊緊的，讓他看起來像是一顆包著黑布的水煮蛋。沙發對面是一個如骷髏般骨瘦如柴的男人，怯弱的向水煮蛋申請著什麼。F站在一旁沉默的等待對話結束，他低著頭，看著腳上破舊的安全鞋，汗水被冷氣的風慢慢吹乾，在額上凝結成淡白的鹽粒。

直到兩人結束對話，骷髏男倉皇離開辦公室後，F已經等了將近一小時。水煮蛋似乎沒意識到F的存在，用手邊的文件搧著風，嘴上掛著歪斜的微笑。

「啊，我都差點忘記你了。」他金絲框眼鏡後豆大的眼珠咕嚕嚕的轉著，隱約透露出一種戲謔式的態度。「你來找我有什麼事嗎？」

「我想解約。」

「怎麼會！」水煮蛋頓時露出造作的驚訝表情，接著把雙手的指尖相觸。「你知道我們公司簽的合約要是中途解約是要付很高的解約金的吧。」

F沒有作聲，只是沉默地看著他。他見F沒搭腔，立刻又說了下去：「是因為想家了嗎？唉，我都知道，當年我在外打拚的時候也很想家，但是你現在的努力都是值得的。」他故作憂傷的嘆了口氣。「再辛苦個十年，包準你能風風光光的回家鄉。」

F突然發現水煮蛋的領帶夾花俏得過份，是一隻銀鑄的蛇，鱗片全細緻的雕了出來，眼珠鑲著一顆紅色的寶石。

「我給你一點錢好了，你好好打理打理自己，你現在的樣子實在是有些見不得人。」

F覺得自己是不該收的，似乎收下之後連最後一點自尊也會化成灰燼。但最後他還是默默地接過那燙手的紙張，手滲著薄薄的汗。

最近的派出所微妙的設立在高速公路下，卡在其中一道樑柱下方。所裡充斥著濃重的九層塔和胡椒鹽的味道，兩個警察坐在辦公桌前，領帶鬆鬆垮垮的掛在脖上，衣領敞著，幾包鹹酥雞斜靠在主機邊，電腦螢幕上是NBA的轉播。

「怎麼了嗎……?」其中一個警察聽見玻璃門被打開的聲音後一邊說一邊轉頭，看見F之後立即拍拍正聚精會神看著螢幕的夥伴。

「欸，你會不會說英文啊，來了個外勞。」

「我也不會啦，你安靜，現在快進球了。」

那個警察有些慌張，最後還是鼓起勇氣，結結巴巴地問：

「呃……Hello？Can you, can you……say？English？」

「我偷了錢。」F說，用中文。

「你還會中文嘛。」警察聽見中文笑了。「是錢被偷了嗎?先在這邊填一下立案的單子。」

「我偷了錢。」

「欸，進球了進球了！」同時另一個警察大叫，蓋過了F的聲音。「你剛剛有沒有看到！」

「我看我看，帥啦。果然今天忍者龜超級順利的啦！爽！」

F安靜的把空罐子放在所裡的某張桌上，離開派出所。

他回到宿舍的時候已經早上四點了，天空已經染上了一點淡淡的紅色，似乎在醞釀著日出的時機。陰暗的宿舍大樓裡，迴旋的樓梯宛如無止盡的一直延伸上去。

他的房間在666號，但他在三樓時就停下，走進樓梯間外的那間共用廚房。廚房很小，平常他也很少用，瓦斯爐上粘滿了黑色的焦油和食物的殘渣，儘管開了最大火，瓦斯也只是大略的露出些許火苗。

F打開冰箱，裡頭塞滿了各式各樣異國風情的食物：蝦醬、肉骨茶湯包、水果罐頭……味道以難以言喻的層次融合在一起，形成一股奇特的味道。F翻出一個便當，不知是哪個傻貨留的，半點都沒動過，糖醋肉和青江菜安靜地待在冰冷的便當盒中，死氣沉沉地躺著。接著他認真的搜遍冰箱，意外找到了一罐開過的台啤（上層有一點咖哩的味道），一包剩下一點點的蝦餅和一盒剩下三顆的雞蛋。一般而言這個冰箱是不會放完整的食物的，畢竟把東西放在這個冰箱就意味著釋出了對這樣物品的共享權。

他在熱好的鍋裡倒入沙拉油，接著將整個便當一口氣倒入鍋中，米飯已經成形了，變成一個四方體的形狀。F用鍋鏟把便當拌勻之後從口袋裡摸出自己拿的桑巴醬罐頭，打開蓋子，挖了一大杓放進鍋中一起快炒。那種印尼特有的甜香瞬間充滿了廚房，還混著台灣料理特有的一種油耗味——也或許是那過期一年的沙拉油使然。

接著他將炒好的米飯堆在一邊，又加入一點沙拉油，打了一顆蛋。透明的蛋白緩慢的凝固成白色，捲上一圈棕色裙邊。在蛋煎好之後，他把火關了，將那發軟的蝦餅全倒進鍋子裡。

F坐在鐵凳上，直接就著炒鍋大口吃著速成的印尼炒飯，味道算不上好，像是印尼與台灣結合的四不像。但他還是大口的吃著，一邊抬頭望向廚房的窗。

一輪滿月晦暗不明的掛著，稀落的光灑在廚房裡，照亮他的臉龐。

短篇小說獎　優勝

東東的足球鞋

成恩

個人簡歷

陳澤恩，1999年生，淡江高中三年級，平常喜歡看故事、聽故事，曾為校刊寫過小故事。

得獎感言

剛剛決定要參加比賽之初我猶豫了很久，因為我感覺自己作品和前輩們作品的層次差太多。我花了兩個月時間嘗試各種各樣我覺得可能會搏得人眼球的題材和寫作手法。我還特地去買書每天研究張愛玲和白先勇的人物描寫技巧。然後要上繳的那個禮拜有一天我突然推翻了之前所有的文稿，花了一個上午把一個自己喜歡的故事寫出來了。

東東的足球鞋

東東是在自己的陽台的某一個角落找到自己的足球鞋的。太久不見，灰色鞋面上裹了一層被太陽烤得龜裂且灰得發白的土，和球鞋本身的灰色凝在一起。鞋底敲一敲掉下一大塊有著鞋釘孔的土塊，在斜斜地照進房間裡的陽光裡帶起一大片在空中翻騰的土霧。

這雙鞋裡面有自己國二兩個月的巧克力冰棒可樂午餐肉和包子，以前領的壓歲錢，哦，還有自己破天荒考得不錯時爸爸給的獎金。東東最後打開國外的表哥寄回來裝鞋的包裹時，他興奮地抱著鞋睡了一宿。

這雙足球鞋以前有亮灰的鞋身，然後鞋面上亮粉色的花紋，然後鞋口還有可以牢牢地裹住腳踝像襪子的部分。踢球的人一看就知道是高級貨，不踢球的人也知道這樣的足球鞋很稀罕。

東東跟不同的人用不同的方式介紹這一雙鞋。比如說，要是他是在鎮子上踢球，他會很輕描淡寫地跟一幫對著自己的鞋眼睛大過雞蛋，嘴巴可以塞下燈泡的同學說，這只是他一個月的零用錢；如果偶爾去城裡跟那些穿得花花綠綠的學生踢球，東東就會很鄭重地捧著鞋跟他們介紹說這是自己攢了整整一年錢，然後還是特別請住在地球另一邊的表哥到足球鞋公司總部搶到的限量貨。當然，面對媽媽，東東只說是自己的同學送的。

東東是從有了這一雙鞋開始認真開始練球的：每天一起來上學前先衝出去跑個幾公里練體力；午休一個小時時間偷偷地溜到操場上練射門；放學以後再加入到學校裡面同學們的混戰裡面練習實戰。說來也奇怪，從來沒有人教東東怎麼踢足球，但是他就靠苦練和球星錄影碟，硬生生地擠進了體育專長學生所壟斷的國中足球隊。

妮妮說就是看到東東踢球的樣子才喜歡上東東的。「你的腿可好看了」，東東記得在剛剛開始交往的時候，有一次妮妮一臉認真地說。妮妮是個頭只夠到東東肩膀，臉圓圓的小姑娘。妮妮黑色的頭髮在陽光下有時會透點棕紅色。她習慣在夕陽下靜靜地靠在東東的肩膀上，和東東聊比賽。

東東國三和校隊到別鎮學校的地盤去打足球聯賽的時候，妮妮也沒缺席一場。看到東東在忙，妮妮就自己坐在球場旁邊上看著；看到東東被換下場回到球員休息區，妮妮就會塞給東東水和毛巾。

在總決賽上，東東進了球，繞著球場衝一圈不顧裁判的阻攔跳到觀眾區捧著妮妮那個不比自己手掌大多少的臉狠狠地親一口。然後回到學校的時候，東東像是個剛剛凱旋而歸的英雄，說著自己怎麼運球接連過了對方的防守隊員。妮妮補上一句：「其實東東那球還有點弧線，騙過了門將。」東東聽了狠狠地摟了一下這個專注的小姑娘。

總決賽是打主客場制。回到自己家門口比賽的東東太緊張了，在對方禁區裡踢點球都沒有踢進，幾次進攻機會都沒把握住。比賽後，東東在妮妮面前緊張地低著頭盯著自己的腳尖，手裡攥了一拳短褲，腦子動得飛快：天氣太悶了喘不過氣來；早上校工大叔給操場草皮澆水太多太滑了；球隊隊友們今天都太沒有默契怎麼給球都沒有給到自己想要的位置……好吧，是自己的責任突然大得嚇人。

但是妮妮就只是把東東掉到額頭前面散亂的頭髮撥開，像是稱讚他腿的時候那樣認真地說，她記得東東上一回在別人的地盤直搗對方防線最深處的那顆進球。「東東超級棒的」，妮妮是這樣說的。

盯着像是剛剛下戰場的球鞋，東東突然想再套套看。他想把鞋帶解得鬆一點再穿，可是泥土乾了和鞋帶合二為一，比鞋帶眼大了些，不但乾而且僵硬，用力一拉帶起又是一片粉塵。不過還不錯，勉强還塞得下。東東又找來了「縮水」的球衣。嗯，腿瘦了一點，腰粗了一點，剩下沒變。

國三時，爸爸發現東東每天早上的活動從原本繞著鎮子長跑，變成從自己家到妮妮家折返跑外加打電話給妮妮的時候，拍著茶几就從椅子上像火箭一樣跳了起來，指著好像在不斷縮小的東東用震得房子都會搖的聲音咆哮：「小小年紀，書都沒有讀好，還學人家談什麼戀愛。」

東東爸爸雖然塊頭不是很大，但是東東印象裡的爸爸一直是個巨人，嚴肅的巨人。爸爸喜歡帶一副很嚴肅的黑色方形眼鏡，穿著很嚴肅的一套西裝，然後在做著公司很嚴肅的事情。他的頭髮在額頭上面有中間分開，然後留得長長的，全部都梳到腦後。同學說東東爸爸的打扮，尤其是髮型看上去很像是藝術家，可是東東知道藝術家的手碰到人不會讓別人疼。

對於爸爸的事情東東可是如數家珍：從小在六十多個人的班上年紀最小但是成績最好；唸書的時候看到一本想要買的化學參考書，因為沒錢買跟奶奶急；考大學的時候比國家最頂尖的大學的分數線高了很多，結果去家附近一個很二流的學校，因為爺爺生病了；其他還有什麼全鎮上人都找過爸爸寫春聯，或者什麼爸爸十幾年前寫的文章現在還被人當做教科書用……多到東東記不清了。

爸爸每天晚上親自幫助東東檢查功課，還會盯著東東趕在老師上課之前把課文統統都背下來。所以東東從小就不愛唸書。說起爸爸，東東回想起來的不是伴隨著拍桌子聲的吼聲「我都記住了，你怎麼還背錯」，就是揪著他的耳朵時那句恨鐵不成鋼的「你怎麼就長不大呢」。哦，還有爸爸每天早上在廁所驚天動地的咳嗽聲。

不過說來也奇怪，踢足球是爸爸唯一默許的課外活動。甚至在東東媽媽發現那雙「同學送的足球鞋」的時候也沒說什麼。東東有次聽爺爺說爸爸小時候也踢球，平常回家的時候遇到別人喝剩的鋁罐都會一路踢回家，而且考大學前幾個月踢比賽還把手摔斷了，最後只能打著石膏用左手去考。雖然聽說爸爸那時候考得還挺不錯的，但是東東還是偷偷笑了好久。可是東東去別的鎮子踢比賽的時候隊友們都是家人送過去的，只有自己是坐教練的車過去的。況且爸爸從來沒看過東東踢球。

東東球賽裡幫學校拿了第二，基測年級第三畢業。

東東對著鏡子裡的人影，假裝自己還是當年那個「小段譬」，擺動著腿以想象中的球回顧自己用：「招牌動作」過掉了對面一二三四五個後衛。穩一下身子，再這樣踢球有弧線，那樣踢球會突然下墜……

才幾下，就飛了一片乾土出去，露出了右腳鞋面上有東東小指指甲四分之一大小的破口。要命，是鞋面。這個位置的破洞影響球感，還會越來越大。脱下來再瞧，東東發現以前黑亮的碳素纖維鞋底上不知何時多了很多劃痕。

東東的爸爸後來去世了，東東的媽媽鎮不住公司的合夥人，公司被搶走了。媽媽用半百的年齡跟比自己大兒子大不了多少的年輕人們爭工作。

那個悶熱異常的夏天，東東又不幸地考上了城裡面很好私立高中。本來東東已經想好了，要把球鞋賣掉，然後早上在碼頭幫忙，白天去書局搬書，晚上帶安親班。他要去工作的那一天下著那個夏天最後的一場雨。他聽著窗外雨打在芭蕉葉上難受的聲音，想著他爸爸去世前倒在病床上眉頭擰在一起，拉著東東一張一合沒有聲音的嘴，出門時一咬牙轉身拿了書包。

自己球鞋上的破洞是自己在新學校裡唯一踢的那一次留下的。他沒想到新學校同學們搶不到球就踩腳，踢不到球就踢人。東東的舊球鞋被同學的新鞋釘一蹬破了個口，然後他就再也不敢用那雙鞋踢球了。但是當年的東東到底是個追風少年，那一場他怎麼踢都進。現在的東東只能站在自己的鏡子前模仿著當年自己踢球的樣子。

不過這些都不重要了，東東隨手丟到了一邊，自己已經有兩年沒有踢球了。他可以像當年找輸球理由一樣隨手枚舉原因：鞋小了，鞋底有劃痕了，鞋帶磨得快斷了……主要是鞋子破了，而且自己已經沒怎麼踢球了。

自從東東在城裡唸書開始，才開始直面自己的責任——畢竟自己還有好幾個兄弟姐妹，自己要是再問家裡拿錢就等於把自己的家人往火坑裡推；自己還是長子，是這個家的模範和未來棟樑。所以自己練球的時間慢慢變成了工作的時間。當然自從東東踏出了自己溫暖舒適的小鎮子之後經歷事情比以前多很多，更何況外面天氣都低了好幾度，要是想要好好過日子，這只是東東要做的最小，最小的改變。

東東在城裡面念得是寄宿制的私立學校。剛去的時候，他的寢室里面有一個跟東東關係不錯的小胖子，聽說是家裡要跟外面借了一筆錢勉強能供他從偏鄉過來上學。寢室裡的另一個同學是城裡老闆的兒子，一直有些看小胖子不太順眼。結果有一天因為小胖子在寢室里吃東西太大聲，叫了一幫人把小胖子拉出去修理了一頓。東東倒在床上，沒吭聲。他想上廁所一直憋到小胖子哭得睡著沒聲音才敢爬起來。

高二的時候，東東和同學們有次去乘電車看見一個到城裡賣農產品的農民昏倒在站台上，但是他看看有說有笑聊天的同學們，沒有往那個方向踏出一步。

當然最要命的，還是快畢業了，高中球隊的教練叫當時在辦公室打工的東東打電話通知一個球員家長退隊的事情。不是學校的運動員，就拿不到學校的運動員獎學金，那沒錢的孩子就上不了學。當時東東聽著那位單親媽媽在電話里哭著哀求自己，但是自己的眼睛看著教練隱藏在繚繞的煙霧後兩顆深邃的黑洞，用自己陌生的嘴說了一句陌生的話。然後東東在電話里哭聲越來越大聲之前按斷了電話。

東東看著鏡子里的自己，覺得心裡好像有一個小三角，每經歷一件事，小三角就轉一下。一開始的那一下最困難，然後轉著轉著小三角的尖就磨平了，然後就圓了。當然球鞋也破了的東東知道自己已經不是妮妮口中「超級棒的東東」了。

很久沒聯絡了。當東東打開手機從妮妮社交媒體看她照片的時候，一開始只注意到妮妮肩膀上猙獰的黑色鳳凰，耳骨上多的那一排耳釘，指間的萬寶路。後來看到是妮妮在床上自拍後面的男生。比如五月照片裡面的男生的手錶比二月照片里男生的大一些，二月照片里的比去年十二月照片里的那位壯一些，去年十二月比去年七月的那位白一點。墊在最下面是自己套著汗濕的球衣跟妮妮比著勝利符號的合影。

時間過得太快，快到東東已經開始覺得讀書和踢球是小孩子的事了。當東東看著他身邊的同學們的時候，他看不到他夢寐以求的喜樂和享受，只有想要等著下課衝去遊戲機廳放縱的稚嫩。東東現在每天放了學，就到餐廳報到，從六點工作到十一點，週末教小朋友算數。之後東東才有時間看功課。

有時感覺生活兩個大字像是兩座大山一左一右地壓在他的肩膀是，壓得他喘不過氣來，壓得他的脊椎永遠挺不直，壓得他變了一個人。東東很羨慕那一些從小到大只要專心唸書，或者踢球的人，那是一種幸福。

自己拼了命的工作，拼了命的學習，但是當老師問大家未來大學想要上什麼科系，有什麼志願的時候，東東答不出來。

他常常看著那些還在挖空心思捍衛自己的影星偶像，攻擊別人歌手偶像的小衛道士們，又或是每天費盡心思把自己打扮得鮮艷的小明星們，又或者是在座位上靜靜看書的小醫生、小律師們，一種從來沒有屬於過這裡的感覺一直都在。

同學們問他要上什麼大學的時候，東東不知道要怎麼回答。他只能先說感覺工作經驗比較重要。當東東聽到同學們在討論大學學費時候那句「這學校真便宜只要十幾萬一學期」，他的內心好像被針扎得猛地收縮了一下。他拼了命追逐的只是一場空空的夢。

教育是一種奢侈品，但是想要有體面的過日子就得買奢侈品，可是這昂貴的遊戲東東可不一定玩得下去。

可是想了想，東東還是把球鞋拿了回來，還有水和毛巾。鞋面和鞋底上剩下的土一擦就掉了，鞋帶拆下來洗一下也行了。就是特殊設計的鏤空鞋釘中間小角落卡的土不太好弄下來……以及鞋口襪套上面土灰土灰一片怎麼搓都搓不乾淨。摸著襪套摸了半天東東突然發現襪套好像沒有以前那麼緊緻有彈性了。

幾十年後，穿著白西裝的東東站在操場旁當年練球的那個小角落，看著場中混戰成一片的國小生們，轉頭發現了染著白髮的妮妮。妮妮第一次看東東穿長褲，直挺的長褲遮住了東東的腿。

「你看起來越來越像你爸了，他怎麼樣？」

「我知道。走了。」

等到天暗到連眼神再好的球員都看不清球了，兩人就散了。不過兩個人都猜得到對方心裡再想什麼。還會再見嗎？或許到老死也不會再見了，但是或許明天還會見面。

東東擦好了鞋就用吹風機開低温吹乾，用了一點保護油，在陽光下亮亮的，那團土霧也不見了。他把球鞋用一張長長的鞋紙墊著放到一個新鞋盒裡，之後再把鞋紙兩邊多出來的部分分別裹到兩隻球鞋上。東東想了想又放了塊從零食袋裡面撿出來的乾燥劑在角落。裝在盒子裡就像是當年剛收到一樣。

短篇小說獎　優勝

顏色

陳子珩

個人簡歷

陳子珩，2000年生，高雄女中二年級。出生於二十世紀末尾，座標是帶點不安定感的港都。雖然當初誤打誤撞才進入寫作的世界，現在文字已經成為生命中的珍寶了。曾獲得第二十屆馭墨三城文學獎小說組第二名。

得獎感言

很高興獲頒此獎，也感謝評審老師給與肯定。

美術老師曾提過，純粹的原色其實不多，大部分的色彩都是一點一點混合出來的。每一種顏色都混雜著彼此，每一種顏色都如此美麗。

謝謝我的朋友們，他們被貼著和我不同色的標籤，卻從來不吝於擁抱，總是不厭其煩的告訴我「這種顏色的妳也很美麗」。

紅色雖然孤獨，但它並不寂寞。

顏色

「我是綠色的。」

彧站在上鋪的床上，鄭重的宣布。

那天是國文報告繳交的死線，何奕言毫無章法的敲打鍵盤，分心盤算著怎麼把彧揪下來。明明只認識了幾個月，那傢伙已經摔傷撞壞不曉得多少次了，他可不想把珍貴的夜晚耗在醫院骨科裡。

無奈對方沒什麼自覺，雙手插在運動褲口袋裡，估計正替某段曲調打著節拍。

那樣不好，要是不小心摔下來，手會沒辦法撐住身體。小學時被如此訓誡過，到如今這觀念依舊根深柢固。

「奕言，你有聽見我說話嗎？」

好煩。他被文學和室友左右夾攻，超過十小時沒進食的胃趁勢作起亂來。桌上倒是有裝胃藥的藥盒，只是對著桌曆算來算去，總覺得少了幾格藥丸。

他抬頭瞪著彧。「你又拿錯我的藥盒？」

「是你認錯吧。」彧連看都沒看他一眼，「也許你把藍色看成紫色了。」

「拜託，我又不是靠顏色認盒子。」他晃晃盒子，圓扁的白色小丸發出喀啦聲響，「你的藥是橢圓形的。」

這次是何奕言贏了，他的室友乖乖從床上爬下來，開始尋找可能被扔在任何一處的藍色藥盒。他盯著翻箱倒櫃的彧，朝對方的背影撇了撇嘴，「你遲早吃我的藥吃到拉肚子。」

「才沒那麼容易拉……咦，為什麼是在雜物箱裡啊？」

鬼才知道。他盯著蒙塵的藍色小盒，再看看自己手中的紫色盒子。

明明一模一樣。

「你不覺得我們得有一個人換掉藥盒嗎？」他問，「這兩個顏色對我而言很不友善。」

彧看著他，笑容掛在臉上久了，顯得有點詭異。

「你想換成綠色的嗎？」

彧是個天才，雖然大部分時候比較接近瘋子。

完全混熟之前，何奕言甚至以為他在吃精神科藥物，還特別留心著彧的行為舉止。後來才知道他一點病也沒有，盒子裡裝的全是維生素。彧也不常吃那些藥片，只是在遇到瓶頸時拿著把玩，透著光看半透明的塑膠盒。

「顏色可以激發靈感。」彧說。他寫曲子，大部分時間寧願透過音符說話。奕言喜歡聽彧寫的歌，雖然那些作品老是被公司退件，他還是能感受到對方的天賦。

替他作詞的夥伴說，彧的歌有顏色。

他不知道是不是維生素的關係。在他眼裡，它們都是差不多的顏色。彧倒是很喜歡這個說法，三不五時帶些五彩糖片回來，還會到處貼不同顏色的標籤，反正都是些很脫序的事。

例如現在。期中考的那個下午，他剛打開宿舍的門，就聽見衣櫃絞鍊發出喀啦一聲脆響。想都不用想，何奕言就知道窩在裡頭的是誰。

「不要弄壞我的衣櫃，你這傢伙。」

「抱歉。」木門後傳來悶悶的聲音，「我的櫃門壞掉了，營造不出完全密閉的空間。」

「……你想悶死自己嗎？」他看了下自己桌上的塑膠袋。裡頭裝著不知道是粉紅還是黃綠的糖球，白色標籤紙上潦草寫了句「給奕言」。

算他有心。他把櫃門拉開，果然看見彧抱著筆記型電腦對他傻笑。「出來，我的衣服都皺掉了。」

「奕言，你看見桌上的糖了嗎？」

「看見了。」他皺起眉頭，「我不喜歡吃甜食。」

「你覺得那是什麼顏色？」一如既往，那傢伙自動忽略了他的抱怨。

「是為了新曲的靈感嗎？」他問，對方乖巧的點頭。他們兩人之間一向公事公辦，就算再怎麼不耐煩，對於工作還是得尊重。

於是何奕言瞇著眼想了半晌，「綠色吧，我猜。」

「答對了！」少年孩子氣的笑了起來，滑鼠在編輯程式拉出一條長長的參數線，「我最喜歡綠色啦。還有，我替你買了個綠色藥盒。」

「自己留著用吧。」

何奕言又往袋子裡瞄了一眼。幾顆色彩黯淡的糖擠在一起黏黏糊糊，於是他決定把它們打入冷宮。

「還有，你到底什麼時候要出來？」

或喜歡綠色和藍色，還有灰色。何奕言分不出顏色。

他其實不記得從何發現自己是色盲的。也許是過馬路時的紅綠燈，也許是美術課那些色彩繽紛的蠟筆，也許是老師批改卷子用的墨跡。

他對小學老師印象深刻，因為她總喜歡用不同顏色的原子筆簽聯絡簿。好孩子是綠色，普普通通的就用黃色；而當老師不滿你的表現時，簽名欄會被填上紅色。

何奕言分不出來。挑出黃色還算簡單，但紅色和綠色就有點困難了。他不敢問老師，可是又按捺不住好奇心，只好趁著下課偷偷問鄰座的同學。記得那是班上人緣很好的女孩子，綁著兩條馬尾辮，和人說話時眼睛會一眨一眨的。大概是沒想到他會來搭話，她一直愣愣地看著他，直到被朋友拍了下肩膀才回過神來。

是綠色的。那女孩說，不知為何在忍著笑。他看見她也抱著聯絡簿，於是問了她一句，你們也是綠色的嗎？

大概說話聲大了點，大家都聚攏過來聽他們談話，只是每個人都帶著奇異的笑容。這次答腔的是她朋友，說當然不是呀，我們都只能拿到紅色的簽名，沒有人像你一樣厲害喔。

我很厲害嗎？他忽然覺得挺高興的，因為自己平常不太和同學說話，沒想到大家都對他如此肯定。

同學們還是對著他微笑。何奕言有些不安，但還是報以一個笑容。

——當然啦，所以請永遠保持這個厲害的樣子。

綁馬尾辮的女孩笑著回答，大家也跟著大笑起來。雖然不知道發生什麼，但大概是很好笑的事吧，所以所有人才那麼開心。

於是他也笑了起來。那大概是個綠色的笑容。

「紅色？我不太喜歡，它讓我壓力很大。」

聽他談起這段往事，或咬著食指的指甲，眼睛依舊盯著電腦螢幕。他現在霸佔著何奕言的床——以「上鋪會被漏水的地方滴到」為理由——面前是貼滿標籤紙的狼狽電腦，連螢幕的光線都顯得慘淡。

他知道或為什麼這麼說。那傢伙有一疊紅色標籤，專門用來標記樂曲瑕疵，當公司愈不滿意，他的電腦上就愈多寫著紅字的小紙頭。

今天的或是危險等級，因為電子鍵盤壞掉了，只能用滑鼠一點一點的修改。何奕言替他算了一下，貼著的標籤總共有十七個，希望它們別都是紅色的。

小學的時候上實驗課，自然老師也喜歡用各色標籤紙來標記藥品，說這樣可以節省寫字的時間。他很喜歡化學課，但是沒寫字的標籤實在太令人頭痛了，為什麼不好好替瓶子寫上成分標示呢？

偏偏組員又喜歡推派他去拿藥品。他不太懂得拒絕別人，每次都得厚著臉皮去問老師，結果當然是挨一頓罵。不過同組的大家好像都很高興，看見他拿藥品回來時都是笑著的，還會告訴他「這項工作真的非你不可呢。」

大家也有需要他的時候，這樣就令他滿足了。

他很早就知道，那些人才是真正的綠色，自己只會在被責罵後寫上紅字標記。但是既然分辨不出來，那麼只要大家能接受他，自己也能被算作綠色吧。

他是這麼認為的。

「奕言——來幫我聽聽這段。」

床上的彧朝他招招手。原本貼在螢幕右上角的標籤被撕去了，彧叼著那張作廢的紙，舌尖被染上一點墨水的紅。

雖然不知道彧算不算紅色，但他更不可能屬於綠色。

何奕言想起站在床上宣稱自己是綠色的他，還有小時候抱著聯絡簿傻笑的自己。不管面對什麼樣的現實，永遠都捂著耳朵閉上眼睛，好像這樣就能改變自己的顏色。

無非是自欺欺人。

何奕言的藥盒不見了。

不是或拿錯藥盒，也不是消失在宿舍一角，而是真的徹徹底底消失了。他跟或翻找了一下午，只差沒把地板掀開，但那小小的紫色盒子就是不見蹤影，蒸發得乾乾淨淨。

「太小了找不到。」

或很乾脆的放棄了。何奕言其實應該感謝他，那傢伙可是放下難得的作曲機會，替他把房間翻了個遍。或常常弄丟東西，因此找東西的技術也特別好，找不到多半是真的不見了。

「沒關係，再買一個吧。」他本就盤算著週末出門購物，只是一直尋不著個由頭，現在反倒順理成章，「謝謝你幫我的忙。」

「不用謝啦。而且，一起找東西挺好玩的不是嗎？」

……他不明白哪裡好玩。果然或有點不正常吧。

「小學的時候好像經常看到，會有人把好朋友的東西藏起來，然後讓他們急著到處找。」對方用手比劃著，差不多就是他藥盒的大小，「因為我沒有朋友，所以覺得挺有意思的。」

「……的確有這麼一回事。」

「是吧。奕言有玩過嗎？」

彧期待的看著他。他知道彧在人群中向來格格不入，自然不可能有要好到能惡作劇的朋友，不管是紅色還是綠色都對他陌生。

至於何奕言，他分不清楚紫色和藍色，紅色和綠色。就像那天他坐在學校的花圃裡，翠綠的野草正盛開著嫩紫的花。他的鉛筆袋從樓上被扔下來，斷水的筆染得世界一片殷紅深藍，墨水沾在臉上黏黏糊糊。他知道老師會責罵他弄髒公共環境，會叫他拿著抹布把四處都擦拭一遍，而他會因為清理不乾淨而再次得到紅色簽章。

可是那對他而言是一樣的。紫色的花與藍色的墨水，紅色的筆跡和綠色的笑臉，無論多少次他都分不出來。

「有玩過，挺好玩的。」他告訴彧。

沒辦法區分顏色的他，本身就會被標上不同的顏色。

後來的某一天，換成彧不見了。

這比藥盒重要得多，室友失蹤可不是商店的特價促銷能解決的。何奕言在房間裡喊了好幾次都沒人應聲，宿舍周遭轉了一圈也沒見人影，甚至連那傢伙很少去的教室都跑了一遍，依舊毫無收穫。那可是彧啊，生活常識與溝通技巧幾乎為零，何奕言覺得他就算只是去買東西也會遭遇不測。

後來他甚至開始考慮報警了。本來打算回房間整理一下情緒，當他打開宿舍房門，才聽到衣櫃響動的聲音。

……結果只是剛才沒應聲啊。他好氣又好笑，敲了敲衣櫃門，「剛才為什麼不回答？害我到處找你。」

沉默。他這才感覺到不對勁，雖然彧人在裡頭，但平時不離身的電腦居然還平躺在桌上。他伸手試圖拉開櫃門，門卻被從裡頭扯住。

「別開。」是彧的聲音。雖然他經常躲進衣櫃裡，但何奕言還是第一次聽見他如此消沉的語氣，「我在思考。」

「思考什麼啊你。」他又試著拉了拉，門依舊紋絲不動，「又是作曲？」

「嗯，我被退件了。」

「那不是常有的事嗎，幹嘛這麼沮喪。」反正門也打不開，他索性在櫃子旁邊坐下，打算跟彧長期抗戰。

「奕言，你知道我從開始作曲到現在，總共被退過多少次件嗎？」木門傳來輕輕一響。他想像著或待在裡頭的樣子，大概正把頭靠在門板上，閉著眼睛和他說話吧。「不知道。十次？」

「一百次。到今天為止，剛好是第一百次。」他在櫃子裡笑出聲來，「公司也說過啦，我的風格不會受大眾歡迎，所以才老是退我件。」

「……這樣啊。」可是我很喜歡呀。何奕言想著——當然，也僅止於想著，「所以呢，你怎麼辦？」

「不知道。我好累，讓我休息。」

那之後彧似乎是睡著了，再沒和他說一句話。他也沒打開門，只是靠在門板上，聽著裡頭傳來的呼吸聲發呆。

他記得彧的夥伴說，他的歌有顏色。

那大概是紅色吧。雖然刺目而引人訕笑，但因為無法分辨，所以在他眼中依舊美麗。

自從那日之後，彧便再沒提過此事，他也逐漸遺忘了。

說是遺忘，還不如說是置之不理。何奕言不是敏銳的人，但是他能察覺彧下了很大的決心，而他為了即將到來的改變感到不安。

直到學期結束的那天，何奕言在宿舍門口巧遇拖著行李箱的他。

「我要搬走了。」彧告訴他。

就算不說，他也看得出來。他將手插進口袋裡，端詳著難得作外出打扮的彧，意外的像個普通學生。

「你被退學了？」他問。雖然認識好一段時間了，離別的傷感卻比想像中淺得多。相信彧也是如此，因為他沒有主動解釋什麼，只是一味咬著手指甲——這次是中指，可能食指已經被啃得太短了。

「沒有，我自己休學。」

對方說得輕描淡寫，臉上看不出惋惜。他是不是始終沒打算念到畢業呢？何奕言想了一下，還是放棄問他這個問題，「那麼接下來呢，還是作曲？」

「嗯。」

「可是，他們不喜歡你的風格。」

「風格能改。我又不是換了方式就無法創作的人。」對方聳聳肩，一臉的無所謂。他忽然覺得害怕，眼前的這個人並不是或——至少，不是他自以為認識的那個或。

或改變了。像個滯銷的玩偶一般，敲碎紅色的外殼，重新漆上綠色塗裝；何奕言看著他改變，從一個陌生的顏色換成另一個陌生的顏色，不知道應該出言鼓勵還是黯然神傷。

「再見啦，我得去趕車了，改天再聊。」沒發現他的驚慌，或拉著行李箱的提把，朝他揮了揮手，「你有我的電話號碼吧？」

沒有。可是何奕言點點頭，看著或的背影消失在門口。

或接下來會怎麼樣呢？他無法臆測。

不過，他們應該不會再聯絡了。

新室友是在半個月後搬進來的，小他一歲。

在對方的鼓勵下，他去配了副矯正眼鏡。戴上的感覺是挺新奇的，但是看久了就覺得色彩刺目，於是他把眼鏡收回了抽屜裡。

室友也沒怪他辜負自己的好意。他是個好人，在學生中顯得再正常不過。他們一起念書、聊天、打掃，就是每個正常室友會一起做的那些事。

也因此，在某次大掃除中，室友替他翻出了那個塑膠袋。

「這什麼啊，感覺塞在裡面好久了。」

他一眼就認出那個裝糖球的袋子。放了小半年之久，出乎意料的沒長黴菌，只是看起來更加黏糊了。

不管以前還是現在，他都完全不想吃這袋糖。

「是學長的糖果嗎？」室友問。那傢伙好像對糖很感興趣的樣子，所以他把袋子遞給他，「吃嗎？」

「不要，有夠噁心的。」得到對方嫌惡的眼神。

「我也這麼覺得。」

晚一點收垃圾時拿去扔吧。他把注意力轉回化學筆記，卻又突然想起什麼，抬起頭看著室友，「問你喔，剛才那袋糖果……是什麼顏色的？」

「嗯？喔，紅色的啊。怎麼了？」

「沒事。」他再度低下頭，鉛筆在紙上畫了個圈。

果然該扔了。

短篇小說獎　優勝

瘤

陳姵妤

個人簡歷

陳姵妤，2000年生，曉明女中三年級。情人節生，待了六年女校，希望今年能成功見點世面，也希望好運氣能一直用到指考放榜。以後想開一家甜點店，並且當個正直溫柔的好公民。

得獎感言

謝謝青睞這篇作品的評審，也謝謝這個獎項，在大考前成為我的小光明。也謝謝總是幫我寄稿的爹和餵飽我的娘，太多人了一次說不完，總之就是謝謝所有陪著我的人，你們都在，真的很好很好。

瘤

那天早上我是躺在冷冰冰的木頭地板上甦醒的。

我隱約聽到爸敲門問我起床了沒，我隨便應了一聲，他說他今天比較早要先出門，叫我別睡過頭。

「早餐在桌子上，牛奶記得熱。」

「唔。」

我睜開眼睛，視線投向米色窗簾下沒被遮住的天空，天色還是蒙上一層灰，大滴的水珠黏在窗緣，外面好像在下雨。我搓搓自己裸露的雙臂坐起身，腰和背很痛，我揉揉太陽穴想要爬回床上補眠，卻發現身體有種奇怪的感覺。我用雙臂奮力想把自己弄上床，但卻發現我一使力想起身，肚皮就痛得彷彿要被撕裂，睡意早就消失無蹤，我掀起睡衣一瞧，只看見一個像被蚊子叮過的包。輕輕搓揉它。有點癢癢痛痛的，但卻不及方才那種劇烈疼痛的百分之一。

但當我再次想要起身，那種彷彿斬斷神經似的痛讓我幾乎昏厥，我的視線被攪成一大坨糾纏成團的毛線。

等我再次回神，突然意識到只要不用肚子出力就沒事了。

但我還是得站起身去盥洗，我慢慢匍匐到了牆邊，扶著牆，然後讓肚子使用最小的力氣勉強站了起來，但那種蟲子嚙咬似的痛麻感卻仍然放肆地在我的肚子上肆意徘徊。

外頭果然在下雨，空氣裡都是雨水落在泥土裡的味道。

五月了，我這才突然想起來。

梅雨是夏季裡一點點的不合時宜，它在張狂的夏季蓋上一個收斂的標籤，讓世界變得沉甸甸的，連路人都像駝著背在走路似的。

我用比平常慢上許多的速度走著，讓自己不要那麼明顯感覺到肚子上的怪異。

好不容易到了學校，白色的制服和汗水都黏在了背上，我抖一抖衣服，讓冷空氣灌進去後胸罩肩帶的形狀不要那麼明顯。

「早安！今天比較晚喔！」突然有人大力拍了一下我的背，我重心不穩往前踉蹌了兩步，腹部上的疼痛像被驚醒的獸一樣咆哮而起，我嚥下了那股疼到作嘔的感覺，慢慢坐下。

「今天睡過頭了……」

是她，她大且精神的眼睛與這悶熱的天氣看起來像是不同世界的東西，清爽的短髮不見絲毫黏膩，她看著我，我卻不自覺地別過視線。

「我什麼時候能再去妳家吃飯阿？」她偏著頭，眼裡有笑意。

「但是我爸做飯不好吃喔。」

「不要緊。而且妳爸幾乎天天做飯吧。」

「嗯。」她朝我眨了眨眼，伸手幫我把制服胸前稍微鬆掉的鈕扣扣好，然後笑了起來，露出一排整齊的白牙。

「那我們改天約，要記得喔。」

「嗯。」

老師在講台上口沫橫飛，我偷偷把手伸進衣服裡，把百褶裙往下拉一點，摸一摸那個小瘤。說到底其實我也不知道是不是因為這個的原因才讓我的肚子開始莫名的痛，我仔細地摸了一摸才發現它的表面並不光滑，像是好多顆彈珠被包在肚皮下的感覺，這讓我想起來去年和爸一起去海邊看到的蕈狀岩，一個月一次的家庭日，我和爸，兩個人的家庭日。

那時候也很悶熱，夕陽半懸在地平面上，半片天空是亮的、另一半灰濛濛的。

有對情侶依偎著彼此坐在沙灘上，女的穿長裙戴草帽，男的用精實的手臂摟著她，還沒落下的夕陽還是刺眼，我瞇著眼睛望向波濤陣陣的海水，餘光看著那對情侶，從腹腔突然湧上一股細細的熱流流向腦門。

開始漲潮了，我和爸坐在遠一點的棚子下，半杯沒喝完的檸檬水擱在桌上，冰塊已經融得差不多了，我們看著夕陽的最後的一角消失在邊界中，那對情侶這才親親熱熱的走上岸，我這才看到女人略顯暴露的洋裝包裹住她的胸，而男人精壯的上半身還有水滴緩緩滴落。

或許夜色太深，又或是夕陽殘存的光太亮，慢慢趨緩的海風挾帶沙粒打在身上有點刺痛，我嚥下口水，視線在他們之間慌亂的逃竄，心裡有一股鼓譟的感覺消不下去。

「回家吧！」爸拍拍我的肩道。

「嗯回家。」月亮還沒出來，靈魂還被埋在沙裡，我可能忘記帶它回家了。

我想我其實從那時候就已經昏厥在沙灘上了，再冷的海水都叫不醒我，告訴我天已亮或夜色已深。

●

我用眼角餘光，看到坐在前面的她在老師轉過身抄黑板時回頭對我扮了個鬼臉，我差點笑出聲，但腹上針戳似的感覺快速把我從笑容的俘虜裡綁回來。

不能笑，不然我一定會昏倒。

認知到這件事的我突然被一股無力感深深包圍。她看見我沒笑，露出了一個落寞的神情。

我沒有那個意思的……

那個表情我記得很清楚，那也是我和前男友提分手後他露出的表情。

我弄不清我自己。

你很好，真的，我……沒資格。

我不想耽誤你。

我沒有說謊，我很惶恐，這時我突然想起她的臉。

我連站在鏡子前都幾乎看不清自己的臉，好像有人把玻璃紙揉皺之後攤在我眼前，映照出來的是色彩繽紛，但卻沒有一處是明瞭的。一張玻璃紙只有一種顏色，我貪心的拿了很多，想看到更多可能，卻發現所有顏色疊在一起只通往了黑暗。

不合理。

就像擺在羅浮宮裡的任何作品都不應被莽撞下評論，那是生命、是靈魂、是自混沌之時就有的一股無法言喻的靈動，裸露的女人與男人其實都是一樣的。

就這樣我板著臉過了一天，想笑的話就閉上眼睛，真的受不了就大大的深呼吸，吸進涼涼的空氣吐出燥熱。

沒事，這樣很好。若是沒有這樣想，我怕我會忍不住一頭把自己撞成碎片然後被風帶走。

放學時我看著她的背影，強掐住摸她軟嫩的臉頰和略微乾燥的唇的衝動，像個活了很久的人一樣朝反方向離去。

晚上洗澡時，我褪去一身累贅站在半身鏡前面，注視那個比早上明顯大上三倍的包皺著眉。那個瘤有朝陰部延伸的趨勢，像一隻進化不完全的爬蟲類，貪心的掠奪不屬於牠的一切。

六點，還早。

我惴惴不安的洗完澡後，找出了沉積在抽屜底部已久的健保卡，隨手拉了件薄外套，留了張字條給爸之後便出門了。

我沒有想告訴爸關於我身體有異樣這件事，母親去世得早，爸從我小時候就要父代母職，從七八點修車廠回來後還要準備晚餐，我實在不想讓他擔心。

我思考了一下，再看看那東西長的位置，想起在對街好像有一家婦產科。

婦科人很多，但是還算安靜，我四處看了看，大部分是夫妻。

我找了一個角落的位置坐下來。但有些人的視線卻讓我想忽視也難，他們的目光像一張無形的網把我撈上岸，晾乾之後留下一句赤裸難堪的軀體。

別一直打量我行嗎？

我瞪著前方牆壁空白的臉，突然想到不知道爸那時候是不是也這樣帶著媽來產檢。

他們高興嗎？是高興的吧。

我轉頭看像方才還在竊竊私語的夫妻，他們眼神與我相接，然後倉皇的收回目光。

他們的年紀約莫邁入中年，爸媽生我的時候也差不多。

然後我突然不生氣了。

我閉上眼休息，縱使不太安穩我卻不小心睡去了。

#

我在做夢。

夢見她，還有我，我們在游泳，在一片褪色的海，天上好像有星星，沒有風，她穿著學校的泳衣，腰部和臀部的曲線像光滑的銀鉤，我們在海裡相互靠近，她忽然抱住我的腰，親吻我的腹部，還有我腹上那醜陋的瘤。我開始驚恐的掙扎，像溺水的魚被她勾上岸，但她仍是緊緊摟著我，她好像在說什麼，唇瓣一張一吐，我想叫她不要說話，但我發不出聲，只是看著泡泡從她的口鼻一顆顆冒出，然後慢慢上浮，啵的一聲破掉了。

我猛然被她推上岸，一股力量拉起我，抬頭一看發現是前男友。

他看著我笑了，拉著我的手朝岸上走去，我低頭看向自己的身體，發現自己竟不著寸縷！腹上那條醜陋的爬蟲類盤據在上，我羞愧的想逃回海裡，但他緊抓著我。他抱著我靠在他的懷裡，不是愛情或友情的擁抱，而是像宇宙混沌團團包裹住一顆初生星星的那種依附，不夠熾熱不夠安全，但我卻舒服的瞇上眼。不知過了多久，他扶著我站起來，然後轉身離去。

海浪碎裂在我的腳邊，我撿起貝殼，用手背把上面的沙子抹乾淨，裝了一些破碎的月光，月光裡倒映的是我自己的臉。

一個孩子的大笑聲把我的意識抽了回來。

周遭的人散去了一大半，我愣愣地坐在那裡又等了一會兒就輪到我了。

「有沒有性行為？」護士拿著我的健保卡沙沙的寫著，頭也沒有抬的拋出問題。

「沒…沒有。」

「去那邊躺著。」

護士在我點頭後掀起我的衣服到了一個令人尷尬的高度，七分褲也被褪下去了一些，我不安分的扭了扭，這時醫生來了，是女醫師，我暗自鬆了一口氣。

「會痛嗎？」她帶著乳白色的手套碰觸那個瘤，聲線沒什麼起伏，我搖搖頭。

「但是肚子用力的時候就會痛。」她挑起一邊的眉毛。

她用眼神朝護士示意，於是我的衣服和褲子被拉回原本的位置，粉紅色的布簾被拉開，飄出一股淡淡的藥味。

「妳這個東西我不太確定，但可大可小，如果繼續變糟可能要開刀。」

「開刀……」聽到開刀兩個字我的眼淚幾乎要流下來了，比起發現的那天早上，現在我突然好接近恐懼。

「別緊張，如果變小的話就沒什麼大礙，一切都取決於妳的心態，我見過很多病例到最後都是不藥而癒的。」

「最近放輕鬆，調整好心情，然後再看看有什麼其他症狀，靜觀其變。」

靜觀其變，我照做了。

但是卻發現那個瘤愈來愈大，平常在學校還可以拉高裙子來遮住，但是有一天它大的連裙子也擋不住了，整個鼓脹起來，像一顆灌不破的氣球，我傳訊息給班導告訴她我要請病假。

我好害怕。

我應該有努力保持好心情了但怎麼會這樣。

梅雨下得愈來愈無法無天，毫不羞愧地攫奪了春天留下的最後一根小辮子。整座城市披了一層紗，偶爾透出的光線像是上蒼的施捨，雨不分白天黑夜，就是不停的下，永無止境的令人暈眩。

我倒頭躺回床上，閉上眼突然想到前男友身上淡淡的薄荷香、他大笑時上下滾動的喉結、他的眼睛笑的時候會變成月牙的形狀，還有他的胸膛，溫暖又寬大，像海上的浮木，我放任自己沉淪於此。我是喜歡他的，曾經，他的耳廓和他的許多，像是養分一樣。

但她，她不是我的養分的話，那又是什麼，我從舌尖上慢慢濃縮出一個完整的詞，是信仰吧，愛慾交雜的那種，像恆河千百年來流過的痕跡。

腹部突然劇烈的痛了一下，我雙手顫抖的掀起衣服，清楚看到那個瘤以肉眼可見的速度在膨脹，我強迫自己冷靜下來，然後把自己包在棉被裡，身體蜷成一顆球的樣子，模仿最原始的姿態。

我自喉嚨深處發出了一聲嗚咽，眼淚自眼眶裡被抖落。我不敢用力發洩，我害怕自己如果昏過去就再也清醒不來了，我會被抓住，會有人把我綁起來，因為我不忠心不真誠，所以沒資格回來。雨在外頭淅瀝淅瀝的下，淚水打溼了半個枕頭，然後瘤停止變大。

我想其實我害怕的是我竟然開始有點習慣這種痛楚了。

叩叩。是爸。

我翻身裝睡，我聽見他的腳步聲愈來愈近之後停在床邊，然後是杯子放在桌上的聲音。我感覺到他隔著棉被把手放在我的頭上，然後呢喃似的輕聲換我的名字，見我沒有回應，又慢慢的踱出了房門。

確定爸出去後我艱難的爬起身，桌上那杯薑茶還氤氳的冒著熱氣，我用舌頭沾了一下。

好燙而且好辣！

我再把鼻子湊近嗅了兩下，縷縷的白煙溜進去，本來有點鼻塞的鼻子也瞬間通了。

邊咳邊下嚥的喝碗了太辣的薑茶，我迷迷糊糊的就睡了過去。

再次醒來時已經下午了，我扶著腹上那個可怕的東西下床，悄悄的開了房門探頭一看。

爸坐在客廳看新聞，午間新聞，沒什麼重要的。

他隨意切換了頻道，見到沒什麼能勾起他興趣的節目，就把頻道停在氣象台。

「今明兩天各地仍受到鋒面影響，早晨氣溫悶熱，雨勢明顯，各地民眾出門務必攜帶雨具，後天會短暫放晴，中部北部需特別注意早晚溫差……」

「爸，你今天休息啊？」我走到爸身後，雙手輕輕遮住肚子上那個大的像包子的瘤，或許是衣服比較寬鬆，爸沒有注意到。

「嗯，薑茶喝掉了嗎？」

「喔……嗯……」

「我買了一大袋的肉包，明天妳自己蒸一蒸當早餐喔。」

肉包，我現在一點也不想吃肉包，以後也可能都不會想了，那坨東西就像肉包。

我低著頭沒有說話，爸彎下腰看我的臉，看見我皺成一團的臉，捏了我的鼻子一下。

爸的手上有一層厚厚的繭，還有因為工作所以好像永遠都洗不掉的機油味，在觸碰我的時候，淡淡的氣味就飄了過來，像鹹鹹的海風。

「你的手怎麼了？」爸的手背上有一條深紅色的，長長的刮痕。

「零件刮的。」「小心一點啦！」「哎，不礙事。」爸的臉上好像也被刮了似的，但刮傷他臉的可能是歲月。

「不想吃肉包的話還有饅頭，喜歡什麼都不要緊，反正早餐記得吃，梅雨後天會緩一緩，記得多穿點。」

都不要緊，而且後天會轉晴。

「薑茶太辣了。」我嘀咕，但我還是喝完了。

爸明天要上班，我明天應該會去上學，肚子上的東西明天不知道會怎麼樣。

隔天起床的時候，肚子上的瘤還在，但是變小了一點，像乒乓球。腹部還是會再用力的時候痛，還是不能大笑，但我試著微笑。

爸去上班了，桌上留了字條「記得吃早餐，愛妳的爹」，下面還畫了醜醜的吐著舌頭的人。

輕輕的閉上眼睛，我把伸得好長好長的軀體慢慢收回來，像破蛹展翅的蝶也回歸成蛹的姿態。然後我變得愈來愈小，萎縮成胚胎的大小，突然一陣潮水湧來，把我圍在一層薄卻強韌的膜下。

我是在羊水裡吧。除了心臟的跳動外，很黑很安靜，但不壞，然後好像有什麼亮亮的東西在我眼前炸開，就像那個夏夜碎掉的海浪和破碎的月光。

我緩緩張開眼，緊緊抱住自己，感受自己的心跳。

這時好像什麼都無所謂了，我拋開了想親吻他耳廓和擁抱她纖腰的慾望，我的靈魂終究與我的心最接近，在夢中顯得真實、在現實顯得虛幻。

我第一次如此勇敢地親吻著我自己。

短篇小說獎　優勝

窺屏

夏蟬

個人簡歷

宋明珊，2000 年生，北一女中三年級，筆名夏蟬。夏天出生，討厭被稱為文青，想做個堂堂正正的三類人。

很愛台灣，很想看很多書，很想好好練習寫小說，很想當個真誠且溫柔的人。

說想，是因為現在還不是。

得獎感言

心中配上的新聞標題是：「網友直呼太誇張。」若你們知道我的投稿過程，應該也會如此認為。
得獎最開心的是，有人能夠看得懂你想說什麼。這也同時是寫作令人上癮的地方。希望小樹苗夾處在青春的無力感和科技的空虛冷漠之中，能夠好好的繼續成長。

窺屏

按下電源鍵，路上的黃色警示塊出現在眼前，一塊又一塊安分地朝視線前方爬去，日復一日。看膩了這景色，她將手機向左轉去，只見一根渺小的建築，安坐在凱達格蘭大道的盡頭。

她瞇起眼，內心深處湧起了一股似曾相識的渴望，化作腳底的雙黃線，綿延而去，穿過台北東門，繞出中正紀念堂，行經大安森林公園。她的思緒隱隱地開始沸騰：即將看到，即將看到一○一了——但冬日霧霾無情地捲走一切，只餘一點殘影，若隱，若現。

正自嘲地想著：都只是屏幕裡的影像罷了，又能看清什麼呢？身後卻傳來憲兵提醒總統府前不能拍照的喊聲：「請放下手機！」

她置若罔聞。

「要怎麼放下手機？你又放下了嗎？」她有點想這樣回答那位憲兵。

坐上餐桌，等待晚餐上桌的同時，她點開手機桌面上的小蘋果圖樣「apple talk」，查看是否有新的訊息。列在最上面的仍舊是小枝，「18點45／恩恩。」

她聳聳肩，只好再開新話題了。發出今天在總統府前拍的那張霧霾一○一後，她點開ＩＧ看同學們的動態：在那裡吃了什麼，好好吃，點讚。今天沒來由的心情好差求安慰，點讚。食指不斷地向下拉動，間或打串讀起來興致高揚的回覆，但她臉上始終木然，彷彿看的不是閃動的螢幕而是自己的手指。

滑一滑，晚餐上桌了；滑一滑，家人的彙報也不外乎今天遇到哪個鄰居聊了什麼，公司裡有誰總是諂媚上司讓人不爽，和同學做了什麼有趣的事等等，一張張像是貼文那樣規矩，她滑一滑，也過了。菜餚收盡後人也散盡的餐桌在她看來，並不比剛剛冷清多少。

她抱著手機，躺進床裡，繼續滑。家人們輪流從浴室裡滑出來，睡覺的時間也那麼滑到眼前。按掉電源鍵，所有的畫面都跟著房間一起暗下來，該睡了。

「叮咚！」

手機的訊息提示音響起，她又睜開了眼，看見的是小枝的訊息：「23點45／我這裡地震了，特別大。」

地震？她沒感覺到任何地震的跡象。就那麼等了五分鐘，在她終於打算傳訊息詢問的那刻，掛在牆壁上的鐘卻開始晃動。她一開始還以為是錯覺，但在床也開始輕微搖晃後，她馬上回覆小枝：「我這裡也地震了，但沒有特別大吧，我還繼續躺在床上滑手機呢。」

小枝已讀。

等了一會兒也沒等到小枝的回應，這次她真的關上螢幕，睡了。

小枝其實並不是很熟的朋友。三個月她剛開始玩 apple talk 這個交友軟體，第一個配對上的就是小枝。很巧彼此都是女高中生，又聊起了烏賊花枝和章魚在學術上食用上和俗名上的區別，開開玩笑就聊開了。

「為什麼叫小枝，是因為喜歡吃花枝？」

「對啊我喜歡吃那個滑滑八隻腳的東西。」

「等等，你是在講花枝烏賊透抽還是章魚？」

「……這幾種有差別嗎？」

聊到後面，她還是不知道為什麼小枝叫小枝，不過她也沒再開起這個話題。在交友軟體上，大家都有自己想隱藏的故事，而只有隔著手機螢幕，才能蓋起那些包袱，更加坦蕩的做自己。刨根問柢反而不禮貌，或者說，破壞遊戲規則。

而她和小枝慢慢地，從一個玩笑開始，隨著夜色一起沉澱。她們隔著很遠的距離，隔著屏幕，卻一下子跨越了肉身這道藩籬，交換最近身的祕密。在深夜，一切都能顛倒：能和一個陌生人講自己最私密的心事；能讓現實的長距離變成心靈的親密無間；能用最戲謔輕鬆的語氣描繪自己最痛的傷口；能隔著屏幕用最客觀的眼光，觀察自己最深處的黑暗。

但太陽一升起，所有的魔法都消失，她們又開始笑鬧，或分享無關緊要的生活瑣事。如果能接下去就接下去，如果不行，就坦率地回個「恩」，或是貼圖來句點對方。

聊得並不熱絡，也不是知心好友，但就是不知道為何，就想繼續聊下去。

2018/02/07

按開電源鍵，新的一天，開機。

幾乎所有渠道都大聲嚷嚷著昨天地震的慘狀：隔著房門聽著父母大聲唏噓、許多人轉發新聞，再打上天祐台灣……而她仍是一滑。就滑過去了，沒有多餘的驚呼或嘆息。窺屏的好處，就是不必浪費力氣去做你其實不想做，但別人希望你做出的回應跟表情，只要點個讚，就好。

點完地震新聞的讚，她點進 apple talk，發現小枝徹夜未回。

她並不覺得奇怪。和平常秒讀秒回，就算不知道說什麼也會發貼圖回應是不同，但對一個陌生人，你又能如何判定什麼才是對方的「正常」和「奇怪」？

她隨手一點，分享個地震的報導給小枝，並附上一條訊息：「台北也才三級，不大。」

又窺了一天的屏。

直到晚上，小枝都還沒有回。她才開始暗暗的猜想小枝到底在做什麼？手機壞了？到了沒網路的地方？難道是出了車禍昏迷中？

突然，一聲「叮咚！」打斷了她的天馬行空。

小枝終於上線了：「抱歉，手機摔到了，直到現在才打開。」

她迅速回覆：「你那邊地震很大？那你還好嗎？」

小枝遲疑了半晌，末了才傳：「……不是很好。」

「你不在台北嗎？」她疑惑。

又隔了一會，小枝並沒有回答她在哪，但說：「我家塌了。」

看到訊息的那刻，報導那些坍塌的房子像泡泡一樣爭先恐後地浮出螢幕，炸裂。她的手機開始震動，越震、越大，大到她差點握不住。

她趕緊叫回之前瀏覽過的新聞，細細閱讀：「……截至七日晚間十點，共造成七人死亡、二百六十人輕傷、六十七人失聯。」

「今天晚間花蓮又發生五點七的強震，不但引起民眾恐慌，還影響了搜救進度……」

和早上粗略掃過時的感覺完全不同，現在報導裡的每一字每一句都讓她頭皮發麻：「妳在花蓮？」

小枝沒有回答這個問題。

「妳受困了？」她又問。

「恩，我家的柱子整個攔腰折斷。」這個問題小枝倒是回覆得很快。

她感覺，比起隔著屏幕看著那些駭人聽聞的新聞標題和模糊的照片，小枝有一句沒一句，顯得過度淡定的回答才更讓恐懼的震波動搖她的心神。

微微顫抖的手指急切地敲出：「妳還好吧？妳有受傷嗎？」

「應該……沒有吧？不痛，但在黑暗裡看不見，所以也不知道有沒有傷口。」

「妳爬的出來嗎？」

「一個人應該沒辦法，我全身無力。」

隔著屏幕，隔著小枝打出的文字，她卻彷彿可以看見小枝卡在斷垣殘壁之中的畫面，越想越心急：「你不要跟我傳訊息了，趕快想辦法向外求救啊！」

小枝又下線了。

又到了該關屏幕的時間，但她一閉上眼，那片黑卻不如以往死寂，反而開始沸騰。她摸著自己的心臟，隱隱約約地聽見了它迸迸迸地冒泡，還有焦灼的味道。

上一次失眠是什麼時候？國小校外教學？她已經好久好久沒有那麼強烈的心情了。藉由屏幕窺視太久，所有鮮活的色彩都被轉換成電子位元，她讓冰冷的科技冰凍所有知覺，就只為了不要燙傷。但現在，屏幕裡的一切對她來講遠遠不夠！她想看更多，想感受的更真實，就算會被陽光灼傷。

她從床上跳起來，按開螢幕，瘋狂的搜尋新聞，最後，在 youtube 上看到了搜救直播。強烈的白光將裸露的鋼筋照得猙獰，各式警鈴聲此起彼落，救難人員穿著螢色背心小心翼翼地進入歪斜的房子內，腰上的無線電吱吱作響。一想到也許小枝可能就在正被搬起的那塊水泥下方，她就無法轉移視線。「沒有人！」打頭陣的救難隊員高喊完，就立即又朝下一塊水泥邁進。又是一聲：「沒有！」然後機組又忙亂卻有序地奔往下個可能地。一塊又一塊的水泥被掀起，又放下，在希望和失望中起起落落的她，很快就抱著沒有關螢幕的手機，睡著了。

2018/02/08

「搜救進入第三十二小時，現在救難人員已聚集在雲門翠堤大樓……」被手機裡的直播吵醒，她才發現自己竟不知不覺的睡著了。

揉了揉痠疼的脖頸，她倒回柔軟的被窩裡，女記者聲音裡的急迫與怵目驚心，那些散落一地的冷硬水泥塊，都彷彿像夢一般。此刻她是如此安逸地躺在床上。

那些搜救人員是否一夜沒睡？小枝呢？一陣熟悉的無力感偷偷爬上心頭，她終於想起為何當初自己要躲在屏幕裡了——因為無論如何，都出不去。

她迅速捻熄這個念頭。離開舒適的被窩，傳最新的搜救進度給小枝，說不要胡思亂想，很快就有人去找妳了等等。

傳完訊息，她再度投入各式剛出爐的救災報導了。

小枝一早起來，就看見家裡空了大半。爸爸的東西少，好像都搬完了，剩下的是媽媽自己添購的大型家具，和自己整理好的搬家紙箱。以往為人所稱羨的「家」就是海砂屋，鮮豔的色彩一片片剝落，露出裡面不牢固的鋼筋。小枝在空蕩蕩的家裡點開手機，就看見她傳來的一堆訊息，救災進度、叫自己再撐一下等等。

小枝不知道是該哭，還是該笑。現在自己所在的深淵，真的有救難人員到得了嗎？

她正剛好翻到雲門翠堤失聯人口的確切名單時，小枝就來訊息了。

她馬上跳進聊天室，看到小枝已讀了那麼多則訊息，卻只回了兩字：「謝謝。」

她飛快的打字：「你還好嗎？在想什麼？」

只這八個字的時間，小枝卻像看到她就跑一樣，立即下線。

她只好切回去細細地看名單，想要找出小枝：「陳奕儒、張鈞凱、佳瑩、陳博文……」

不對，她根本不知道小枝的本名！

她像失了線的木偶，又癱回了床上。頭頂上，她看見一隻無頭蒼蠅，不斷的撞向玻璃窗內到達不了的光亮。

她只好每個小時都傳一次搜救進度給小枝。

中午十二點，被她訊息轟炸的小枝終於上線：「在想以後沒有家可以回了。」

她不知道該說什麼，既心急又好笑：「比起擔心救出來以後有沒有家，還不如擔心能不能被救出來吧！」

小枝已讀的很快，卻回覆得很慢，就像是一個字一個字很用力地打出來的：「就算被救出來，也不會有家了。」

她沒看懂，反而，心中突然升起一股懷疑，但卻不敢繼續往下想。

這句話到底是什麼意思？感覺很重要，卻不能問。

就和小枝的真名一樣。

她邊繼續鍥而不捨地傳訊息，邊看直播。失聯人數已在昨晚從六十七人劇降至十人，今天則因為雲門翠堤大樓陷入膠著。直播裡開始穿插地震的周邊報導：有人趁著地震詐財、有許多不清楚現場情況的民眾盲目地捐贈物資，幾十個善心便當卻淪為廚餘。

看著那些在水中漂浮的便當，她想起她的那些訊息，也在小枝不冷不熱的謝謝和幾個小時的冷落裡漂浮著。

她突然覺得累了。隔著屏幕，她以為她看得到一切，但其實什麼都沒有「真正地」看見，所謂的一切都只是投影罷了。人就是一座又一座的孤獨島，只能透過屏幕，窺視彼此。

她閉起眼，想假裝什麼都沒看到過。就算她不出力，小枝也一定會獲救。因為她就算想施力，她的手也無法穿透屏幕直接把小枝救出來！

「尋人啟事！翠堤大樓失聯名單」的標題跳上螢幕，她的手指有氣無力地滑著，滑著，一段文字就那麼滑進她的眼簾：「上有兩名失聯者未確定身分，若得知失聯者下落，花蓮境內可撥打110、外縣市撥打 038224138 通報。」

她猛地坐起，血液又開始沸騰，教唆她衝破那屏幕！她趕緊傳給小枝：「快告訴我你在哪！我可以打通報電話！」

沒想到，小枝很快就回了：「不能打。」

她愣住了。是不能打，不要打？還是不想打？

先前被按捺住的懷疑種子瞬間發芽，從頭到尾，許多的疑點：地震訊息和實際地震的時間差、問所在地點小枝一律不回答、還有小枝說的是「我家塌了」，但現下的失聯者都是住在漂亮生活旅店裡的旅客……

她深吸一口氣，打出宣判：「小枝你不在花蓮，對吧？」

小枝照樣已讀，不回。

於是她再度蒐尋失聯名單，這次人數已降為五位，是個來自大陸的家庭。

「你到底在哪裡？」她問。

「我告訴你幹嘛？」小枝回：「你能來這裡救我嗎？」

她發現，她回答不了這個問題。

2018/02/09

裁判庭上，父母各據一方地撕扯著他們殘破的婚姻。小枝在旁聽席，但視線卻擱在手機屏幕裡，小枝和她的對話紀錄上。她轉發的搜救進度占了一整個版面，看著失聯人數從六十七降到六十二，再降到十，然後是五，就讓人覺得就算是癌症病人也能死灰復燃。

然而，在她洩憤性的反問「你能來這裡救我嗎？」後，她竟然又發了新的訊息！

又是一則搜救進度：「失聯人數降為二人！」

小枝差點哭了出來。她錯了，救難人員或許到達不了自己的深淵，但希望可以。看著那麼密集，而且還和自己一點關係都沒有的搜救進度，小枝覺得，如果不自己爬上去，就太辜負那個就算知道自己不在花蓮，還傻傻地繼續轉發搜救進度的她了。

出了學校，她走到重慶南路上等公車。

公車還沒等到，她就看見一個女孩從地方法院那條巷子走出來，準備過馬路。

在她和女孩隔著車到四目交接的瞬間，掌心的手機，開始震動。

是apple talk的網友見面功能：「小枝，現在就在你的身邊。」

那位女孩過了馬路，站在她的身邊，也拿出了同樣在震動的手機。

她突然懂了，她突然懂了每一句小枝說過的話。小枝的確遭遇了一場地震，一場就發生在台北，發生在她身邊的地震。小枝從來都沒有說謊，只是有另一場地震剛好和她的地震同時發生罷了。

她看著和小枝的聊天紀錄，然後，一句話就這麼冒了出來：「真的，謝謝。」

一場地震能震出什麼？能把屏幕震碎嗎？

不行，但她感覺這場地震把死寂沉沉的殘垣震出了一個穴，水泥塊轟隆轟隆地砸在躲了很久的她的身上，很痛，沒錯，但感覺這個能大聲哭喊、大聲感受疼痛、大聲地從屏幕裡爬出來的自己，才是真正的自己，是個被壓抑了很久，久到都被自己遺忘的另一個自己，從死寂沉沉的殘垣中爬出來了。

兩台公車駛進公車站，分別載走了兩位女孩。在台北繁忙的十字路口，公車各自轉向。隔著屏幕，她們溫柔地窺視對方，逐漸遠離自己。

二〇一八台積電青年學生文學獎——短篇小說組決審記錄

時間：二〇一八年六月二十四日
地點：聯合報大樓二樓會議室
決審委員：甘耀明、林俊頴、駱以軍、黃麗群、童偉格
列席：宇文正、王盛弘、劉彥辰
李奕樵／紀錄整理

第十五屆台積電青年學生文學獎小說類，來稿共一六四件，扣除參賽資格不符者，為一五九件，經複審委員朱宥勳、吳鈞堯、凌明玉、陳柏言、黃崇凱、蔡逸君評選二十二篇作品進入決審。

總評

甘耀明：這批作品中有較多新鮮的，資訊、科技的題材，但大部份還是以自身的環境為主，描寫高中生活，跟周遭發生一些互動。也可以看出他們內心有比較大的傷害，滿有意思的。寫作的內容對我來說，只要能自圓其說，如何更客觀的告訴讀者完整的故事，有時還需要一些資訊的整合跟調查，能使破綻更少，更完整的表現角色的行動，那麼無論什麼題材都能接受。

童偉格：這次決審的二十二篇，有幾個現象。第一是主題滿符合預期：升學問題、家庭問題，用相對較抽象的方式去記憶……都可以歸類成宏觀上的啟蒙敘述。第二是形式美學來看，這二十二個篇章都展現了一定的成熟度，在遣詞造句上，文字運用上，都展現了非常穩定的能力。如果用比較嚴格的標準來審視，作為一個抽象概念的演繹，相對來說還有很大的進步空間。

黃麗群：我喜歡他們有意識地在進行語言的打造跟控制，去找出自己講話的方式。整體看起來很愉快。但我反而喜歡他們從生活中來寫，而不是刻意地去抓一個他無法駕馭的題材。我覺得這是寫作的誠意之一。另外，在這些作品裡面，性別的邊界是曖昧流離的。他們已經很成熟、能夠表現這個認知。

駱以軍：前幾屆開始我們就一直有討論，到底是要寫熟悉的？還是說既然未來要自建家園，就該大膽寫一些不是你身邊或者是你這世代看到的狀況？我覺得這一屆很特別，他們有能力去寫獨特的題材，怪異的，有特色的；而從他們的文字，又可以看出自我訓練的各自門派的差異。

林俊穎：要在五千字這麼短的篇幅內去召喚一個人物內在的靈魂，是一個很大的挑戰。這二十二篇作品，我自己所見就有好幾篇試圖進入成人的世界，其他的不是啟蒙，就是西方所謂的巨大的成長痛。但它們應付這種成長痛，有時較情緒化，留白的空間好像少了一點。

●第一輪投票

每位評審圈選五篇作品，不分名次。得票作品如下。由票數較少的作品依序講評。

一票作品

○二一〈山難者〉（黃麗群）
○七○〈河馬的眼淚〉（甘耀明）
○七七〈窺屏〉（駱以軍）
○八八〈若魚〉（童偉格）
○九○〈蛾蝜行〉（童偉格）

兩票作品

○六○〈外來者〉（甘耀明、童偉格）

○二八〈東東的足球鞋〉（黃麗群、甘耀明）

一四八〈瘤〉（甘耀明、林俊穎）

三票作品

○五三〈顏色〉（林俊穎、黃麗群、駱以軍）

○五六〈玻璃彈珠都是貓的眼睛〉（黃麗群、林俊穎、駱以軍）

○六八〈熱鐵皮屋裡的春天〉（童偉格、林俊穎、駱以軍）

五票作品

○三二〈有聲〉（甘耀明、童偉格、黃麗群、林俊穎、駱以軍）

●各篇講評

◯二一〈山難者〉

黃麗群：我喜歡它的老練文字，前面的經營還不錯，但小說是個說服人的過程，它到後來有點躁進，說那臉是她自己化妝化的，這無法說服我。我看不出這麼巨大的痛苦從何而來，是長得不好看嗎？還是內心有創傷？以技術來說，這篇跟其它一票作品在我眼中不分上下，技術相近時，就是主觀情感上的偏好。

甘耀明：它將抽象的傷害變成具象的疤，這我能理解。但是看不出這個輔導老師跟阿國在小說中的必要性。

林俊穎：化妝可以理解成一種自殘。這可能是人格分裂的手法，第九頁這個主述者跟阿國這個男生變成一體。但好像傷害、恐懼都只是來自於外貌，流於情緒化了。

童偉格：他也許想操作一種類似驚悚類型的效果，在設定上，敘事者其實就是阿國。最後一段同時也呈現了一個技術上的問題，以這樣的方式收尾，對細節的掌握其實是不夠的。

◯七◯〈河馬的眼淚〉

甘耀明：相較其它作品的抒情，這篇是比較戲劇性的。這篇魔幻寫實的描繪了胖到兩百公斤的人，生活中遇到的挫折。故事中有起伏，到後面有脫離現實的象徵或譬喻，故事完整。他的細節有一些模糊的地方，譬如說，看到他的母親跟另一個男人在一起，這部份太模糊。

駱以軍：後面那個媽媽似乎是年輕的，但主角回家後又有一個很老的爸爸跟妹妹。感覺就很像是不同的故事被塞在一起，讓人混亂。

黃麗群：這篇有很好的能力把故事的起承轉合說完。小說就是在空中描繪一個存在，而我們看不到的空間，他有嘗試要描繪這個空間。但以五千字來說，事件很多，他的文字也比較平，沒辦法充份表現。

童偉格：故事的完成度很高。包括最後主角摔死這件事，就是為了跟阿河做對照。這篇作品的結構搭建原則就是一連串的對照，光是審查它的編排我們都能知道，它的贅肉很少。但為什麼寫小說會是一件困難的事情，正是因為它會面對一群世故的讀者。它的嚴絲密縫，過於巧合，有時候反而會在編劇上對世故的讀者失去說服力。

○七七〈窺屏〉

駱以軍：這篇雖然沒有那麼多情節，可是它展開了某種存在，透過敘事的技能呈現，像是故事中兩個女孩示範的：有的時候你在臉書上點讚，就好像已經親身參與了現場，但你其實並不真正在那裡經歷！

甘耀明：這篇小說前面百分之七十我滿喜歡的。人對於手機的高度仰賴，活在一個各自的圓形金魚缸裡面，彼此要用這樣的方式聯繫在一起，這樣的人的孤寂感，我覺得寫得很不錯。用地震去形塑一個人被圍困在密閉黑暗之中，必須要跟外界聯繫的狀況，充滿人生的反諷。但是後面有一點失控了。

黃麗群：這篇給我的困擾就是耀明講的。當小說發展到開始要說明地震是父母危機的時候，視角轉換上出現了一些瑕疵。而更困擾我的是，最後她們相見的這一段，還是轉回一個傳統的、教條式的「我還是在妳身邊」、「旁邊還是有人關心妳」，這樣的安排，或者說教的意圖，以此來結尾，對我而言破壞性太大。

○八八〈若魚〉

童偉格：他想像自己也許是魚這件事，這也來自於卡夫卡式的形象，我們可用這個介面與小說對話。雖然它的說服力、技術方面的缺點是比較明顯的，但我願意這樣去看它。

駱以軍：它很像一個精神解離症者，非常可愛，但沒有營造出小說古典的衝突。

甘耀明：這篇用字滿工整的，處理青少年家庭關係跟兩性的迷惘，是比較看得到的主軸的一篇。我看到作者想用跳躍的意象，用比較抽象化的東西去拼貼一個故事，我讀起來有一些感覺還不錯的地方。

黃麗群：如果它是散文的話，是優美的，流暢的，如實的。但作為小說，每個東西都太實了，它沒有為我們找出存在在空間中那隱形的什麼東西。寫的不錯，但我沒有被「召喚」出什麼來。

○九○〈蝂蝜行〉

童偉格：蝜蝂是虛構的一種昆蟲，他在描寫的東西，也許用一句話簡單說，就是「迷路的人的鄉土記憶」。這篇小說想方設法的，想從形上做出思考，透過蝂蝜，難免有點隔空抓物。有些時候，他對小說的想法，我個人覺得可能反向於現代小說的期待。

甘耀明：這篇跟〈若魚〉相反，〈若魚〉是一切都太實了，不知道要照出什麼東西。這篇則是讓我困惑到底要說什麼？它就是個華麗的夢境。

○六○〈**外來者**〉

甘耀明：跟之前幾篇小說的迂迴相比，這篇小說是直接的。比較傳統的透過敘事張力去完成的起承轉合，有點過於順理成章。順理成章的一部份，是他將歸鄉的衝動扁平化成被飲食所勾動的故鄉，這部份其實是不太穩的。

童偉格：同意耀明剛剛提到的扁平。在他的能力範圍外會發生一些奇怪的錯誤，像是把看NBA寫得像看足球賽。但他在能力範圍之內，調度掌握得非常好。例如外勞的生命狀態可能是一個問題，而小說中對這個問題嘗試提出解釋，這個部份我覺得他維持得滿好的。

駱以軍：我有被說服。開始沒投這篇，可能是所謂的「梅西壓力」，因為期待太高，梅西沒踢好的時候，失望會更強烈。主角去偷一個被臺灣人同化的同鄉，偷的這個畫面他做得非常好。文字處理得非常清爽，是個練家子。也像剛剛耀明講的，這篇不是一個玻璃碎片式的自由內在的景觀，他非常穩定地像觀察一隻動物那樣。

黃麗群：這篇很工整。讀起來是一篇很暢快的小說。

○二八〈東東的足球鞋〉

甘耀明：他的語言養分與我們學到的是不一樣的。中間社交軟體上看女孩照片的過程，看那些男友換了誰又換了誰，這處理的方式有些打動了我。在這樣快速的切面裡，前面讀起來有點快樂，後面就有時間沖刷後的感傷。但語句上的斷句可能需要更清楚一點。

黃麗群：這篇很好。雖然是內心的玻璃宇宙，談家庭的破滅，感情的破滅，但沒有用我剛剛說的那種不動用說服技術的方式來寫情感。不是結構嚴謹的作品，但是情緒掌握得很好。也許有些過於老成。像是將乾燥劑放入球鞋，還有從球鞋上的破洞寫到球場上的權力階級，會讓我覺得這是有潛力的小說寫作，不過於耽溺。

林俊穎：我覺得他的野心太大了。從國中開始寫，寫到高中，結尾穿著白西裝，五千字裏壓縮了起碼十幾二十年的時光，變成漏洞太多，承載不了一個人生命的重量，這是我對這篇小說的疑慮。

一四八〈瘤〉

甘耀明：這篇體現創作者如何將柔和的事物，變成內在的技術問題。跟其它作品彷彿快刀之間的性向擺盪，這篇顯得慢一點，緩一點。只是我讀到後面覺得有點淩亂。

林俊穎：我覺得這篇給讀者的留白相當多，在這批作品之中顯得冷靜內斂，不流於焦慮恐懼，筆力很淡，自制力很强。

黃麗群：我一直不是很明白那個瘤是什麼，以寫實的角度來說，瘤是不會憑空長大又消失的。如果是慮病症的話就有可能，但是跟醫生的互動來看，也不是往這個方向經營。以小說的內在動力來說，我也不知道為什麼最後瘤會離開她，我看得懂最後那個救贖來自於家庭，但沒被說服，所以才沒選它。

童偉格：我其實同意林俊穎大哥的說法，這篇是非常好的性別議題作品。但在這樣小說創作者的文筆下，我就會想去觀看，她除了將自我情感描述清楚以外，她對其他人的描述，呈現出怎麼樣的客觀想像。包括她想像單親的父親如何關心她，如何無條件支持以成為最後救贖的那種想像。這些是我覺得這個作者說不定可以再思考的地方。

○五三〈顏色〉

林俊穎：這篇讀起來很舒服，寫兩個中學生，清新可喜。我擺盪在要不要被它說服的中間，也想聽聽大家的想法。這裡面有兩個角色，一個是色盲的主述者，一個是有作曲天才的彧。利用主述者色盲進行一些設計，遂行青少年的種種惡意。到底背後有沒有彼此欣賞的痕跡在，淡到我沒有能夠掌握，讀起來讓我想到某種日本小說。

黃麗群：它有種日文翻譯腔，我對任何的翻譯腔都會有戒心，因為他們不是自然地化用敘述的文法。我選它的原因是，主述者看到的世界永遠跟周圍的人看到的有落差，這件事讓他一直處在一個不穩定的狀態。象徵運用得很好。他很好的掌握了這個年紀的氛圍，有許多有趣的細節，角色的對話也很自然。

甘耀明：這篇算是雙線進行的架構，有分主副線，在我看來，何奕言的表現會比主角來得更鮮明，所以視角的安排對我來說是不太穩定的。第二點，他看顏色只有看到幾種，但顏色可以是很豐富的，日本可以分成兩百五十幾種顏色，所以關於顏色的處理比較沒有說服力。

○五六〈玻璃彈珠都是貓的眼睛〉

黃麗群：這篇也是在講年輕時性的摸索這件事，但這個寫作者非常洞徹一種不平板的階級限制，用雄女學生的戀愛去談論階級如何困住一個人，用男生「我不可能跟一個比我優秀的女生交往」的自我限制來打破天真的「只要互相喜歡就可以打破一切」的願望。第一頁揭示主題的方式很好笑也很無奈，我唯一比較不那麼同意的，是主角試圖透過失去處女以「降落」到男生的位置的概念安排。

駱以軍：這篇光是題目就非常漂亮，有整體性跟視覺的效果。貓的眼睛一旦被抽離出貓的身體，就變成透明易碎的玻璃珠，但這每一個玻璃珠裡，都是難以被定義的真誠。我覺得這篇跟其它有處理同性的作品不一樣的地方是，主角在接觸到同性的關係之後，她還是回去跟因為害怕雄女這個社會資源集中的菁英位置而拒絕的男生那裡，繼續小說式地辯證。

林俊穎：對於如何呈現高中生眼界的世界，這篇作品給出了一些答案。我唯一比較在意的，是結尾的戲劇化有些太過頭。

甘耀明：這篇我也覺得值得鼓勵，可是我覺得這裡面帶著一種女性的異性戀教養的思維，最讓我困惑的大概是中末段的情節，好像暗示性向切換是很容易的，這大概是讓我猶豫要不要支持這一篇的理由。

○六八〈熱鐵皮屋裡的春天〉

童偉格：這個篇章在常見的啟蒙裡面達成了一種反啟蒙。意思是說，也許大家都在找一個方式進入這個成人世界，在這種時候，小說其實處理的是一種門檻，寄望完成一種啟蒙但這篇明明白白告訴我們，這個人已經就在那裡了，而且它用直觀的方式告訴我們，它明白這些成年人可能會有的疲累與匱乏。

駱以軍：這篇是我心中的第一名。對我來說這是非常奇幻的書寫，看他調度的「隔窗觀看對面的畫室裡的老清和模特兒」以及「我身後的壞掉的母親」這兩個空間，這兩個空間各自展現這個年輕小說家的造境能力。讓我想到雷驤的一些短篇，是臺灣特有的景象，是遠距在觀看的素描。

林俊穎：這篇我是跟〈玻璃彈珠都是貓的眼睛〉並在一起讀，覺得特別有意思。相對於玻璃彈珠平視於看自己的平輩，這篇的女高中生是在跨過女人的門檻上，往前看的是畫室裡的「巴黎女人」，往後看是自己的媽媽。這篇遊走在兩個視角裡，給我感覺到女學生的惆悵感。反覆讀，我覺得這味道是非常醇熟的。但處理到最後那個驚險的地方，我覺得還是太求戲劇化，稍微有點過，如果能收斂的話我覺得會更好。

黃麗群：他的文字訊息量的承載，意象裝置在一個極小的零件上是可以的。但他又不是那麼熟練，所以常會流露出一種故作大人腔的感覺，第二個是，主角怎麼去認識那個對象？他把細節規避掉了。你不會某天直接去對面加蓋鐵皮屋，按個電鈴，對方就會開門成為朋友吧？我比較不能接受這樣的敘述，而一旦在這個節點沒有接受，後面所有的情感發生就都不能接受了。

甘耀明：我也同意麗群說的，浪漫化認識他人的部份。但這篇小說我覺得還是有意境的。以行文來說，前面兩頁的成語使用太多。在角色安排方面，我覺得如果只處理偷窺畫家跟女人就好，以五千字的小說來說，想要處理的角色太多，以致於在結尾時，就顯得有點倉促。

〇三二〈有聲〉

林俊穎：我不確定作者是否有此自覺，但對我來說，這篇最有趣的點，是敘事者彷彿在母親身後觀看「媽寶的媽是怎麼樣養成的」。

黃麗群：這篇乍看之下瑣碎，其實文字文字功夫非常精緻，它的瑣碎不是冗言贅語，是有意識地段段推進。作者找到了一個適合的語言風格來呈現，從題材的選擇到體裁的控制，都令人欣喜。

童偉格：這篇作者對自己提出議題的實踐度，已接近百分之百，顯現他對小說有很好的駕馭能力。

甘耀明：在現代蜂窩式的居住環境裡，我們的生活往往是被噪音困擾的，這篇作品顯然有一個取經的對象或真實的生活經驗，而作者能將其化為細節化的洞見，讀來充滿真實感。

駱以軍：這篇我也很喜歡，讓我想到《白噪音》或徐四金的《香水》，一個現代性的密室。我們在的空間是被塞爆的，充滿各種聲音。可是我們都是在稀釋化，讓情節或是心理狀態可以推進。但是有一些部份，為了造就公寓很吵的場景，像是保母、管委會的部份，會讓我覺得是作出來的，不是那麼完美。

●第二輪投票

○二八〈東東的足球鞋〉：黃六、甘四、駱三、林二，總分十五。
○三二〈有聲〉：甘八、林八、童六、黃八、駱七，總分三十七。
○五三〈顏色〉：林四、童二、黃五、駱四，總分十五。
○五六〈玻璃彈珠都是貓的眼睛〉：甘五、林六、童一、黃七、駱六，總分二十五。
○六○〈外來者〉：甘七、林一、童七、黃四、駱五，總分二十四。
○六八〈熱鐵皮屋裡的春天〉：甘二、林七、童八、黃三、駱八，總分二十八。
○七○〈河馬的眼淚〉：甘三、童四、黃二、駱一，總分十。
○七七〈窺屏〉：甘一、林三、童五、黃一、駱二，總分十二。
一四八〈瘤〉：甘六、林五、童三，總分十四。

●獲獎名次

經評審討論後，分數相近的〈外來者〉與〈玻璃彈珠都是貓的眼睛〉得並列第三名。最終名次如下：首獎〈有聲〉，貳獎〈熱鐵皮屋裡的春天〉，參獎〈玻璃彈珠都是貓的眼睛〉、〈外來者〉，優選〈東東的足球鞋〉、〈顏色〉、〈窺屏〉、〈瘤〉。

散文獎　首獎

黑瞳

夏芘

個人簡歷

筆名夏芘，2001年出生，新竹縣高級中等學校階段非學校實驗型態教育二年級，典型的雙魚座，喜歡藍天和陽光，怕黑、怕鬼、怕小人。

得獎感言

感謝評審老師包容文章不足之處；感謝曾經在我生命中烙下深刻印記的人；感謝默默支持我的家人。儘管這篇文章無法改變過去所發生的一切，仍期盼帶給曾經歷的人存在的確幸，因有人理解與懂得。

黑瞳

「你有點散瞳劑或碰到什麼刺激物嗎？」醫生仔細端詳我幾乎睜不開的眼睛。

「沒有！」疼痛使我只能用最簡單的方式回答，如果要說我的眼睛發生了什麼，可能需要更多時間解釋藏在視界所知。

小時候，班上一位同學說他假日去爬山，遇到一隻細細長長的蛇攀在樹枝上，目光相接的剎那對著他吐舌信，嚇得他魂飛魄散。第二天早上，他驚恐的訴說夢見那條蛇騰空轉了一圈掉落地面，同學聽到後大笑：「那牠有沒有跳舞給你看啊？」我也在一旁附和，心想不過就是一條蛇何必大驚小怪。

那年夏天，我坐在電腦桌前，迅速點進編班名單的網頁，在一片密密麻麻的文字裡找到名字，接著將螢幕捲軸往下拉，看到導師是石老師，內心驚喜如湧泉噴迸，她是一位口耳相傳的好老師，從前在校園偶遇，總被她迷人的笑靨和神祕深邃的黑瞳吸引。

中午放學後，我喜歡留在教室幫忙打掃或登記作業。講桌上有個小盆栽，老師說那是絡石，夏季會開出白色小花，她很喜歡這種藥用植物。窗外斜照進來的光線透在老師臉頰上，我想像著那笑容如盛開的絡石花，頭上柔順的髮絲和桌上細梗被微風吹拂搖曳生姿。

不久，班上來了一位轉學生，聽說情況比較特殊。他總是一個人安靜的用鉛筆畫圖，整本課本幾乎找不到任何空隙，上頭布滿凌亂筆跡，真像在圍牆上盤根錯節的植物藤蔓。

用餐時，轉學生總是裝很多菜而且吃得很慢，所以放學後常和我一起待在教室，嘴裡咀嚼著飯，安靜的坐在座位上。石老師似乎不介意他吃多久，總笑著對進來聊天的輔導老師說：「之前沒一個老師受得了他，給我教後，都會自己乖乖在座位上吃飯了。」絡石用對了，會是很好的藥用植物，也許老師的教學對他會是一劑良藥……

離下課鐘響還有些許時間，秋颱要來前，教室凝滯的空氣令人煩悶，同學看似已完成考卷作答，不約而同托著腮發呆。斗大的汗珠從額頭落下，只剩轉學生仍在努力作答，鐘響時，他舉起手似乎有事要說，但老師忙著收考卷沒注意到。月考考卷發下後，大家興奮的討論答案，轉學生突然大喊：「老師，第三題平時考有送分，那現在也要送分嗎？」所有人才發現那是平時卷有爭議的送分題。

「送分！送分！」同學們起鬨著。

「你只有五十三分，就算送分也不會及格的。」老師冷靜的盯著他看。

全班哄堂大笑，旁邊同學作勢要看他的分數，他迅速將考卷收入抽屜，然後趴下不發一語，濡濕的雙瞳和講台上那理所當然的眼神，竟是沒有交集的世界。

幾天後，轉學生的奶奶提著幾袋東西站在教室門口，臉上帶著靦腆的微笑，看到石老師從長廊一端走過來，興奮地遞給老師兩袋東西。我聽見廊間傳來爽朗笑聲和幾句寒暄的客套話，並偷偷瞄了一眼塑膠袋，裡面的東西透著淺淺的綠色。

中午放學時，老師要我先將垃圾提去倒。陽光下，垃圾車散發炙熱的臭氣，我不小心把袋子丟歪，整袋垃圾散落地面，衛生紙隨風飛落到水溝蓋上，露出兩袋破裂的塑膠袋，裡面滾落出保鮮膜包著的綠色艾草粿。這突如其來的發現讓我心跳加快、臉頰漲紅，我望向四周，深怕有人誤會是我丟棄的，於是趕緊將它們扔入廚餘桶，我只想要趕快逃跑，我忘了回收時要把保鮮膜撕開、我忘了去撿回飛走的衛生紙、我忘了處理大垃圾袋。

溽暑黏膩的南風讓人昏昏欲睡，根本無法靜下心寫功課，於是我們在教室裡繞著桌椅玩，由於跑得太快，我不小心撞歪桌子，把他中午尚未吃完的餐盒打翻，在老師開會回來前收拾好應該會沒事。

我到陽台拿拖把時，忽然教室內傳來老師生氣的叫罵聲，我躲在陽台門邊，感覺全身血液瞬間凝固無法動彈。倏然，老師抓起桌上牛奶盒從轉學生頭上倒下，散發著酸腐臭味的溫牛奶沿著髮線流下，和他的淚水混為一體。瞥見老師臉上嫌惡的眼神，我沒有勇氣走進教室解釋，四周陷入可怕的安靜，彷彿光速不再行進，地球不再自轉。

隔天，轉學生再也沒來上學。老師說他因為課業壓力太大，導致憂鬱症發作在家休息。看著講桌上正等待開放的絡石花苞，我覺得心像被絡石的氣生根緊箍了一下。那曾經吸引我的深邃雙瞳，如今只剩深不可測的黑洞，那曾經讓我信以為真的笑容，似乎只是和身體血脈相連的面具。

誰會去相信或同情沒有親身經歷的事？那件事不斷浮現在腦海，那種親眼目睹的真實確實是無法透過話語道盡或傳達清楚的。無懈可擊的指控對於掌握權力者能有什麼作用？更何況證據深藏在我那無力又薄弱的黑瞳裡。我想起那位看到蛇的同學，我很後悔當時無法試著感受他的驚恐，現在才能同理似乎太遲了。

「想太多是我存在的主要特徵。」如果我把疑慮告訴任何人，得到的慰藉是「怎麼可能、你想太多了」，那我該如何用雙手把雙瞳遮掩起來？眼球對光線調節的正常機制是光線强瞳孔縮小、光線弱瞳孔放大。遇强則弱、遇弱則强，這是最自然不過的生存法則，我想平安度日，於是決定繼續當個日常的凝視者，不發一語。

我還是忍不住跑去找輔導老師聊天，當時剛好是即將大選的日子，我們談到抹黑事件、談到新聞自由與荒謬報導，但一句充滿智慧的話「所見未必成為真實，沒看到的事更不必去理會」，讓我不知如何道出一直以來的疑慮。

畢業前夕，老師和一位阿姨在教室聊天。「這孩子從小就是這樣，一點小事就鬧脾氣不去上學，謝謝老師還惦記著他，要他來參加畢業典禮。」轉學生的阿姨不停道謝，要離開時瞧見盛開的絡石花，忍不住稱讚老師人比花美。

瞳孔是黑暗的，所以容易看不清楚或看不透，大家都只看到花的美麗，很少人會去發現絡石花雖美，可它的乳汁卻有劇毒，更不會有人注意到被氣生根纏住而枯萎的心靈。我想問她的外甥過得好不好，我想告訴那位阿姨曾經發生的事，我想鼓起勇氣拔出那根在眼中反覆躊躇的刺。可人的眼睛內所隱藏的靈魂竟如同宇宙的黑洞深不可測，就算再怎麼想去揭開其背後的神祕，當面對黑暗時又令人心生畏懼、裹足無力前行。

「我問什麼回憶最可憐，是不是在很久以後，想到很久以前？」我總會不自主跟著複誦詞句。那日，鄰居阿姨心情格外興奮，說石老師是兒子新學期的班導，我感覺空間突然再度收縮捲入漆黑漩渦，和便當打翻的那天下午一樣，恐懼讓人極力想去壓抑住心跳聲，一股涼意拂過濕黏的背部，明明天氣熱得讓人窒息。

宇宙有太多未解深藏在黑洞中，人有太多祕密埋在黑瞳裡。若硬是從黑洞中掏出祕密來，會不會像打開潘朵拉寶盒一樣，帶來另一場災難？被遺忘的受害者、當事人、目擊者、加害者，抑或是無關緊要者，將會被捲入怎樣的風暴？除了怯懦怕事，或許還有些善意和慈悲，為避免帶來所有人的不幸應該是我至今沒有挺身說出事實的好理由。

那件事或許只是人生路途的一段小陡坡，但那陡坡確也足夠遮擋我的視線。為了看清楚前面道路，我讓陽光直視黑瞳，讓光線能夠照亮躲藏在黑洞中發霉的思緒，我的眼睛卻感到一陣灼熱。

名家推薦——

本篇從眼睛、瞳孔起筆，結構完整，文中不斷醞釀、蓄積能量。黑瞳就像黑洞一樣，同時也是一種面具。——廖玉蕙

這篇作品透過石老師凸顯人性的黑暗和光明、善和惡，對自己的反思也適度呈現了身在這個年紀的想法。——向陽

這篇敘述中有一種迷人的戲劇性，所有的意象、敘事線索都往同一個總體方向發展，一氣呵成，通過事件展現了作者擅於思考的特點，有效彰顯自己的悟境。——焦桐

散文獎　二獎

小帳

曾俊翰

個人簡歷

曾俊翰，1999年出生，建國中學三年級。土生土長的木柵人。從小喜歡音樂、奔跑、讀小説，現在偏愛饒舌、電音、馬拉松。曾徘徊文學與科學之間，如今朝「讀書人」和「修行者」的方向努力，期能探尋更深層的自我。

得獎感言

感謝評審老師的肯定，感謝求學路上所有師長，特別是凌性傑老師的啟蒙，讓我對文學創作更有自信，感謝陪伴我成長的家人，感謝木柵！

小帳

我向他招最後一次手，走進零星幾人的車廂。

松山新店線的進站音樂只有短短三十秒，音符搖擺入場，本該是憂鬱的降 E 大調夜曲化作輕快的爵士，舒緩每個晚歸都市人的疲倦。我往往到此時才發覺，夜深了，該離別的時候到了。

興頭上的話題總頓在奇妙的斷句，上一秒還在討論哪兩個人的奇遇，下一秒我們便要匆匆揮手，奔向月台兩側。關門前的警示聲倉促而吵雜，驅逐還留戀在候車區的我。

兩班車加速駛離，慣性使我們的身子不由自主的後傾——似乎連物理定律也捨不得我們的分別。他逐漸模糊的身影飛快逝去，不久陷入一片漆黑。

車廂被黑暗環繞，我像誤闖異次元的孤客，唯一能感受存在的只剩軌道刺耳的摩擦。我試著連上網路，不願成為少數抬頭的異類，同時延續和他未完的對話。但不斷顯示的「已儲存」磨盡我的耐心，我被迫困於不真實的現實而感到煩悶不安。

一站又一站是漫長的等待，久站的我有些反胃，肌肉也莫名痠澀。六秒閃過一次的警示牌已去了上百個，熒弱的燈光出現、幻滅，徬徨的心卻如此安定下來。

下了車，我佇留月台一處收訊較好的角落，邊聊天邊在小帳發布了一篇長文，內容不乏今日的所見所聞，和一些對捷運的記憶。他第一個說了讚，不久也跟著發一篇短文，裡頭大概是對博愛座的抱怨。

進站音樂依舊只有短短的三十秒，但我可以反覆的聽個盡興。沉浸在爵士的慵懶，我和數十公里遠的他回味美好的記憶，嘲諷時事，度過每一個本該憂鬱的夜晚。

這是我們的日常。

兩年前，我們只是都市裡寂寞的兩個陌生人。或許在繁華的東區街頭，熱鬧非凡的西門町，或是許多高中生放學的唯一去處——台北車站一帶的補習班，我們曾不經意的擦肩而過。又或許我們都嘗過風靡一時的某間蛋塔店、炸雞店、珍珠奶茶專賣店，甚至是信義威秀的漫威系列電影午夜場，我們正在彼此身旁開懷大笑而不自知。

所以我們其實並不陌生。早在相遇以前，我們就過著類似的生活：看當紅的韓劇、日劇、古裝劇，聽 Youtube 上的熱門流行歌曲，玩時下最火熱的射擊遊戲，把同樣冰冷的青春寄託在充斥好友的 instagram。

「叮咚！」一封訊息傳來，是暑期社團公演的負責人小偉。小偉拜託我臨時上陣，擔任某段串場戲的男主角，我傳個「沒問題」的貼圖，允諾了這個救援投手的職務。

而他，是這場戲反串的女主角。

那是我第一次被壁咚，第一次和一個男生親密接觸。相較於我的扭捏，他大方的表演令我害羞不已。幸好我飾演的愛情魯蛇正是如此的性格，我誤打誤撞完美詮釋了這個角色。

回到後台我們互加對方為好友。

「哇！好多篇文啊！你只有一個帳號嗎？」

「可以有兩個帳號嗎？」

「當然呀！現在很多人都有大帳、小帳，這樣分享動態比較方便。」

於是在他的催促下我創了小帳，讓他成為我第一個粉絲。

多虧一個人能擁有五支帳號的商業策略，生活在instagram的人們可以隨時切換多種身分，其中多半包括注重外在形象的大帳，和抒發內心感受的小帳。當然還有日記帳（取代日記本的功能）、廢文帳（專寫無聊的生活瑣事）、寫字帳（分享鋼筆字練習）等等其他功能。

或許是想紀念，我用小偉在後台拍的照片，發了小帳的第一篇文：他深情的凝視著我，五公分的距離有點尷尬，但我的表情竟然，十分享受？我簡潔的描述：「與新夥伴的舞台初體驗」，後面接著兩個掛腮紅的表情符號。他第一個說了讚。

之後我常常遇到他。幾次的東區、西門町、台北車站，大部分時候是在他永遠保持上線中的小帳聊天室。直到那天晚自習結束，我才發覺現實的我們也一直存在著交集。那天剛進捷運站時手機恰好沒電，我不安的四處望望，瞧見候車區也閒得發慌的他。我拍了他左肩，俏皮的從他右邊出現。原先得靠手機消磨的候車時間像是濃縮一樣，我很快地聽到進站音樂。

漸漸地，我們習慣在捷運站刻意的巧遇彼此。我們總有一方主動放下手機，尋覓熙來攘往中的唯一。唯有那時我能感受到自己活著，像夢境一樣真實美好的存在。

現實中的色調由金黃轉為灰藍，帳號裡的照片卻是越加鮮豔。透過各種濾鏡，不完美的事物也能被修飾得令人稱羨。虛擬世界的生活是如此美好，一轉眼，無聊的寒假又要來到。

全家在過年前幾天回到南部。鄉下的日子十分漫長，沒有訊號快速的網路，沒有人來人往的熱鬧街區，最有現代感的大概只剩五公里遠的便利商店。小時候還常嚷嚷著要祖父帶我去村口的雜貨店，買些零食和飲料，如今我只覺得一切很俗氣。

他的大帳在過年期間多了七篇文：逛街、美食、線上遊戲，都市的每天彷彿都充滿著驚喜，讓身處偏遠鄉村的我好生忌妒。他的小帳更是衝到第一千篇文，但內容卻是不少埋怨和牢騷。從小到大他並沒有吃過年夜飯，沒有逢年過節的氣氛，甚至沒有親人的陪伴。

那幾天我常半夜跑到老家後的山坡頂，靠著微弱的訊號和他聊一整晚。我們常想若能互換靈魂該有多好，人生若能重來該有多好。總之是些無稽之談。

大佳河濱公園上絢麗的橙紅煙火，是我小帳的第一千篇文。

那天他約得突然：「晚上六點，大直站一號出口。」我匆忙出門，只帶上最貴重的手機和行動電源。木柵線大半是高架的，我習慣的坐在第一節車廂最前頭，用著現代人的迅速大致瀏覽半小時內的好友動態。記得小時候搭捷運常幻想自己是司機，每個加速、煞車、轉彎都要配上動作和音效，直到某天不幸成熟的認知到那只是徒勞無功。

他像是老早就在那兒等候，用藏不住的詭異笑容迎向我。出站後我不斷旁敲側擊、拐彎抹角的試探，都無法問出個所以然，只換回他一句「不告訴你」。直到轉乘的公車上了大直橋，遠方的巨型舞台傳來陣陣樂音，我才明瞭他的心意。

那是我第八百一十九篇文，一張「門票已售完」的電腦截圖，沒有文字敘述。我驚訝的問他票從哪來，他解釋他其實也沒有票，不過從網路討論區上打聽到場外有處收音不錯，雖不能目睹表演者的丰采，也算是一圓我的美夢。他拍了拍沉重的背包，半打海尼根，幾包零食，我不禁讚嘆了一句「幹得好！」

他拉著我的手，幾乎狂奔的穿過水門。我們趕在百大ＤＪ之首的 Martin Garrix 開場前，尋到那處音波恰好集中的仙境。舞台繽紛的燈光取代了群星，熱鬧的電子舞曲蓋過潺潺的基隆河，歡愉的人們尖叫吶喊，讓空氣中散發微醺酒氣。

開場曲是他最喜歡的〈byte〉。帶有未來感的電子音效跳躍著，輕快的主旋律重複卻不乏味，我們隨之起舞，隨節拍上下瘋狂躍動直到筋疲力竭的倒在草皮。他曾說〈byte〉是屬於我們這個世代的歌，生活在小帳裡的人們就是最好的範例。舞台頂端無數個零和一交替閃爍，他迅速拿起手機自拍，發了好幾篇限時動態。

一曲曲都是熟悉的旋律，我們時而和著，時而吼著，累了就啜幾口冰涼苦澀的啤酒，打幾篇沒什麼意義的小帳文。閉幕煙火在他頹然的臉龐映照出微光，派對結束後的空虛寫在他疲倦的微笑上。他放下手機，頭輕輕的偎在我肩膀。

他向我招最後一次手，正要走進車廂，我開了口。

「你不在大帳上發文嗎？」

他退了回來。

「坦白說我想創一支小小帳，目前只想得到加你。」

「哈哈我們用聊天室就好啦，幹嘛再創一支。」

「因為……」

他勾起我的手，在車門關上前衝進去。

名家推薦——

本篇透過大帳小帳，將現在年輕人的愛情模式寫得很靈活。語言樸素卻迷人，有說故事的天才。——向陽

這篇鋪排從可見與不可見的、現實和虛擬，表演與日常之間靈活切換，越潛越深，有很好的節奏感。——柯裕棻

散文獎　三獎

無題

王柏雅

個人簡歷

王柏雅，2000年出生，板橋高中三年級，即將就讀淡江大學物理系。

得獎感言

謝謝所有愛我的人，儘管我不見得能給你們同等的愛。
也謝謝所有我愛的人，儘管你們不全是愛我的。

還有是誰說理工人不懂得寫文章？姊得獎了，哼。

無題

我不清楚這是檀香、小靈堂裡的空調，還是那一大把百合花的味道。我輕咳了兩下，把充斥在鼻腔裡的複雜氣味驅趕出去。結果當我下一次小心翼翼的吸氣時，無奈地發現剛才的動作只是徒勞。

依稀記得很小的時候，我答應大阿姨要當她的花僮。想像中，雙手捧著色彩斑斕的花，身穿白紗的她好像把全世界的幸福都握在手心了。結果我唯一替她上過的，只有手上這炷又臭又嗆鼻的線香。我別過頭咳嗽。

我像是被蚊香驅趕的昆蟲，藉口去洗手間的奔出。用力推開霧面的沉重玻璃門之後，盛夏的陽光刺得我睜不開眼。我一手擋著陽光，踏在質地怪異的地墊上，冷氣透著門縫偷偷摸摸地流出。電影演到這裡，主角應該要一面點起菸，一面說出一些發人深省的話吧。望著遠方說出：「時間會篩選回憶，留下美好的。」之類的台詞。

不過這個時節錯得離譜，此時畫面的遠景應該是梵谷筆下那種，充滿力度的深黃色、濃烈、蕭索又無奈的深秋。而不是連積雨雲都被霧霾模糊輪廓的溽暑。而且比起線香，我更討厭香菸的味道。我不適合這種劇情。

不知道從哪裡飄來一縷麵包香，勾起了我久違的食慾。腦海中浮出烤得微焦的一顆顆小餐包排列整齊的在烤盤上，在出烤爐時蒸騰著熱氣。不知怎麼的眼前一片模糊，我抹了抹臉。找不到手帕，只好無奈地用衣袖將就擦了幾下。

●

「別一天到晚滑手機啊。」

坐在外婆家的餐桌前，媽媽對我這麼說。我望著她的黑眼圈，收起手中僅存的浮木。所有的安慰、不滿、愧疚湧上心頭，卻在以為自己能吐出口的瞬間哽在喉頭。

不知道在大阿姨的故事結束後，片尾字幕上有沒有我的名字。我也不知道自己究竟還能做什麼。

我沒有野田洋次郎的温柔歌聲，也寫不出像秋田弘那些剖析生命的詞曲；我不懂《聖經》的寓意，有時甚至分不清楚佛教跟道教；沒有徐志摩的美感，也種不出歸有光的枇杷樹。組織著文字，醞釀著話語。但是眼前一碗陽春麵阻斷了我的思緒，氤氳著蒸氣，盤旋向上。

「食飯皇帝大。」

外婆拍拍我的背，如此說了。她的老花眼鏡底下有一雙紅腫的眼睛。就算我一點胃口也沒有，仍然舉起了筷子。也許努力加餐飯能變好是真的。

●

「你看，像這裡就要好好塗滿。」

我回想起小時候在外婆家客廳的茶几上，畫畫打發時間的時光。當時幼稚園的我還握不太好蠟筆，只好在我期待要塗成藍天的大概位置上歪歪扭扭的著色，免不了留下零碎的空白處。大阿姨接過我手上的蠟筆，仔細的填滿圖畫紙沒有被染色的纖維。我看著她修長的手指握住藍色蠟筆，令人安心的穩定塗色著。

「不要著急，慢慢塗就好了。」她說完便微笑著把蠟筆還給我。

●

討厭的東西太多，也懶得整理。如果記憶是一張張紙片，被分類在大腦裡的檔案櫃收藏，那麼「討厭的東西」一類肯定全是揉爛的紙團，被胡亂塞在沒有蓋子的收納箱裡，像是滿過頭而達成微妙靜力平衡的垃圾桶。

我討厭勵志向上又充斥生命力的故事。

以前一直以為人生谷底只有一次，覺得低潮後的故事都是飛黃騰達。暢銷排行榜的作品不都教我們要去相信柳暗花明又一村嗎？跑著、走著、摔著、爬著的，之後我發現，原來每翻過一個山頭就還有一個谷底。好不容易攀到一半還可能被山崖邊突起的樹枝給絆著，又跌下去了。或許事實是，在A5大小、一兩個指節厚的美麗人生讚歌中，沒有篇幅寫那麼多主人公的苦難。

世界上存在一線生機跟豁然開朗，但是鮮少有人教我們這些事情可能要經歷很多、很多次。

我也討厭小時候在大阿姨的畫室裡看到的那幅扭曲的女人。

比樹蔭還要更濃的綠色調，畫裡靠在窗邊的女人以不自然的姿勢回頭。沒有一笑，她沒有表情。表現主義描繪的世界在我什麼都不懂的年紀裡，湧出了我難以招架的悲傷與感慨。耳裡迴盪著自己兒時號啕大哭的聲音。

高二那年，媽媽有天半夜哽咽著打電話回家，說阿姨去當天使了。我什麼話都說不出口，只有眼淚沉默著滴落。我知道這個措辭是多麼的無奈，也知道這是多麼令人不堪負荷的重擔。然而我始終無法理解「當天使了」是什麼意思。死亡真是這麼難堪的事嗎？非要用這種隱晦的詞語來替代不可嗎？我自大的想著，連死亡都不能直面的話，豈不辜負了阿姨的痛苦還有選擇。那個晚上我輾轉難眠，枕頭濕了又乾、乾了又濕。

我知道那是什麼感覺。大概吧。

在驚蟄時的春雨還有喚醒萬物的春雷裡，覺得只有自己被春神給遺忘了，波光粼粼的繁花似錦卻不是波提切利的〈春〉；大暑的積雨雲還有蟬鳴，閉氣下潛的泳池，都市裡看不見牛郎、織女、天津四，少女理應是慕夏筆下〈夏天〉的模樣；烤番薯的焦香、糖炒栗子的甜味、秋蟹的肥美，在富饒豐收的秋分裡，比起張大千〈秋江野鶩圖〉中的留白，還有太多空虛的事物了；小寒時買的新圍巾跟雪一樣白，吐氣而出的白煙是那麼的蓬鬆，想看陳澄波〈玉山積雪〉那般的景致。

這些，我全都討厭。

●

一年過去之後，一切仍尚未回到軌道上。譬如迷信因果循環的小阿姨還有喜怒無常的外公。我仍無病呻吟著想一了百了，卻日復一日的等待黎明到來。偶爾我會開啟睡眠定時，選一張專輯，放任自己聽著搖滾樂睡著。隔天在薄霧般的晨光中睜開雙眼，覺得自己好像又戰勝了什麼一樣。我夢見自己對鬱悶使勁搧了兩巴掌，然後大笑著罵聲活該。即便如此，低潮還是會一而再、再而三的襲來。

掙扎著在毫無生機的不毛之地上開花，像這樣的青春群像劇會賣座嗎？把裙子捲到膝上，開始會穿帆布鞋，剪掉痲煩的長髮。拉著男孩子的手穿過美術館的長廊，自己一個人去吃了網路上有名的甜點店。我希望自己成為十八歲的樣子，即便這麼做世界也不會變得溫柔，大阿姨也不會回來。

這些不具名的情緒成為我提筆繪畫的養分，腦海裡一幀幀畫面化作一張張線稿，讓掩埋在灰塵下的畫具重見天日。沒有深思熟慮的技術和筆觸，也沒有意義深遠的構圖巧思，僅僅只是捲起袖子，不疾不徐的塗滿整個畫面。然而我不知道該如何替它們起名，甚至冠不上任何形容詞。

●

一手撐著下巴，窗框像是畫框般掛在牆上，我呆望著框裡的藍天，一朵雲都沒有。陽台欄杆上停了一隻白色的鳥，從這一頭輕巧的跳到另一頭，左右歪頭的偶爾振振翅膀。

一陣風來，牠倏地翻落欄杆，向下墜去。我奔出教室，一把抓住欄杆的探出頭，急切的尋找牠的身影。

剎那間，白鳥振著雙翅閃過眼前。我頓時想起希臘神話中的飛馬珀伽索斯——最後成為了星空中的飛馬座——沒有什麼能飛得比她更筆直了，向著天空藍得最深邃的地方飛去，宛若一道純白色的顏料用力抹過畫布，自由得理直氣壯。

名家推薦——

題目道是「無題」卻有題，通過繪畫、圖像、季節、生命，把敘述者的阿姨、母親、家人的故事扣緊繪畫／人生、顏色／心境表現出來。——向陽

這篇的優點，筆觸清淡、節制含蓄，這些都是高難度動作。通過亂針刺繡的手法構成深情的散文；情感之外，更有自己的思索與悟境。——焦桐

本文用繪畫串起全篇，有聲音、有味道、有顏色，行文跳躍，但是最後都能兜攏起來。層次豐富、耐人尋味。——鍾文音

散文獎　優勝

現形記

陳品融

個人簡歷

陳品融，1999年秋天生，台中人，明道高中三年級，正以十八歲的眼光探索這個世界。喜愛文字，喜愛一切有光的地方，夢想用文字發光。

得獎感言

有些話現在不說，以後就沒機會了，寫作也是。感謝文字讓故事的保存期限拉得很長。感謝S、秀雲老師、親愛的家人，和一路上陪我走到此刻的微光，你們都在生命中閃閃發亮。

現形記

記憶中對於冬季的印象總是模糊的，可能還回想得起一些重要事件的輪廓，至於剩下未被妥善管理的記憶空缺所留的意象，就是一片灰。冬天像是灰色的寄託之處，有時灰得很空無，卻又感覺是累積了好長一段時間的事物而雜亂無章、難以名狀。於是，二月寒流來襲之際，我又重新感覺到日子一層一層被捲起，像根灰色棉花糖，夏天以後的故事都藏在那裡。

回想起來，那段時光奇特的很。小時候的我是個自我要求極高的孩子，尤其對於「考好試」這件事情，帶有一種近乎病態的迷戀：考前一定要將課本逐字逐句讀到熟透、堅持要考第一名才會開心。小時候的夢想也很簡單：一路平順地念好學校。有個好工作。好好過完一生。這些被包裝過的自信在成長的道途中跟著我滾啊滾，不札實也不平穩地起起伏伏。

後來它支離破碎了嗎？回到去年七月。那些日子天通常極藍，這是從圖書館三樓面東仰角約六十度的小窗得知的。我總覺得自己在進行一場不見盡頭的奔跑，但沒有自由的感覺。每天早起，吃完早餐後熟練地將書本塞進後背包裡，出門轉向陽光正好的小路，在地下道聽腳步聲重重的回音，穿越或熱鬧或清冷的小公園，走進圖書館，直直朝往微暗的樓梯口，一鼓作氣爬上三樓，通過透明感應門，最後來到大桌子旁，坐下，日復一日。室內空調與電風扇細微的聲響彷彿不曾停止過，偶爾夾雜了此起彼落的翻書聲，一絲一絲建構起來，變成一張巨大的蜘蛛網。蜘蛛網隨空間變化跟著我移動，例如回家後它就等在我的房間。開學後他就網住整個校園。我黏在上頭，常常覺得生活很僵硬。

我是誰的獵物呢？

不知道S有沒有想過類似的問題，我覺得有，但在她想好一個合理的答案前，可能就已經將它悶進溽暑裡了。S在高二時從自然組轉到社會組，後來成為我的好朋友。在讀書方面，我們有個很大的差異：她是屬於聰明型的學生，而我是努力型的。這並非說她不認真，而是她常常能以比我快很多的速度唸完書，然後將時間花在其他事情上。我總是感到非常非常羨慕，但對自己的特質也沒什麼好抱怨的。生活很無趣也很僵硬，身後像有一股磁力想將我拉回一個精彩一點的地方，只不過那時我和S懷著很堅定的目標，再加上師長們不時耳提面命的「撐過了就好了」，所以各自以各自的姿態一分一秒地前進，過起了平靜的表象。

●

有時候我覺得自己是某種不知名的生物，具備眼睛鼻子耳朵嘴巴和其他。會向前奔跑但很少停下來思考。沒有顏色。不知道自己該塗上怎樣的色彩，或說不知道該由誰來定義我應該塗上怎樣的色彩。夏天走了，許多事物的表象跟著專屬夏天的痕跡一起蒸發。例如S，我覺得她變了。這顯現在她和我的聊天內容上，她開始時不時找我談起她的未來志願，卻非像以往一樣說著要如何達成原始的初衷，反而一再糾結是否該將目標轉向最熱門的科系。我明白她會擔心自己喜歡的科系出路不夠好，於是在碰觸到夢想的邊緣之前，先將之擱置了。她仔細列了幾個選項給我，然後一一分析著這些選擇背後未來的模樣，我望著滔滔不絕的她，突然感到很陌生。那時她的瞳孔映入我的瞳孔，裡頭彷彿有一場大霧，霧散之際隱約看的見一座迷宮，後來又出現很多迷宮的幻象，一個個影子在流竄，向東向西向南向北無止境地流竄，S在哪裡呢？

「我有喜歡的領域啊，但我又不像你一樣知道自己要什麼東西。」有次她平靜地為話題做了結尾，然後默默的走掉，我沒有回應，內心暗暗驚訝，這樣的話語竟從S的口中吐出。她換了個樣子，繼續以原本的姿態讀著書，像沒事一樣。

S大概不曉得，她的憂愁當時就已經渲染到我身上，只不過好一陣子之後才發作。我是誰的獵物？我在疑惑中回到小時候那個迷戀考試的自己，想起那時的我便懂得對著不到標準的成績難過哭泣，很多人不只一次告訴我你放輕鬆點吧世界很大路還很長，我哭完後說我知道了但就沒了然後。當初包裝的好好的自信呢？很多年以後我才終於領悟，自己很容易活在表象中便以為一切都對了，然後好好跟著計劃走，過著好好的人生。後來我發現沒有問過自己，「好好」是自由還是不自由？「好好」的背後還有沒有「我」？偶爾腦中會浮現奧黛麗・赫本主演的《第凡內早餐》裡，男主角Paul在接近片尾時說了一句"No matter where you run, you just end up running into yourself." 於是我也跑，跑向內在那隻不知名的生物，很多日子過去了，所有白天黑夜變成一條一條的樣子，披在身上。有時我停在傍晚的路口、燈下，覺得自己像極了一匹迷走的斑馬。

S和我站在洗手台前，面著大大的鏡子，夕陽餘暉斜斜落在右方幾公尺處，左方幾公尺處則一片昏暗。這是某個第八節上課時間，我們從沉悶而令人窒息的教室溜了出來，慢慢晃到這明暗交界之處，一片恍恍惚惚。S心不在焉地將雙手濡濕，水珠掛在她的指尖，忽然「唰—」一聲全部攀上了大鏡子。不知道是不是因為也處在明暗交界之處的緣故，鏡面上的水漬有時亮得很刺眼，有時又像穿回冰冷的外殼似的，在雙眸中一明一滅。我轉頭看了S。

「你看，這有點像扁掉的愛心，噢，也像翅膀。」她仔細端詳著水珠留下的形狀，有些天真地笑著，然後繼續潑水。

「你是不是覺得我很無聊？」一會兒後她停了下來，眼神示意我該回去了，然後朝著夕陽之處走去。不知道是不是誤會，我總覺得她有苦衷。我快步跟上她，眼前一片耀眼，一切事物因而模糊了起來。

像未來一般模糊了起來。像冬天一般模糊了起來。

故事再接下去，已經是二月的事了。學測放榜後隔天S來到我家，吃完午餐，我們兩人手拿紙筆圍著電腦，一行一行掃著各個科系的錄取標準。S如預料中一般考的很好，也似乎下定決心要轉換跑道了。「我想我應該還能接受吧！」那天她說。午後窗外的空氣又捲成一根巨大的棉花糖，灰灰的、亂亂的，電腦播放著〈張三的歌〉，歌聲有些沙沙的，似乎能溶入外頭那團灰亂的棉花糖中，我一直覺得那樣的情境很迷人，或許是他們都帶著一股蒼涼吧！我想問S你快樂嗎？卻很快作罷，她不會回答的，或者比較可能的回答方式會類似：「如果你從未來回頭看，會覺得當時無所謂快不快樂……」。而我內在的那匹斑馬，並沒有告訴我牠找到路，或是自由了，牠還迷失嗎？或許試著套上S的口吻：「你找到路以後，會覺得當時無所謂迷失或不迷失……」。所以讓牠繼續走吧，走到很遠很遠的地方，很久很久以後回來告訴我，牠自由了。

我又想起那個黃昏，S將手上的水珠潑向大鏡子，仔細端詳後天真地說：「噢，也像翅膀。」副歌響起，我們兩人不約而同地跟著唱了起來：「我們要飛到那遙遠地方看一看／這世界並非那麼的淒涼／我們要飛到那遙遠地方望一望／這世界還是一片的光亮。」

散文獎　優勝

痕

廖予親

個人簡歷

廖予親，2002 年出生，新竹女中一年級，從小熱愛閱讀，喜歡有感受有溫度的東西，在幾次比賽中得到信心後，便更加著迷於文學的魅力，高中考上語文資優班，有了更多接觸文學的機會，也努力增進自己對文學的敏感度。

得獎感言

原本只是想把一些故事和情感記錄下來，但在創作的過程中卻讓我重回那段記憶，赤裸的品嚐那些被遺落的情緒，像是走回原地，把曾經的破碎拾起。十分高興在我第一次嘗試投校外的文學獎就得到評審的肯定，也一定會勉力自己不斷往前，並保持對文學的熱愛。

痕

牆上有一條痕。

也並不是老舊的斑駁，但那痕在慘白如紙的牆上顯得清晰而突兀。

我記得許久以前，我見到它時，它是細細的一條灰色的縫，不知什麼時候已變得這樣深，或許是我從沒正眼認真地瞧過它，畢竟，誰會注意牆上區區的一條痕？

但它在生活中卻是無所不在，即使我嘗試閉上所有感官忽略，假裝遺忘那怵目驚心的存在，或者，撫過時突起的不舒適。它有時仍出現在我的睡夢中、出現在腥紅的墨水中、出現在母親憤怒的臉上、出現在不整齊的瀏海裡。每一天我都必須在潛意識裡撥出一點力氣和這些痕對抗，雖然他們的力量極小，但或許在隔了一百萬個世紀後，它們會深到可以穿透牆。

「現在拿出你們的色鉛筆或彩色筆，把你覺得可以代表你的東西畫在名牌旁邊」老師微笑著說，我默默地拿出抽屜中全新的色鉛筆，心裡卻實在想不到什麼可以畫。在發呆數分鐘後，我偷偷張望旁邊那個女孩，她白皙的臉龐上一對靈動清透的眼睛正緊盯著桌上的圖畫紙，嘴角掛著一抹驕傲和自信混雜的完美弧度，在我發呆的時候她早已把草稿打好，已經在上色了。她畫的是一隻海豚，熟悉的操作畫筆和靈活的圖案筆觸，顯然是曾經上過繪畫班。我想到我曾看過一部海豚的卡通，還跟她一樣喜歡在水裡玩，於是我拿起筆。

「你幹嗎學我！學人精！」猛地一抬頭，那張俊秀的臉凶狠得瞪著我，手上拿著她完成的畫。老師忙走過來打圓場：「你們都畫得很好啊，沒有誰學誰啦，來，我看看你的，哇！畫得很棒呢，來大家過來看看，這可以當作你們的範本。」一下子大家全聚集到了她的座位旁，悉悉簌簌的讚嘆聲中，她的嘴角再次回到先前的完美角度，我甚至可以感覺到她睥睨的目光朝我瞥來，我不敢接那樣的目光，只有雙眼死盯著自己畫一半的畫，裝作好像它是全世界最讓我感興趣的東西。

接著，一陣令人窒息的安靜過後，一雙灼辣的眼光周圍多了好幾雙其他的眼光，有好奇的、幸災樂禍的、嗤之以鼻的、也有像豺狼聞到血腥味那樣興奮的，一群目光在我和我的畫之間來來回回數次，然後是些許的輕笑，些許的耳語。還有她滿意但無聲的笑。

我始終沒有抬頭。

痕的落點通常並不如想像中尖銳沉重，而是令人感到意外的詭譎的輕柔。

在小學三年級的教室裡，最小的芝麻小事也能掀起波瀾，越是單純的年紀，越是可以最理所當然得傷害人的年紀，因為他們已經知道如何使人痛苦，卻還未成熟到知道如何潤飾自己的行為。

以往和我情同姊妹的女孩，不是默默地和我斷絕來往，就是公開表明立場，深怕那女孩下達株連九族的命令時會遭到波及，更狠一點的，還會跑去獻上毒計，只為奪得她更多一點的青睞。一群為她效忠的勢力從身旁經過，故意扯開喉嚨說著汙衊我的話，他們的臉上是蠻不在乎的表情，下巴抬的老高，有那麼一瞬間，我竟有點想笑，但這念頭很快地便隱沒了。那清純淡雅的臉龐，在我眼前露出高傲卑鄙的狹隘之光。

雨靜靜的落下了，和著初春青草和泥濘的味道，打在鼻尖上一陣酸楚。

有什麼東西輕輕的劃了一痕。是那種不小心被考卷側邊劃傷卻會渾然不知的力度。而我並不知道在它成形的那一刻起，便已注定某些情感的壓縮亦或延展，某個對人性的濾鏡已被開啟。

在往後展開的新生活裡，一切全新的閃光看似是可以覆蓋灰暗過去的時候了，記憶深處的空缺被新的笑聲替補，但我知道那痕它一直都在。我曾嘗試將它時不時的隱隱作痛小心翼翼得掩埋，也曾以為在拚了命翻過一座座高山後，痕的深度會被遺忘，世人會記得我站在巔峰時的樣子。但痕只是一層一層的侵蝕滲透，一片片剝落咬嚙，肉質的心臟於是變得單薄易碎，即使總是穿上厚重的盔甲，還是禁不起一丁點晃蕩。

我是有創傷後遺症的戰士，保守而謹慎地踏出每一步，重心轉換之前還得試探性的踏一踏，怕要是再踩空了，好不容易在殘垣斷瓦中建立起來的暫時性堡壘又將毀於一旦。

我時時能感覺到痕在移動，靠左一點或靠右一點，變淺了些或裂的更深了些，對於那痕，再細微的變化我都能清晰地感受到。沒錯，它的確曾傷害過我，但時間的推展卻將它研磨成一層保護膜，它的力量能雙向施展。當風浪來襲，它突起的醜陋的外觀能抵擋我免於遭到潑濺；當有異物侵入，它粗糙的表面無法被突破。

痕之於我儼然成了一種相互依存的關係，它吸取我的力量成長壯大，這雖帶給我苦痛，但它卻也在保護它自己的同時保護了我，若說能夠將它割捨，恐怕我還會有那麼一點依戀不捨呢。

直到出現了一個能夠穿越痕的人。

他是大我一屆的學長，我們在學校的環島車隊中認識，他是我的小隊長。黝黑的膚色和高大的身材，還有他一貫的陽光笑臉，總是帶給人愉悦的感覺。一開始我只道他和一般人並沒有什麼不同，雖然心裡默默地覺得，似乎在照顧其他隊員之餘，他更關心我那麼一點，總是主動幫我裝水、提行李，騎車時也留神觀察我的神色，稍微有些疲乏他便忙著説些鼓勵的話，或教我怎麼騎比較省力。但痕從來就不會因為誰對我特別和善就讓步，而我也習慣於這樣的模式，總是敷衍的應著。

畢竟還沒有笨到重蹈覆轍。

在環島結束的那天，大家回到學校整理完各種器材設備後，我打電話得知爸媽無法來接我回家，天色已經很暗了，只剩下零零落落幾個還在聊天的學生，我背上背包準備往校門走去。

「我送妳回家吧」他說，我轉過頭，他顯然剛剛在聽我講電話。或許是看到我一臉面無表情，他連忙補充：「畢竟這麼晚了阿，你一個女生⋯⋯」「不用了沒關係，謝謝」我打斷他，那時我猜想他大概不會想再跟我講話了吧，看他還愣在原地，我隨便揮了一下手當作再見，就轉身離去。

路旁的商家不是打烊便是在整理了，我走在幽暗的人行道上，路燈闌珊得把心頭湧現的一絲歉疚和懊悔拖得長長的。痕這時在夜色下變得安靜異常，所有剛剛興起的微小波瀾現在都已沉沒在海底。

直到我在鞋尖旁邊約三公分處，發現一團若隱若現的黑，儘管我越走越快，那黑影始終和我的鞋尖距離不超過三公分。終於，我轉過頭，我看到那影子的主人慌忙地把頭別開，卻不知道要看向何處，他的視線尷尬轉換幾個方向後，最後落在他自己的腳尖上，直像個犯錯被抓包的小學生。

一切開始有了細微的變化，在我參加的各種活動裡，都不免看到他的影子，不知道是他刻意安排或是湊巧，我能感受到我正緩慢地往前走，和他或者外界環境的距離正以極慢的速度縮減。而痕也以極慢速後退，但隨著它後退的幅度增大，我似是漸漸感受不到它的呼吸、細微的挪移，當我漸漸可以毫無障礙的和現實接軌，無形當中，痕也淡化到幾乎看不到了。

我和學長分享的事愈來愈多，我卻不知道我已習慣了痕的存在，痕並不擅於記得快樂的事。從生活上的對同學的不滿、考試壓力和彷彿生來就有的源源不絕的自卑都在不自覺中成為和學長的話題，我已經習慣沉浸在巨大的悲哀和憤怒中，因此和負面情緒相處是家常便飯，有時甚至病態得覺得談論悲哀會讓心情變好。

無論痕還在不在，我都會負著日漸沉重的它，無論我是否擁有購買快樂的許可證，我都沒有多餘的手拿。

我就看著一個人臉上的燦爛笑容，在我每天用體內扭曲的溝通能力和戰火過後還未剷除乾淨的地雷轟炸後，變得破碎陰鬱，痕遺留的力量驅使我把所有踏進它曾駐守範圍的事物炸得片甲不留，他們變得和我一樣不完整。

我看著他嘴角的弧度越來越小，直到僵直成一條繃緊的直線，然後「啪！」的一聲斷裂。

於是痕又回來了。

就像當初一樣的清晰突兀，我伸手輕輕觸摸，能感受到邊邊角角熟悉的突出。真難以想像，不知道在這殘破的外貌下收藏了多少磅礴而哀戚的情感。也許最悲哀的情感到了即將被收藏之際，也都會變得柔和吧，畢竟在永不被開啟的封印前，總是要留下美好的身影。

在慘白如紙的牆上，我看到痕以猙獰而華麗的姿態綻放。

散文獎　優勝

眼

陳佳筠

個人簡歷

陳佳筠，2000 年出生。新竹女中二年級，第十三屆語文資優班。曾獲竹女竹中文藝獎散文組首獎。喜歡五月天，喜歡十七歲，把高中生活揮霍在儀隊和文學裡。

得獎感言

得知自己的努力被肯定的那瞬間，有種想哭的感覺。興奮、雀躍、得意好像都不足以形容我的心情。生命中有許多需要感謝的人，尤其是爸爸和媽媽，藉由書寫感謝爸媽豐富了我生命中的廣度與厚度。謝謝一切我要感謝的人，我會一直寫下去，讓獲獎不是偶然。

眼

晚上的眼科診所總是人滿為患，提示掛號的叮咚聲響和護士的叫號聲充斥著，等候的椅子上坐著一個個閉著眼睛的小孩，而我也是裡面其中之一。大約半小時後，檢查結果出爐：右眼近視，左眼視力正常，兩隻眼睛視差大約一百度。帶我去檢查眼睛的是媽媽，她叨唸我近視都是因為晚上躲在床上看小說，只開昏暗的床頭燈當作照明。雖然只有一隻眼近視，媽媽為了矯正我的視力，決定給我配戴角膜塑型片控制度數。

到家之後媽媽跟我說，要好好愛惜自己的眼睛。我坐在車子後座望著窗外飛逝的景色，嘴裡虛應著嗯嗯啊啊。人一輩子只有一雙眼睛，不像牙齒有第二次機會，媽媽用自豪的語氣告訴我，她的視力很好，從小就知道怎麼樣愛護自己的眼睛。

媽媽的眼力真的很好，家裡有好幾幅精緻的十字繡都是她一針一線縫出來的。繡一幅十字繡需要花費非常長的時間和耐心，過程繁複，十字繡由約二、三平方毫米大的小格色塊組成畫面，每一小格又是由線縫成數次交叉的X狀組成，除了步驟複雜，顏色的挑選也不簡單，我看過媽媽的工具盒，裡面的顏色像調色盤一樣，什麼顏色都可以在裡頭找到。十字繡可以做出非常多的變化，漸層、陰影都不是問題，針線之於媽媽，就像畫筆之於畫家、紙筆之於作家一樣。

有天我問媽媽，為什麼同學其中一隻眼睛會往上飄，她說那是斜視。斜視，我第一次聽到這個名詞。媽媽又說，她小時候也有斜視，後來長大自己去檢查矯正，所以現在是正常的。可能是手術也有期限作用吧，媽媽說她的右眼好像又回到有點斜視的狀態，問我看起來會不會怪怪的。我覺得斜視看起來沒有很奇怪，不會特別去注意一個人的眼睛為什麼會斜斜的。我跟媽媽說不會，媽媽露出淡淡的笑容，沒有再說什麼。

後來媽媽說，她想再去動一次眼睛的手術。那陣子爸爸媽媽常常往醫院跑，醫生說已經動過一次手術的條件下，這次的手術難度會提高。為了給醫生更多的判斷，媽媽還特地回老家附近的醫院要病歷。以前的病歷還是紙本的，沒有登錄進電腦裡。手術的過程還順利，不過出院後眼睛原本該是眼白的地方全都泛著血絲，爸爸攙扶著她上到二樓的房間躺下，媽媽右眼帶著鋁製眼罩，從縫隙眼皮上隱約可看見黑色的縫線，而且不太能張開，加上麻醉和手術的一些後遺症，媽媽只能躺在床上休息。

術後的照顧及恢復得仰賴家人的幫助，媽媽說我比較細心，要我幫她清眼睛周圍的分泌物。剛手術完的眼睛還很不舒服，需要閉著休息。我的主要任務是拿棉花棒沾生理食鹽水，在媽媽覺得眼睛黏黏癢癢時幫她清理。但清理不是件好玩的事，動作必須非常的輕，不然會不小心壓到縫線。我好幾次因為太大力而弄痛媽媽。只有一隻眼睛能看得到讓生活上有很大的不便，傷口不能碰水，媽媽生活上的大小事都要人協助。

除此之外還要幫媽媽點多種眼藥水和擦眼藥膏，雖然是最親的家人，每當要幫媽媽擦藥時，看到眼睛張開的那瞬間都讓我感到害怕，眼白裡的鮮紅血絲和那些混濁的白讓人觸目心驚，好像被攪爛一樣。我沒辦法想像醫生是如何切開媽媽的眼睛，調整裡面肌肉和神經的位置，再若無其事的縫合回去。那可是眼睛啊，人一生只有一雙的眼睛。我不懂媽媽為什麼要冒第二次的風險去動這個手術。

一開始都會很有耐心地幫忙，可那時正值暑假，又是國中畢業的暑假，總是玩心特別濃。媽媽回家沒多久，親戚們來探望她。剛好那天有電影節的活動，探望完後爸爸帶著他們去電影節看看逛逛。出門前我在幫媽媽清理，爸爸問我要不要一起去，我想去一下應該沒關係吧，於是跟媽媽說：「我和爸爸他們出門喔。」媽媽沒有回答，眼睛閉著，我就當作她默許，開心地出門玩。

結果可想而知，出去玩一下的一下通常都不只一下，等到回來已不早了。我想到媽媽一個人在家這麼久，心裡有些抱歉，默默在心裡安慰自己，她應該睡著了吧，沒有發生什麼事吧。我上樓走進媽媽的房間，房間的黃色的小燈開著，媽媽仍然躺在那邊，好像什麼事都沒發生一樣。我走近問她：「媽媽，要幫妳什麼嗎？」她沒有回答，我想，可能還在睡吧，為了不要打擾她，轉身離開時，媽媽說話了。

「妳去哪裡了？」媽媽輕聲問。

「……電影節。」我低下了頭。

「都沒有人在家嗎？」媽媽的聲音更輕了。

「嗯。」我的頭垂得更低了，喉嚨裡好像有什麼梗著。

「我等了好久都沒有人來幫我，眼睛很不舒服、還有口很渴……」媽媽的語氣很輕，沒有責備的感覺，但我卻難受的不得了。那時我還是健健康康的小孩，只知道心好像破了一個洞，媽媽所承受的痛楚都在那瞬間轉到我身上，我難過得想掉下眼淚，又想到比我更想哭的應該是媽媽吧。眼眶含著淚水，手用力一抹，只囁嚅出一句：「我去倒水給妳。」

這種感覺我從未有過，滿滿的愧疚溢滿整個身體，千萬隻小蟲在心上齧著。為了逃避那種感覺，我只好更努力、更細心的照顧媽媽。一直以來媽媽是多麼用心的照顧我，而我卻在她最需要幫助的時候，敗給自己的玩欲。那陣子我對媽媽的藥水藥膏使用方法可說是倒背如流，家裡不會缺少清潔用的棉花棒和生理食鹽水。手術傷口不能碰水，又正值盛夏，我毅然擔起了幫媽媽洗頭的工作。幫媽媽洗頭比起其他事情都還困難，要注意水溫、控制力道、隨時留意有沒有水流到傷口附近。之後手術的縫線拆了，也恢復得差不多。偶爾在晚餐時還是會問我們她的眼睛會不會斜斜的。

媽媽說她的視力好像開始退化了，漸漸地看不到較小的字體，也看不清許多物品的細節。她越來越常叫我幫忙看一些小字，例如保養品上的說明或是一些包裝背面的字。我開始幫媽媽染髮。媽媽說她的白頭髮都長在外側，一目瞭然。想當然，媽媽也不能再繼續十字繡了，上次幫她找東西，卻找到縫了一半的布，上頭插著的針早已生鏽。可能工作忙，也可能失去興趣了，縫到一半的十字繡被塵封在櫃子角落裡。每年大掃除時，還是會瞥見媽媽把櫃子打開，拿出尚未完成的十字繡。

我想起媽媽以前的視力是多麼的好，或許是年紀的增長，又或是手術的緣故。總之媽媽年紀越來越大是不變的事實，而我也一年一年的長大，應該越來越懂得如何照顧自己。但就在前幾個月，我因一個不經意而導致意外，鼻子稍稍移位，醫生問我要不要動手術讓鼻子恢復原狀，我幾乎是沒有猶豫就選擇了要。動完手術後非常不舒服，頭部腫脹，媽媽從家裡煮了排骨稀飯帶來，我也沒辦法吃。那晚她幾乎沒有睡，徹夜照顧著因麻藥副作用而不斷嘔吐的我。躺在病床上的我筋疲力盡，思緒莫名回到拋下媽媽出去玩的那天，在意外發生後，第一次不是因為疼痛而掉淚。

手術後的一周我都還無法恢復正常的生活，整天躺在床上用冰敷袋緩解不適。我跟坐在床旁邊的媽媽說冰袋不冰了，能不能幫我換一個。媽媽說好，拿來之後媽媽問我想不想洗頭，我點點頭。媽媽的動作很輕，我想到上次幫她洗頭時，動作生澀，而我的長髮和媽媽的短髮相比，又更加不易清洗。

有朋友問我為什麼要讓自己去受苦，明明鼻子的外觀看起來沒有很大的改變，卻執意要將骨頭回到正確的位子，缺席了將近一周的課程。我想到媽媽當時動手術的原因，或許我們的原因都一樣。眼睛和鼻子會跟著自己一輩子，不去改善，會一直有陰影存在，久而久之產生自卑感。不管到了幾歲，外表總是影響著女生的自信。

下個星期我要去眼科回診，醫生說十八歲就可以不用繼續配戴角膜塑型片，眼睛的度數差不多被定型了。有時會有個很不真實的想法出現在腦子裡，該不會是我把媽媽的視力吸走了，拿來維持我的眼睛度數，媽媽的眼睛才會越來越不好。當然只是不切實際的幻想。或許還是有點愧疚吧，對於那天的懊惱讓我產生了這個幻想，一輩子都會記得那天媽媽說過的話，一輩子都會記得她總有一天會需要孩子的照顧，像她以前照顧我那樣。

散文獎　優勝

空地

胡皓羽

個人簡歷

胡皓羽，生於千禧年的春分，新竹人，新竹高中三年級，即將開始棲身台北的生活。在雨季剛過的城市，作傘面猶濕的夢。喜歡白色和羽毛，就像自己的名字。願望是能把引人耳鳴的白噪音，聽成一首雪色消融的歌。

得獎感言

雜沓著蜃樓般青春幻象的城市綠洲，我醒時睡去間將生活重覆的住宅區，以及兩者之間，我往往返返而荒蕪一如我的空地；謝謝我有幸記下的這些。

空地

至今，我仍能記得當時，第一次走過那片空地的情景。

從國小起，我便住在城市的住宅區。不論是我家所在的公寓大樓帶，或者外婆家所在的傳統透天帶，住宅區，是一派的童年色調。傍晚時刻，趁大人還沒回家把握還未消逝的日光，放學的孩童們奔走於樓房巷弄之間，馬路吐納著通勤車流，街燈漸次亮起，這裡那裡的窗戶透著晚餐烹煮的蒸蒸香氣。追逐在這些住宅之間，嗅聞著猜測這家今晚又吃什麼好料，或者聆聽鄰家電視放映的頻道。一個幼童如我所知的生活景象圖。

住宅區毗鄰著學區，形成了我們這一帶小孩機能完整的活動區域。一條叫做「學府」的街道，帶大了住宅區從國小到國中的孩子，若是恰好又考入這條路上的高中，那便是整整十二年，童稚的天真、懵懂的叛逆與青澀的迷惘都要在此踏踏實實地上演一輪。住宅區的孩子，多麼得天獨厚地占有了一方專屬於我們的地盤。

那年，我考進了學府路上的高中，與我一直以來的生活範圍又多結了三年緣。我可以繼續盤據在這裡了。這裡有所有我所知道且習慣的步調與模式，我能夠坐擁一切伴我長到十五歲的細節。街角的早餐店。周末全家一起去的餐館。店員熟識的超商。三不五時與同學跑去的文具行。

如此簡單而熟悉。

不過，也就是在這個時候，我走出了我熟稔的生活圈。

升上高中，我報名了市區的補習班，開學前爸爸媽媽就載我去上過幾堂。那時，我匆匆瀏覽了住宅區與學區以外的喧繁市區：典雅的火車站、往來頻率極高的陣陣人潮、百貨公司與各種相互爭妍的商家。補習班裡則還是一派升高中前的假日氣息，大肆預支著對高中生活的想像。

開學過後，我就得自己走去補習了。從學校到市中心，說遠不遠，步行約需二十分鐘；但對一個經過整天學校課程轟炸的高中生而言，那可真是長征了。起初，我還擔心自己找不到路；但一放學後就發現，其實，有許許多多學生和我一樣，要踏上往市區補習的征途。跟著人群，根本不怕不知道怎麼走。於是，我加入了這班浩浩蕩蕩的駱駝商隊，往都市核心走去。

走出校園不久，在往市區的路上，會經過一大片空地。說是空地，其實也不是全然空著。這是一帶沒有明顯機能的區域，幾個或大或小的公園與停車場營造出空間上的空曠感，周圍聚集著低矮老舊的平房。這裡沒有住宅區與學區整齊規則的房舍，亦無市區招搖擁擠的高廈。它就是這麼空著，成為住宅區與市區的過渡。說是過渡，不如說是住宅區的保護層，阻絕了市區的囂嚷浮華。多年以來，我一直是生長在這保護層之內的。

走在空地上遠遠望過去，可見市區大樓如海市蜃樓般的剪影。而越往市中心靠近，地景也越寥落伶仃，我於是愈發在面臨拔起之高聳前的空寂之中，看見疲倦的軀殼裡，自己的緊張。幾乎像是演員在上場前忘記台詞而瑟縮著。

走過遊人稀疏的寬廣公園、被工廠圍牆圈起的畸零地、空位甚多徒留一個個白線框格的停車場，我屏息著逼近疆界，心情竟如邊塞詩人度關一般。那是一種複雜的心境，揉合著對市中心未知的恐懼和對住宅區的依戀。前眺水泥叢林的輪廓，回望校舍住家的背影，中間的縫隙，則填滿了我的不安。

終於，走出鐵路地下道之後，就是市區了。此刻是下班下課時段，眼前展示的，是比之前所見還要更熱絡的市區。但這熱絡與住宅區的黃昏不同，它顯得更繁複更駁雜，行人們四散於各個方向，密集堆疊的商家紛呈著各色招牌燈光。這是個高密度的流動區域。貪賞著市區風華的同時，我抓緊時間隨便買個食物充當晚餐，趕去補習。

因著第一次陌生趕路的緣故，我已遲到了十來分鐘，補習班教室也早已滿塞穿著各色制服的人們。提著大包小包的書袋餐袋，我艱難地穿越緊緊相連的桌椅與學生們，時不時地抱歉不好意思，時不時地撞倒物品碰到別人，不少人紛紛瞥向我這個課堂的闖入者。好不容易擠至我的座位，那種被注視的奇異感覺卻未曾消退。包包裡游泳課的浴巾發散著泳池的氯味、長途步行後滿布全身的汗味，我感到自己渾身難堪。休息時間時，我偷偷觀察著其他學生們的行動與交談，然後更加覺得，自己在此一高中生集中地裡無異於異類一枚，每一抹偶然的對視都使我心虛一如鹿群裡的羊。那一刻，我真想逃離補習班，逃離市區。

在那之後的每一週，我都重複著第一次的經驗，從住宅區與學區出發，走過空地，跨越邊界，來到市中心。每一次離開自己的領地，從空地走向交界，我都繃緊好自己準備適應市區的步調；然後在補習班裡矜持著，等待回到我所熟悉的住宅區。而當我逐漸熟悉這樣的模式，我慢慢發現，補習班的高中生們來到此處不只為吞咬著學科知識。他們來到這裡，更是為了蒞臨市區，更是為了交換只屬於高中生的密語：每一個特定的眼神、訊號、氣息。識別彼此並確認自己。

於是啊於是，我也開始為自己大舉洗禮。我細細審視著緊緊包圍著我的高中生群像，並試圖模仿他們每一個合力架構起「青少年」的枝微末節。我學會在補習班上課前買手搖杯飲料，像通行證一樣展示在我的桌面；我聽懂了那些總是在同學們口沫間穿梭的衣服品牌、偶像團體、手機程式，必要時還能與他們攀談幾句；我試著把褲子改得合身、戴上隱形眼鏡、把瀏海剪平；我亦學會在短短十分鐘休息時間從補習班溜到鄰近的文具行，逛逛漫畫和專輯。

我遂逐步涉入高中生的市區核心，帶著被想像的年少印象在人群間邁步，只有在下課回家以後，才又重新成為原本的、在舒適住區安逸自在的自己。學校一下課，我旋即踏入往市中心遷徙的高中生之游牧商隊，這繁華崇拜的城市朝聖，心馳神往的青春還鄉。市區是永遠的都市綠洲，我們逐一絲年輕的氣息而居，彷彿在學校裡接受灌輸的我們全是假的，只有在瀲灩市區，才真正活了過來。

途中的荒涼空地，也不再是住宅區的保護層，而成了將我迎入市區的大門。我在沙漠般的空地上舉步行走，將自己張羅完好，準備赴市中心的盛宴。好似冷清是為了更加盛大的繁榮，空地的空虛彷若也有了意義。

然而，某些偶然的時刻，我會在冷清的公園、空寂的停車場中，看見那個初次走上這段路程、對喧騰市區懷著焦慮的自己，而想起了在住宅區已遺失的單純，和在市區偽裝出的真切。當此之時，我已無法分辨，究竟是住宅區裡愚騃的自己，在市區被賦予了青春的樣貌；又或是市區的我為了在青春的孤獨中存活，而捐棄了住宅區裡，自己原本的單純？我的高中生涯，便在兩邊的擺盪下，悄悄消耗著。

然後有一天我發現，時間，就像我從來都是單向由學校走向市區一樣，回不了頭了。

那是我最後一次走去市區補習。當時，業已考上大學，高中生活的的實質意義對於我已然結束，只是乾乾地等著畢業。補習，也只是提醒我自己還是高中生的方法。這時，慢慢走在我即將離開的空地上，凝視寂寥的發了慌似的公園與停車場，我突然覺得，不管是住宅區或市區，都離我好遠好遠。我早已不是那個住宅區的純樸小孩，卻仍無法排遣在都市中心的異鄉寂寞之感。而我也意識到，正如我從未反向走回學校和家裡，從來都是一逕前往市區一般，我行將離開這個我剛剛熟悉的城市，往另一個更大、更陌生的都市直直奔去。於是，在一片的茫然與虛無中，我突然好喜歡此時此刻，走在空地的荒蕪中，什麼也不是，卻也最真實的自己。

散文獎　優勝

上年

宋文郁

個人簡歷

宋文郁，2002年1月10日生，台中人，武陵高中一年級。興趣是電影漫畫和小說，願意吃一輩子的食物是納豆生魚片跟綠茶。喜歡的動物是別人家的貓，討厭的動物是自己家裡的貓。

得獎感言

很高興能夠得獎，也希望我沒有對文章中提及的人事物造成困擾。我不知道我寫的東西能不能得到共鳴，不過能把所思所感寫出來、被人看到，然後賺到一點零用錢對我來說是很酷的事情。

上年

我猶記得那天，台中榮總太平間內，小圓鐵椅貼著大腿的冰冷觸感，以及冷氣運轉的嗡嗡聲，配著我們唸般若波羅蜜多心經的韻律呢喃。

在他死後，我們還唸了好多次般若波羅蜜多心經，每一次感覺都是那麼炎熱、那麼不安，黏膩的空氣彷彿嗆住鼻腔，讓我們心浮氣躁、難以呼吸。

唯有那一次，在太平間，我們圍著他、看著他的臉唸經的時候，空氣是沉靜而冰冷的。

我不知道是因為那一次，只有重覆朗誦心經上的字句才能平息我們內心的波瀾，還是單純因為旁邊放了一台舊式冷氣機。

總之那天我們唸經的過程是格外安定的。

誦完經後，我們繞著他坐下，開始閒聊式的談起他生前的種種。

我想我們當時是有些淡然的。他在安寧病房的最後幾個月，醫生說過五次「可能就是這幾天了」。每一次，媽媽都帶著我從桃園趕到台中，待了幾天後發現他談吐自如，滿面春風，便又收了收行李回去工作。

儘管每次回去探望他都是對日常生活的一種中斷，然而對於這樣的事情，沒有哪一次是能夠錯過的。

在神經緊張的五次之後，我們對於醫生終於預測到的最後一次早已做足了準備。我們想像過太多次這種景象，在他死後，我們將坐在太平間，圍著他說話。在某種程度上，他從癌症的痛苦中解脫，我們則從束手無策等待他死亡的煎熬中解放。

一小時候，救護車來了。媽媽和他的看護陪著他上了車，其餘人先坐上外公的車回家。

我們坐在客廳等待，終於看見那輛未鳴笛的救護車在家門口停下。

「哥哥，我們回家囉。」媽媽對平台上的他說。

短暫停留後，救護車又載著他走了，大概是往葬儀社開去了。我不知道，他們要我留在客廳裡睡覺。

我忘了那晚我是怎麼睡著的。那些親人死掉的人在那天晚上都是怎麼睡的？

我只記得醒來時已經天亮，飯桌上的筷子從此空了一雙。

那年我十二歲。

●

我五歲那年，媽媽突然要我把喊了一年叔叔的男人改叫作爸爸。我想當時我也明白這是什麼意思，只是還不明白這會如何改變我的生活。

自那天以後，我們的生活彷彿被硬生生插進了一個人。但對他來說，應該是插了兩個。

他是客家人，在桃園有個大家族。媽媽那裡的親戚寥寥無幾，舅舅和阿姨都沒有子嗣，我是家族中的獨子。我們只有在遠房親戚中有誰結婚時才會出現在喜宴、和生疏的遠親同桌，說不上話只好低頭狂吃。所以我尤其羨慕他和他家族那種做什麼都在一起的緊密聯繫。在他和媽媽結婚之後，我忽然也有了個大家族，他們也用某種微妙的形式接納了我。我在過年時坐上紅色的圓桌，和他們一起吃飯。數不清的碗筷中，我和媽媽各拿了其中一副。奶奶不大喜歡媽媽，但她還是包給我兩千塊的紅包。我想她的紅包不是給我，而是給我內孫女的身分。

我們拼布般湊成的家庭做的事情其實也和一般的家庭沒有什麼不同。繼父是電子工程師，上班時間通常不短，但總能挪出時間帶我們出去玩。我們在春假期間到武陵農場露營、周末抽空去永安漁港騎腳踏車看海或者到COSTCO暴買，連假就去更遠的地方，例如高雄，或墾丁，或日本。

只是，有那麼一次，母親節，我們三人開車到餐廳替他媽媽慶祝。途中，他先下車去買東西，留下我和媽媽在車上。我和媽媽一同望著他的背影時，我突然想到，再過十年、二十年，我也會帶著我的小孩去餐廳慶祝母親節。屆時，我的孩子會叫我媽媽外婆，這理所當然。但他們也會叫我爸爸外公嗎？爸爸會帶著什麼樣的表情看他們？是否真能如同對待自己的孫子一般自然？我竭力想像，卻發現自己無論如何都想像不出那樣的未來，我看不見他和藹地抱著我子女的景象，或許正因那些景象本來就不會存在。

他們的婚姻維持了八年便告終。媽媽打了太多針，吃了太多藥，卻始終沒有懷孕。舅舅的癌症也花了太多錢和時間。

「沒有哪個嫁出去的女兒這麼常跑回娘家的！」他怒吼道。

「我哥哥生病了，你能不能有點同理心？」

「我同理妳，那妳有同理過我嗎？我替妳們做的已經夠多了！」

我不知道他們後來說了什麼，總之最後爸爸把媽媽推去撞櫃子，所以他們離婚了。

我同樣不知道當晚我是怎麼睡的。總之，十三歲那年，我和媽媽搬出那間公寓，租了大學附近的一間小套房來住。

他們簽離婚協議書的時候我在上課，但他託媽媽拿了一本書給我。他知道我喜歡看書。我還記得那本書是《少年Pi的奇幻漂流》，他在扉頁上寫了「爸爸」跟當天日期，還有一句「看書是好興趣」。

那時我突然意識到，其實他也盡了一切在努力。他也試著當個好丈夫、好爸爸，但他做不到，就如同我媽無法當個好老婆，而我也無法心無芥蒂的當他的好女兒。

那本書後來借了人就找不到了。至今我始終沒看完過。

在我和媽媽搬進小套房的期間，她開始吃一種能讓情緒穩定下來的藥。吃了那種藥後她會變得很和藹溫柔，不再情緒化。老實說我當時還蠻喜歡她那樣的狀態，那樣的她好相處得多。

吃完藥後的晚上，她會在睡前和我聊天。偶爾她會提起我親生父親的事，說他是個惡魔，但也因為有他，才能有我這樣一個天使。

我問她既然我少了爸爸那裡的家人，現在我的家人只剩下她和外公外婆還有阿姨。如果以後他們都死了，我要怎麼辦？

她說不用擔心，到時候妳早就已經有了愛人，可能還有了小孩。有朋友也行，總之人會替自己找到重要的事。

但我還是害怕。我害怕很多年以後，我下班回家，打開家門，卻看見裡面一片漆黑、空無一人。我害怕新年的時候只能孤身一人吃飯，圓形的飯桌上擺著其餘五副空著的碗筷。

「那如果你們都死了之後我還找不到其他重要的東西，我就自殺好了。」

「不可以。妳要開開心心活到一百歲。」她說。

我還想說些什麼，但轉頭看去，發現媽媽已經迷迷糊糊地睡著了，只好說聲晚安，關上小夜燈。

在那之後又過了三年，現在家庭成員只剩下我、外公、阿姨和媽媽。我們四人在桃園買了棟四人房的公寓。前陣子，媽媽在美國找到了工作，便滿懷著對美國的憧憬飛往加州。好不容易考上桃園第一志願，我說什麼也不願意和她一起走，她只好把我留在台灣，讓外公和阿姨照顧我。媽媽走了以後我不大喜歡留在家裡，只覺得生活無趣，沒有一點變化。所以我成天和朋友往外跑。

幾天前，我和朋友一起去了竹圍漁港。

我們把書包丟在防波堤，脫了鞋往海裡跑。我們讓海水淹到小腿，不敢再往下走，只好站在原地看著海面起伏。

海天一色，陽光燦爛，整片海似乎就只有我們兩個人，還有溫柔包圍我們的風聲。

我朋友滔滔不絕地說著話，但我沒有一句聽進去。我愣愣地看著湛藍的天空，想起好多事情。

我舅舅、我外婆、我繼父、我媽……好多好多人。

好多好多人。

飯桌上空著的碗筷似乎越來越多，總有一天，我外公會死，我阿姨會死，我媽會死，最後會只剩我一個人嗎？等他們都走了，有人能陪我一起辦他們的喪事嗎？

我死了以後，又會有人像我為他們哭泣那般，為我哭泣嗎？

我害怕孤獨，但誰不害怕？

我媽也怕孤獨，所以才會只和繼父交往一年就結婚。

外公也怕孤獨，所以外婆走後才搬上來和我們一起住。

舅舅和外婆也怕孤獨，所以死的時候才會哭。

我跟我朋友也怕孤獨，所以才並肩站在這裡看海潮起落。

大家都害怕，但正因為害怕，所以我們用力愛著我們現在所擁有的一切。

「我覺得我們差不多要回去了。」她說。

我點點頭，和她一起爬上防波堤拿書包。

臨走前我回頭看了海面一眼，忽然覺得自己明白了什麼。

我們六個人一起圍著圓桌吃飯，好像已經是很多年以前的事情了。

但碗筷始終留著啊。

二〇一八台積電青年學生文學獎——散文組決審記錄

時間：二〇一八年六月二十四日
地點：汐止聯合報總部一〇四會議室
決審委員：向陽、柯裕棻、焦桐、廖玉蕙、鍾文音
列席：宇文正、王盛弘
蕭詒徽／記錄整理

第十五屆台積電青年學生文學獎散文類，來稿共一一八件，扣除參賽資格不符者，為一一五件，經複審委員言叔夏、李欣倫、李維菁、何致和、陳栢青、唐捐評選二十篇作品進入決審。複審委員指出本次作品描寫的時空間往往極狹小壓縮，但情感卻能在細小的時空中延伸具獨特性的聯想。許多觀點有別於過去的高中生作品，如對「親情」的著筆不再是小家庭式緊密的想像；又如幾篇以同性戀情為題材的作品，不再強調性別氣質或自我認同的拉扯，顯示非異性戀的存在對高中生而言已十分自然。

作品中對學校、教育體制的態度雖有迷惑，卻少有實際反抗意識或事件的描述，令複審委員感到意外，感受到這一批作者面對社會的擠壓是較為順服的。委員們亦認同大部分作品缺乏具體的細節描述來使讀者共感，顯示作者們仍缺少讀者意識，彷彿作品只為寫給自己。決審委員推舉向陽為主席，並決議首輪投票每人圈選不少於五篇作品納入討論，討論過程中獲得三位以上委員支持的作品得進入第二輪投票。

總評

廖玉蕙：大部分作品寫成長經驗，聚焦在對困惑的耙梳：無聊與有趣、真情與假意、孤獨與死亡、同儕間的認同與虛偽等等，題材豐富，不像過往以親情為主。作品中有各種感官，尤其眼睛和瞳孔，似乎是今年火紅的主題。整體作品程度整齊，各種困惑的書寫方式都不一樣，但也不免因為年輕，所以文字部分可以加强的地方還很多。有些地方我會感到疑問，例如〈孕運〉的小說體裁，我會考慮是否合適。部分作品大量出現文藝腔，我不太鼓勵這種運用自己沒有把握的語氣的寫法，比較喜歡老實地書寫符合自己經驗的東西。

焦桐：我觀察台灣的散文發展，有一段時間很多人喜歡將作品編織成短篇小說。我一直在思考所謂的「非虛構寫作」可以容忍何種程度的虛構。我越來越重視散文的修辭——一個好的散文選手如果沒有這項能力，我想他配不上這樣的獎項。一篇好的散文會把最準確的字句放在最準確的位置，將情感有效地結構在一定的形式裡面。這次的稿件讓我非常訝異，作品的水準非常之高，尤其有幾篇作品特別說服我，出自高中生的手筆十分令我感動。

鍾文音：作品中的真誠讓我想到青春時代的熱忱、其中的徬徨之必然，到了後來不知為何竟成為成人世界的恐怖分子（笑）。所以我心中有一種哀感，他們仍有熱忱把心中的小哀小愁描寫為大悲大樂。我將作品分為兩種類型：一類將內在的躁動回扣給世界，另一類則描寫外部壓力的反彈與反思。對於微物的書寫在這一次特別明顯，物件成為同儕情感交織的媒介。我心中有兩個考慮，一方面覺得孩子的真誠還是很珍貴，另一方面也關注美學和藝術的建構、理性和感性的交融。無論是平淡或濃烈的敘述、口白式的語感或藝術性的語感，兩者都可以讓這個散文獎更加豐富。有些作者文字很好，但整體表現沒有很好，不過我可以感受到其中的潛力，所以也會將這一點納入考慮。

柯裕棻：作品中包含了日常生活中的某些詩意片刻、青春的恍惚哀愁。背景在城鄉之間往復，也有校園裡小小的、尚未成形的初戀。在描繪這種片段詩意的時候，他們的敘述方式非常視覺化，我想這和手機成為日常生活的主體有一些關聯，視覺元素的使用非常嫻熟，光影和氛圍的掌握也很好。這些詩意的片刻和大敘事沒有關聯，更多的是以這些外在事物的安置、討論他們自己的身體和情感。他們擅長使用內外交錯的技術，來投射自己內在精神世界的視線；另一方面，青春期的他們可能第一次感受到結構性的壓力：沉重的家庭、人生還有成長，也是比較顯著的主題；第三類是我這幾年很喜歡也常常看到的，較為輕快的幻想、一種人機物複合的描述方式，這是一種賽博格時代的表現方式：可以看到非常多表裡層次的跳接、平行時空的暢行、手機／電腦裡的世界和他們腦中的世界，好幾個層次的世界觀可以自由跳接，同時是內外、是表裡、是人、精神和物質完全交融的表達方式。這種表達方式其中有一些矛盾，但他們面對這些矛盾未必是痛苦的，也許因為他們從小就習慣了這種矛盾。他們不會拒斥物質、不會拒斥機器、不會拒斥數位，但也不斷舔舐這些東西造成的傷口。從這些傷口和結痂的過程中可以看到一個新世代敘事的建構完成。

向陽：第一，這次作品題材豐富多樣，包括成長、青春、夢想、病痛、生死、人性以及迷惘，可以看到這些學子面對著結構上的壓制，想從牢籠中掙脱而出的心情。第二，我非常感動的是這些作品都從生活中取材，高中生的生活經驗可能是有限的，但他們能夠轉化自己的想法，但他們都能從中體悟，真跟假、正跟邪、生跟死的思索都有表現出來。第三，文筆非常暢順，假使回到我們和他們相同年紀的時候，我們可能都還弱於他們。不過，結構上卻有一些問題，或許因為字數限制，也或許因為平常作文的習慣，要寫到三千字就會在結構上比較鬆散一點。有些作者比較聰明，會因此採取比較戲劇性的寫法或者時空交錯的方式來做結構，在三千字的篇幅中適度地讓結構比較穩定。

第一輪投票

一票作品

〈與樹同幻〉（焦）、〈男高校生是種病〉（柯）、〈痕〉（焦）、〈眼〉（廖）、〈角膜塑形〉（柯）、〈上年〉（柯）、〈浮。鯨〉（向）

兩票作品

〈還童〉（焦、鍾）、〈現形記〉（柯、鍾）、〈金魚嘴〉（向、廖）、〈空地〉（廖、鍾）

三票作品

〈無題〉（向、焦、鍾）、〈黑瞳〉（向、焦、廖）

四票作品

〈小帳〉（向、柯、廖、鍾）

●第一輪討論

一票作品

〈與樹同幻〉

焦桐表示此作敘述沉穩、平緩、深刻，有一種婉約的批判和省思。作為一篇散文，它做到了知感交融，除了敘述、抒情之外，也不斷摻雜自己的領悟和探索。希望其他委員支持。

廖玉蕙則指出其中敘述不合邏輯之處，如「小提琴的英文除了『violin』之外還有另一個『fiddle』但這個單字同時也有『瞎弄、虛度光陰』的意思。大多數人總認為小提琴是優雅並使人敬畏的，但我卻不只一次的想過如果我沒有遇見她會有多好，如此一來便少去了好多好多的不快。」質疑小提琴的字義和底下的感悟有何關聯。此外，廖也認為本篇用字遣詞不夠精確，如「音色都一直讓我覺得差強人意。」差强人意的詞義是正面的，用在此處不對；又如「拙劣的伎倆，而我遠離被原諒的年紀已經很久了。」連接時看不出關聯何在。

〈男高校生是種病〉

柯裕棻表示此作非常靈巧慧黠，不拖泥帶水，在形式裡做到他想做的小翻轉，有〈小步舞曲〉之感。特別用小標分段，因此帶來一種十分精巧的閱讀感。作者能夠拉出某種客觀的視野，來描述他自己的愚蠢和狂妄。作品中嘲諷和青春的悵惘都抓得很漂亮，例如第二頁：「男高校生總是令女人們為之上火。」之後，接著描述他的媽媽怎麼罵他；又如用蒲公英來形容男高校生「只要在有女性的地方，『嘩』的一聲，就甚麼也擴散瀰漫在周邊的空氣中啦！」原來是在講費洛蒙。沒有炫技、也沒有要寫青春期男生的幻想，柯認為做得漂亮。但柯也指出一些失準之處，如「生命托著腮，微微一笑，勾起眼角的絲絲魚尾紋。」但仍希望其他委員支持。

鍾文音認為此作形式上看起來很新，可是其實並不新穎。尤其作品最後結論非常教條，和前面的語調完全不同。柯裕棻同意本次參賽作品常常收在一種道德的訓斥中。

廖玉蕙認為此作只有一閃而過的詩意，很多用詞遣字缺少準確性，例如「癥狀」，應該是癥候或症狀。還有「一個翹課的他的母親。」說法詭異。她認為本作在文字敘述上太過隨興了，仍希望看到文學的底蘊。

〈痕〉

焦桐表示本篇是他心中的前兩名。從牆上的斑痕談到內心的傷痕，作者擅於挖掘內在，其中有相當深刻的省思。文中提及小學三年級的同學們的嘲諷和汙衊，作者的敘述從容不迫，談抽象的概念能寫得很流暢，很有節奏感。例如第二頁「雨靜靜的落下了，和著初春青草和泥濘的味道，打在鼻尖一陣酸楚。／有甚麼東西輕輕的劃了一痕。是那種不小心被考卷側邊劃傷卻會渾然不知的力度。」語言非常準確成熟。是一個熟練於語言文字的年輕寫手。把內在的自我武裝、細小的心情寫得很有節奏感。

鍾文音表示這一篇她願意支持，因為作品文字確實很好，先前沒有投選是因為文中內容一直圍繞在同一個主題，略有做題之感。不過後來描寫到「學長」的嘴唇變成一條線，再次扣回「痕」，這又確是厲害，只是某些東西模糊了，不知情傷何處；向陽同意鍾的說法，也表示支持；廖玉蕙也表態支持，表示這篇談到人的負面情緒與生俱來，我們小時候都有這種不被同儕認同的悲傷，即使找到一個男生、感覺被這位男性理解，但「本性難移」，「於是痕又回來了」，其中寫到的情感彷彿是廖年少時的復刻版。焦桐補充，這一篇做到很多成名作家也無法做到的，將實在的情感用平淡的文字表現出來，不像如今常見灑狗血式的、卡通式的寫法。

〈眼〉

廖玉蕙表示這一篇文字清暢，但故事較為簡單。有些可惜之處，例如文中提到因為偷偷跑出去玩、沒有支持到母親，就因此悔恨一輩子，對廖而言比較造作一些。

柯裕棻表示支持，但也思考為什麼出去看個電影，回來之後就會有如此大的心理負擔和愧疚。文中提到母親從小眼睛有問題、對她的容貌非常在意、一點小狀況就要她去整理，一直到最後母親感覺到自己眼睛稍微偏斜就立刻要動手術……這些細節，讓人看到隱隱的恐怖，這一點讓柯覺得很棒，有一些看不見的漩渦在裡面。

鍾文音表示，母女互相照顧的段落讓人很感動，但文字有點孩子氣，好像還沒有成長出血肉。

〈角膜塑型〉

柯裕棻比較這一篇和上一篇的不同，作者寫自己做角膜塑形，但沒有把這件事情扣連到人生體悟或其他大主題上，單單只寫體感，這樣的作品反而更不做作——柯並不認為做作與否是判斷好壞的重點，但認為此作描繪體感非常貼切。其中，角膜片弄丟的焦慮鋪陳得很好，最後用親情來做結尾，但也不會太過沉重或裝模作樣，是內外交錯的觀看、沒有大敘事的作品，將身體和情感扣連得很好。柯提出一些令她印象深刻的描寫：例如文中將戴隱形眼鏡身體前傾的姿勢描述為「虔誠」「如同祈禱」、將小包裝的液體描述為「對塑形成癮」，這些橋段都從外在視野看見自己的動作。而尋找遺失鏡片的過程，本來可能寫得很無趣，但本篇也寫得很輕快。

廖玉蕙表示支持，提到這篇讓她印象深刻的是鉅細靡遺的情節：坐父親的車、每一口呼吸都是罪惡感；又或者打電話給護士通知鏡片找到了，掛電話時有點茫然；將鏡片和郵票放在一起……這些寫法都很靈動，且作者不為這些細節找一個更盛大的故事。

〈上年〉

柯裕棻表示，這篇是比較沉重的家庭主題，描述了死亡的恐懼和孤獨。抓住柯的是文中對未來的想像，想像親人一個一個走了之後的部分，「最後會只剩我一個人嗎？」雖是平鋪直敘的問句，但經過前面兩千字的鋪陳，最後收尾力道反而很大。一個很複雜的故事但是卻能寫得有條理，將這些事情反芻過、整理過了，柯覺得很不容易。鍾文音、焦桐也表示支持。

焦桐也補充，整篇有五次寫到桌上的碗筷，來象徵親人的離去，這是最傑出的地方。結尾收得又短、情感又刷得清淡含蓄，焦認為這是一個高級動作。

〈浮。鯨〉

向陽表示本篇在形式和結構上有可取之處，但是內容比較隱晦，很多意象、內容從鯨向海的作品中來。用詩的象徵手法來寫一個高中生的想像和禁錮，如同一隻鯨魚被關在海生館中。

兩票作品

〈還童〉

焦桐表示本篇聚焦在奶奶形象上的改變，寫到奶奶變小了、變弱了，通篇深情含蓄。焦桐認為對寫作者而言，情感節制是很困難的，而本篇修辭明確且妥當，如第二行寫到「她的嗓音虛弱到連窗戶溜進來的細風也能吹散。」不只是敘述，而是描寫。「她的雙眼看著我，卻像是丟失了自己的靈魂，將這數十年的經歷都丟棄。」也是經過深思熟慮才能做到的。「才閉上眼一次，再睜開就迎接了離別的周日。」而奶奶説好，清清淡淡的、內斂的情感也就表現出來了。

鍾文音表示本篇能把親情主題翻轉，因為一般寫奶奶憂鬱的很少。作品以小開始，以小結束，頭尾和結構與意象、詩意都很聚融，鍾認為這種寫法其實是不容易。文中寫奶奶染了頭髮、憂鬱的樣子，用細節寫得不落俗套，由風開始，由風結束。

〈現形記〉

柯裕棻表示本篇寫一個高中女生的困惑，青春恍惚的迷惘。迷惘的問題並不明確，抵抗也相當迂迴，但在這種朦朦朧朧的、青春的、難以言說的不安與苦惱當中找到了美感，用小小的意象串起來。柯認為有些地方看起來很跳，但是都能夠成為亮點。例如寫沉悶的午後的白衣黑裙，雖然老套，但寫朋友在洗手的時候，把水珠撒在鏡子上面，在很美的這些畫面中安排了非常簡短的對白，一人問「那些水珠像什麼」，另一人答「像扁掉的愛心」。又如寫白衣黑裙，如同白天和黑夜的刻印在自己身上，柯表示像這樣小小的、青春的詩意本篇都寫得很好。

鍾文音表示這篇把人生很多看起來小小的東西現形出來，物的寫法實在迷人，如「眼睛裡的瞳孔像一場大霧」。鍾也指出本篇缺點是對S轉換跑道描寫不是很成功，這部分使鍾遲疑；最後一段又濫情地寫到歌詞，讓鍾很想把那一段劃掉。

柯裕棻補充，文中寫到「午後窗外的空氣又捲成一根巨大的棉花糖，灰灰的、亂亂的，電腦播放著〈張三的歌〉，歌聲有些沙沙的，似乎能溶入外頭那團灰亂的棉花糖中。」寫出一種想像的蒼涼，接著馬上又想起玻璃上的水珠像翅膀……作品用冬天的寒冷和模糊和晦暗來講這一切。向陽也表示支持。

〈金魚嘴〉

廖玉蕙表示本篇描寫社會的畸零人，將低階層的人所可以做到的事情相當據實地紀錄下來。文中寫到這樣的人表達善意時甚至於會被誤解成惡行，將一群一般人，和一個不一樣的人互相碰觸之後可能引發的問題描述出來。其中用金魚比喻一個說不出話的狀態，形容他是「字斟句酌」……這個人沒有被大多數人接受，可是為了引人注意，很多行為讓人感覺到駭異。廖認為本篇表達出一種「非我族類」生存的辛苦，「啞巴叔叔真的是啞巴」的收尾非常有力。

向陽表示本篇透過自己的觀察展現出社會的刻板印象，其中安排一個女孩子的父親責罵啞巴叔叔的情節，這個情節和後面啞巴叔叔幫一位年老阿嬤數錢的動作形成對比。啞巴、年老的阿嬤／爸爸、年輕的女兒形成一組對照，來凸顯這個觀看者的旁觀。向也認為結尾非常好。

柯裕棻提出，金魚是不能住在海中的，是一種淡水魚。但文中卻很理所當然地寫金魚在大海中。

鍾文音表示，她反而覺得本篇對啞巴的想像是刻板的，彷彿我們對弱勢一定會誤解，這是一種想當然爾的關懷，造成了一種扁平。包括數零錢的描述，都是為了要附和「金魚」的無言，反而過分神聖化其中的人物。

〈空地〉

鍾文音表示本篇寫一個在被保護的學區的孩子轉學到市區，補習班的駱駝商隊作為象徵寫得很好。為了融入群體，最後自己也去買了奶茶，鍾覺得種種細節都不錯。最後寫到空地的流逝，作為上大學前的預備、希望心裡留有一塊保留地，關於空地的象徵相當完整。但鍾也指出文中沒有再繼續寫心靈的變化，好像理所當然讓空地成為了一塊心靈的福地，彷佛結尾都那麼完美。

廖玉蕙表示本篇提到同儕認同，最精華的部分是寫要得到城裡小孩的認同。到頭來既失去了單純，又成為了一個虛偽的人。最後寫到什麼都離自己很遠、青春即將駛去，其中的描寫說服了廖。

柯裕棻表示支持，很喜歡本篇寫「很用力地想要參與青春」的這一點，青春不是因為年紀而自動被賦予的，這個反思柯很喜歡。

三票作品

〈無題〉

焦桐表示本篇優點也是筆觸清淡、節制含蓄，在他看來都是高難度動作。通過亂針刺繡的手法構成深情的散文。除了情感之外，還有自己的思索與悟境。如第二頁「以前一直以為人生谷底只有一次，覺得低潮後的故事都是飛黃騰達。」一直到最後兩段，描述看見一隻白色的鳥，一陣風過來，「牠倏的翻落欄杆。」焦很喜歡其中「自由的理直氣壯」。

鍾文音表示本篇是自己的前三名。用繪畫串起整篇，有聲音、有味道、有顏色，有很多細膩的繪畫性、音樂性、五官的感受性。行文跳躍，但是最後都有兜攏起來。例如探問大阿姨的人生落幕後、自己的名字是否出現在片尾；又例如提及在 A5 大小的人生、沒有空間去書寫主人公的苦難。一切回到最原初大阿姨教自己繪畫的時候，沒有任何技巧，沒有任何名分，直到如今長成十八歲的樣子。最後看起來跳躍，但仍以一幅畫為象徵。作品中層次非常多、有非常多的咀嚼。

向陽表示題目道是無題卻有題，通過繪畫、圖像、季節、生命，把阿姨和他母親與家人的故事透過每一小節來表現。文從字順，沒有太多誇張的修飾，扣緊繪畫／人生、顏色／心境來表現。

廖玉蕙表示自己沒有選本篇的原因，是作品中經過一整年沒有從阿姨的死亡中恢復，廖比較沒有辦法被說服。據文中所寫，對方只是一個曾經陪伴過他著色、看過他一幅畫的阿姨，其他的形容其實是非常有限的，那麼為什麼會有那麼强烈的感情，在一年之後一切都還沒有回到軌道？廖尤其不能接受第三頁，「我知道那是什麼感覺。大概吧。」讓廖不明所以。廖認為本篇整體而言情溢於詞，有些炫學，左談星座、音樂，右談張大千、陳澄波，彷彿為了要表現一些什麼東西。

〈黑瞳〉

廖玉蕙表示本篇是她的首選。全篇扣題扣得很緊，以眼睛、瞳孔起筆，結構完整，例如當中寫到朋友夢見「蛇吐信」，最後寫回來「我很後悔當初沒有試著去體會他的驚恐。」文中不斷醞釀、蓄積能量，從打分數開始，寫到老師非常殘酷地說「就算送分你也不會及格」；提及老師丟掉學生阿嬤送的艾草粿；再寫到看見老師以「嫌惡的眼神」在毫無招架之力的同學頭上淋下酸掉的牛奶，種種一切導致孩子憂鬱症發作。黑瞳就像黑洞一樣，同時也是一種面具。廖認為寫最好的部分是「何況證據藏在我薄弱又無力的黑瞳裡。」他知道人生不是那麼簡單，最後學會遮住雙瞳，而輔導老師「所見未必成為真實，沒看到的事更不必去理會。」一句話更體現殘酷的世道。最諷刺的是阿姨竟然還來感謝這個老師，卑躬屈膝、歡喜於孩子又變成這個老師的學生。所有的祕密最終都藏在黑瞳中。

焦桐表示本篇也是他心中本次最好的作品，敘述中有一種迷人的戲劇性，聚焦在石老師身上，用絡石花來描述良善背後殘酷的行為，也自剖了自己的軟弱和邪惡。焦認為這一篇所有的意象、所有的敘事線索都往同一個總體方向發展，一氣呵成，通過事件展現了作者擅於思考的特點，有效彰顯自己的悟境。

向陽表示，高中生要去討論人性的黑暗面很不容易，作品透過石老師凸顯人性的黑暗和光明、善和惡，對自己的反思也適度呈現了身在那個年紀的想法，不以審判的方式來寫石老師，而是作為沒有權力的人、面對這種問題時的無奈。

鍾文音表示讀這篇時很暢快，因為戲劇性非常足夠。但是很多事情都非常剛好，很像小說的安排，這是讓她疑慮的點。

柯裕棻表示非常喜歡文中把蛇和真相做並比。柯認為這不是作者刻意做的，但反而是做得做好的。柯表示之所以沒有投選這篇，是因為作品中太擔心大家不知道其道德訓斥在哪裡，從第三頁開始就開始了道德的演說，十分可惜。

四票作品

〈小帳〉

廖玉蕙表示本篇是心中的第二名，非常寫實、現代感十足。深情的凝視從虛擬的世界中開始，刻意的巧遇、虛擬世界巧妙的聯繫，大帳給大帳，小帳給小帳，最後有一個「小小帳」希望裡面只有一個人，越來越私密……寫到把在汽車或捷運中藉空檔來發小文章、打個招呼，設法相遇的過程，廖認為很寫實，文字也相當不錯。

鍾文音表示本篇讀來像偶像青春代言，很温馨，很美好，但也就這樣。鍾認為也許當代青年的所有沉重，好像都被納入這種社群上的看見或不被看見，而全篇最後的「小小帳」救了整篇，把世俗的社群拉到了一個很高的私密層次。

柯裕棻認為本篇寫速度寫得非常好，從可見與不可見的、想辦法找到隱匿的方法，越潛越深。現實和虛擬，表演和日常，作者很非常知道前台後台的切換。

向陽表示本篇透過大帳小帳，將現在年輕人的愛情模式寫得很靈活。語言樸素卻迷人，有講故事的能力和天才。

●第二輪投票

經第一輪討論後，獲得三位以上委員支持、納入第二輪投票的作品八篇，由委員們各自依名次給分，第一名給8分、第二名給7分，以此類推。最後得分結果如下：

現形記 十八分 （向五、柯七、焦二、廖一、鍾三）
痕 二十分 （向四、柯二、焦七、廖五、鍾二）
眼 十七分 （向二、柯四、焦四、廖六、鍾一）
小帳 三十一分 （向六、柯八、焦三、廖七、鍾七）
空地 十七分 （向三、柯三、焦一、廖四、鍾六）
上年 十九分 （向一、柯五、焦五、廖三、鍾五）
無題 二十四分 （向七、柯一、焦六、廖二、鍾八）
黑瞳 三十四分 （向八、柯六、焦八、廖八、鍾四）

評審一致同意以第二輪投票總分決定名次，第一名〈黑瞳〉，第二名〈小帳〉，第三名〈無題〉，優勝五名則為〈痕〉、〈上年〉、〈現行記〉、〈空地〉、〈眼〉。

新詩獎　首獎

一起褪色

周予寧

個人簡歷

周予寧，2001 年生，北一女中二年級。高一開始以黃巾賊為筆名在 Meteor 詩文板上寫詩。曾獲北一女中第 25 屆校內文藝獎新詩組首獎、第 36 屆全球華文學生文學獎新詩組第三名。覺得詩是構成自己很重要的一小部分。

得獎感言

以前覺得成長是不斷逃離舊的自己，割捨一些過去就變得更好。現在只想把那些破破爛爛的回憶一一拾回，好好收藏。

謝謝砰砰砰和汪完整了我的高中生活。謝謝深深當這首詩的第一個讀者。謝謝淡中後門的甜甜圈攤販、中庭的樹和機車油漬。謝謝可愛的二孝，謝謝我爸。

謝謝高一時開始寫詩的自己，謝謝沒有放棄的現在的自己。

一起褪色

那時有著過分紙質的表情
輕易被濡濕，輪廓如暈像是
校門後柏油路面
靜靜踏過油然的虹

你的語氣清脆，咬著甜甜圈糖粒
把鐘聲般井然的招呼語
在唇上一一鋪平
走廊光轉，在眼底透徹
我們都還在
假裝喜歡咖啡的年紀

每一次呼吸都是海風

在適合感冒的夏日
我們一起柔軟，像錯季的手織圍巾
要交換一本日記
寫下所有細微，像是咬到舌尖
輕礙的小小煩惱
要告訴你所有祕密，像是
每一次你字裡有雨
我就跟著淋漓

有霧漫過巷底，醒時
我們從此失去詩意的邏輯
（我們將更擅於數學
用不再騷動的指尖拿捏語言
摺過的紙星星，都漸漸透明……）
讓所有對白緩緩滑進玻璃瓶

明白每一隻被刮去鱗片的人魚
都還想念海
試圖格律你逐漸異國的口音
為未知的意象押一個久遠的韻
原諒我的節奏遲拖
時常接不住你

可能再也無法一一熨平
我們在乾季裡逐漸僵硬，像
錯過畢業典禮的一束玫瑰
逐漸褪色，灰塵悲傷的
一一降落在這個星球

如果可以
如果再有一場雨……

名家推薦——

這首詩給人單純的感動，整體渾然天成，從簡單的語言，慢慢翻轉出深重的情意。——廖咸浩

這首詩的聲響、節奏，都帶給讀者閱讀的愉悅。作者用輕巧的譬喻和語氣，把這個年紀的思維與情感表現得很傳神，意象不濫俗，完整而原創。——許悔之

新詩獎　二獎

雨光

王采逸

個人簡歷

王采逸，台北人，2001 年生，師大附中二年級。因為不知道該怎麼訴說自己的故事，所以乾脆不說，於是深受胃食道逆流所苦。仍在建構自己的語言。

得獎感言

〈雨光〉是我對兩年高中生活下的註腳，我們總是在這座城市不停遺失什麼，但也一邊拾獲，願各位朋友都能在未來找到溫柔的自己。謝謝評審老師們的欣賞，希望我在接下來的高三生活中能持續創作，也希望能以更遼闊的視野與更柔軟的心態觀察世界。

雨光

一顆星墜落
然他們說那是一滴雨

我不撐傘
一萬條巷子沒有點燈
月光淅瀝地下
你拾獲昨日星辰的碎片
將它們藏在時間某頁縫隙

而我們日復一日
行走。在這滿是坑洞的世界
任孤獨捲起的求生慾
無聲刮著蝕著

我僅存的透明
換來一些偽裝的善意堆積
如雨後地上的一灘彩虹

列車壓碎一漥月光
我們濺起
你掉進誰的影子
我溶在誰的瞳孔
雨兀自地落
一萬盞燈亮起
時間拍動翅膀
抖落一隻冰冷的螢火蟲

我沉入浮著光的海洋
長出鰓

呼吸腐敗的自尊

一顆星墜落

我們假裝那是一滴雨

名家推薦——

抒情細膩，也寫出了人們普遍的經驗。——陳義芝

這篇作品文、情一致，情緒的醞釀也很自然。——羅智成

這首詩在談一種「用假裝的方式來認同某種誤解」的情境，結構上滿有層次地推進，水與光的意象各自交融在詩中，處理得也很動人。——鯨向海

新詩獎　三獎

未成年的魚

馬安妮

個人簡歷

馬安妮，2001 年生，桃園人，北一女中一年級，人文社會資優班，喜歡水母、貓、星星。三分鐘熱度，容易靈感枯竭，於是揮霍青春尋尋覓覓。

得獎感言

因為未成年，還可以在銀河系漂流一陣子、假裝是一條魚或是海的一部份。有很多無以名狀的狂喜與悲傷、不切實際的幻想，就讓他們留在新詩裡吧。
謝謝截稿當天幫我交件的母親，以及對我不離不棄的妳們。這首詩給小魚和琪，願青春無悔。

未成年的魚

伸手可以觸及的地方
便是海洋
我在無風的潮間帶平躺
將所有肺泡醃漬成鰓
躲進流動的透鏡底部呼吸
一部分叛逆細胞被高漲潮水溺斃
鋒利的鱗片從淺藍色仰角切開
氣旋末梢的簡單知覺

伸手無法觸及的地方
便是銀河
我在無數個失眠的夢中洄游
泅泳在和你體溫相同的海域

等冰川緩緩走過熾熱的島弧
擱淺一尾濕漉漉的夜
你的影子延伸成
氾濫的行星軌道
終點是我微微敞開的窗口
被一通三個小時的洋流淹沒

吶喊聲可以傳達到的
便是天空
我在無聲的周期表上查詢
被歸類為重金屬的音符
用沸騰的氧氣唱一首破碎的歌
殘缺不全的旋律　艱澀的詞
那些不被稱作詩人的流浪者
在成熟的季節集體失業

我在過度炙熱的空氣中窒息
時間從乾涸的水窪中抽離
纏繞上你微光的靈魂
比起豔陽更需要的
是眼淚和雨季

名家推薦——

這首詩把一些抽象的東西，轉化成可感的描述，詩中的意象遠而犀利。——羅智成

讀這首詩時，能具體的感受到詩中營造的絕望感，擱淺的狀態。整首詩有完整的演進過程。——廖咸浩

年輕時，總會想像某種夸父追日的「悲壯」，這首詩在我讀來，就是努力地要把這個「悲壯世界」中，人的脆弱與孤絕表現出來。作者擁有一顆幽密而深刻的心。——許悔之

新詩獎　優勝

我們順著它走

張世絢

個人簡歷

張世絢，2001年生，曉明女中二年級。來自於台中市沙鹿區，喜歡閱讀，也喜歡嘗試各種體驗，課餘時間喜歡畫畫、看電影、潛水和寫詩。

得獎感言

寫詩資歷不深的我很幸運的在此機會獲得優勝。身邊的家人和老師給我的鼓勵很大，在此我要向它們表達誠摯的謝意。對於我的作品能受到評審老師的青睞，深感榮幸、也讓我能在文學這條路上持續創作出更能引人入勝的作品，最後我還是不免俗的説聲謝謝大家！

我們順著它走

詩的隱喻持續流過黑水溝
傷痕累累而看似完美的一彎黑水溝
它吞噬了妳我近七十年前跪求的
溫柔，這是神拋棄的——在口號與沙塵
相互推擠，不得不泛黃的信紙上
殘忍是最乾淨的那一片

那天之後，誰用筆寫下時代巨大
又微渺的悲劇，靈魂孤守逐漸瀝乾的長夜
我把龜裂往事填滿時間骨灰罈，在心底
冰冷地細數重逢的機率
無名的它恍有預感地舔動暴風雨前的寧靜
僅為了重複生活的詐術

讓兩岸在射程內盤點各自的欄位
於是我就這麼無能為力的陷溺成盆地
獨留妳在地圖彼端的數學法則中，糾纏
空間裡混沌猜疑的年表

那天之後，毫無悖逆的
在被資本撞擊出驚慌的領地裡
我被它完全淹沒，等脫水的年號一變再變
十八歲的傷口癒合為老兵
疤望著遠處的妳，把陌生與困惑堆疊……
妳是否曾把歌譜遙遙摺入我心底
立於浪漫的尖刀上，自由地盡情放歌
用力揮別沉重過去——給妳的詩裡
太過沉重的格言與邏輯

那天之後，只剩月光的時差偶爾剩些餘温
妳我被迫擁有相思的權力
任誰都無法品嘗這專制的酸甜
苦辣。妳的眼睛也不例外
因為那是唯一素描過小小的，遙遠的
我的線條，想像逐漸腐爛的氣味……
轟轟烈烈的炸藥、子彈，彷佛比船更知道
藍的深邃和憂鬱。如果浪和洶湧
可以拾起記憶被空襲後的碎片
細明體般小心修補

依然沒有妳訊息。永恆在災難與平和間
模糊復返，然後擱淺於統獨幽默的
黑色波濤。船帆的佔領區裡只剩滄海

桑田，抽象著妳我。我們之間隔著一彎啊
注定吞噬「我們」的黑水溝

新詩獎　優勝

你問天主在哪兒？

蔡佩儒

個人簡歷

蔡佩儒，2000年生，現年十七，惠文高中二年級，曾獲台中文學獎青少年散文首獎、中台灣聯合文學獎散文首獎、中台灣聯合文學獎小說三獎。

得獎感言

謝謝台積電文學獎，謝謝母親一路相伴。

你問天主在哪兒？

你說天主在那兒？
今天在藍白膠囊封印裡
藥單屬實，睡前飯後按時服用
不傷及情緒，副作用
小心靈魂逆流

你問天主在哪兒？
止痛錠剪斷航線
你漂散成孤島，遁入幻燈片
擱淺，錨太深
剛擊沉一輪夕陽

天主的記憶在格式化

日曆的撕角，瘀血漸濃
濃成不自殺的烏鴉
啄食夜色，夢境開始陸沉
壓碎了你的臉孔

天主的季節堵塞
十七歲的初熟
你開始換算落體公式
要經過三百間病房
告別十五層樓
你求主　求佛　求鬼神
回覆世界坍塌的詰問

天主說有光，你只懂黑
黑撞斷了求助的指骨

黑磨平了指腹
手腕水紋雜亂
你說，天主在那兒？

新詩獎　優勝

網路視界

紀博議

個人簡歷

紀博議，千禧年生，家住沙鹿，國立清水高中應屆畢業生，喜歡機器人、收集樂高與詩詞。曾獲〈澄海波瀾——我的油彩獨白〉徵文國中組優選、全球華文學生文學獎高中新詩組第一名、新北市文學獎青春組短詩第一名。

得獎感言

哇！得獎了！真高興。但能維持多久呢？
寫詩，我有兩個很厲害的老師，哥哥、爸爸的激將(有時是譏笑)與嚴厲。
關起門來，我最大；打開門後，我就縮水了。我也希望開門後，還是很大，但有些事是千真萬確又難以改變的啊！
哇！過幾天要去參加指考了。所以請容我關門一陣子。
謝謝台積電與聯合報，謝謝我的家人與評審！

紀博議〈網路視界〉

鍵盤是我們移民的太空船
一階一階敲擊……輕易就進入了
無重力狀態；甚至比開房間還快
——十指隨便一滑就進來了

魔界在此隱形　不需要戒指與斗篷
只有肌腱炎　霸道地爬上神經
我有八塊腹肌；胸肌是完整的一顆心
背景是最酷炫的 Lamborghini-LP 系列

清晨四點，我不睡；我的國不戒嚴
跟一群傾城的美女打屁……不良作息
比酒精沉醉；我的銀幕亮膛膛不暗黑

——不需要波多也可以解衣……曾經似乎
有愛情——彷彿指尖就可以傳導彼此的體溫

我一直相信：美女們的父親
生意容易失敗，兄弟被討債集團追殺
妹妹也等待贖款，而最疼她的——阿嬤（不知道幾個）
通通病危，等我匯款幫她們辦理後事。外加
她家風水不對，需要一百多萬修改大門

Photoshop 可以醫美，把「8」扭來扭去
選美后冠，男身也可以 Download……（戴在頭上四處逛街）
我不習慣溫柔的攻擊，更怕的是鞠躬的暴力
——那麼客氣地向我示威

一再用犄角撞破我的防火牆

那隻魔獸，ＩＰ是寫詩；朋友有門路
技術，幫我查詢——果然牠用匿名
真名：「嗜血屍」，牠恨自己是二進位世界裡
忘了被敬畏的三，更怕自己被進位為零

這裡，邪音橫行——
沒有警察、也沒有交通號誌
小綠人經常紅著眼不知如何過馬路
朋友說路肩經常被咬傷，甚至
比病毒還痛……

新詩獎　優勝

唯一

李季璇

個人簡歷

李季璇，2001 年生，台南女中準三年級生，與此同時對於青春卻還有很多沒有修滿的學分。能不能畢業是茶餘飯後的考量，與此同時卻最希望能健健康康。

得獎感言

投稿過後就忘記有投稿，正如寫就之後就忘記有寫過。這首詩是我在數學課　極其煩悶躁動的情況下所寫，詩中的隱喻和文字表示的可能性是它的重點，也是惹人厭的地方。然而文字有趣在可以反芻，可以偷渡許多害羞、恐懼和不安、或是極其性感的訊息。所以能夠得獎讓它們曝光，跟一字領洋裝一樣是讓人開心的事。

唯一

上街　我們上街
隨便抓起看到的東西
一顆石頭
一塊從觀光客才逛的紀念品店搜刮來的路牌
那些同時見證你虛榮心和侷限性和缺乏安全感的稿紙塗塗改改
揉躪它們　然後跟我們一起上街
肉身當作武器
我們向英文字母種族歧視歐幾里德美人魚一夫一妻社群媒體帝國主義教科書宣戰
印尼的雨林層層削薄成你的編碼
低級到高端　救贖與被救贖
我們向定義發動攻擊
不要　控制火力
我們一邊掃蕩一邊手捧酷兒和精神病患和罪犯和時代先驅所寫的聖經

上街　我們狂放喧囂報上自己的名號
敵人當然不知道我們從哪裡來
要到哪裡去
我們把身體擴大再擴大
直到足夠容納世間所有反覆吞吐反芻的垃圾嘔吐

我們會在地平線那端看見自由的形狀
那是上帝臨在的鐵證
在那裡我會承受不住
彎身輕吻你的腳底聖潔如同使徒
為了收納這麼多年緣份命運累積牽引進美好的玻璃糖果罐裡

我會忘記法律
我們逮到機會就破壞所有的禁忌

這個景況會被收錄在人類末世的史詩
一切聖潔如荒漠中擅闖的日出
世界以我們為中心水平直線延展
我們就像初離子宮的新鮮血肉一樣純淨

銀河在我們面前鋪展開來
太陽系是我們的巴士底監獄
我願作為囚犯與你困在這裡不知所云
我們可以把宇宙變成遊樂園
飄泊分裂融合膨脹塌縮穿越時空轉圈畫圓手指揉著髮絲臉頰貼著彼此
真空中寂靜伴奏下
我伸手邀你跳一曲華爾姿
我們踏破地板　旋轉直到音樂破碎
拋棄我　嘲笑我　愛我

上街　我們上街

新詩獎　優勝

黎明之前

宋梵遠

個人簡歷

宋梵遠，2000 年生，十七歲，八里人，就讀建國中學二年級。睡很多，經常性地覺得疲累；又或者，只是單純不想清醒地面對事物而已。

得獎感言

感謝紅樓詩社與吳岱穎老師，也感謝一路上啟發過我，幫助過我的同學們。
生活中總少不了許多令人心倦的事情，而我們也往往被迫要去面對它們，被迫捲入一次又一次的傷害與被傷害之中。沒有人願意，卻也沒有人可以逃脫。我所能做的，似乎也只剩繼續在疑懼不安的日子裡，學習好好生活而已。

黎明之前

在輾轉難眠的床邊
點亮一盞檯燈，像獨行的旅人
燃起篝火；世界是危險四伏的叢林
而會傷人的動物
並不一定能被看見，並不一定
具有利爪與尖牙

是不是進入一場夢境
便能逃離窗外的雨天？
掛鐘滴答作響，推動意識越過
現實的疆界，或許，另一端會剛好放晴
縱使巧合使人厭惡。畢竟有時
所有不巧都會碰巧來臨

生活教會我們許多事情
包括隱藏自己
和一顆什麼
也隱藏不了的心
（它是如此脆弱，澄澈而
　透明）

如果人們持續地碰撞彼此
像以玻璃碰撞玻璃
如果晶瑩的碎片墜成星隕
而落不下的淚聚成海洋
——那裡，在無風的表面底下
　浪濤反覆重演著苦難與無常……

潮水退卻留下藍色的寂靜
遠方的視野依舊有霧環繞
天空仍然陰暗，而困頓的夢境
始終未醒

應該要有一種自大與狂妄在還未固著的創作生命裡

台積電青年文學獎 新詩組決審紀錄

時間：二〇一八年六月二十四日
地點：聯合報大樓二樓會議室
決審委員：許悔之、陳義芝、廖咸浩、鯨向海、羅智成（按姓氏筆劃序）
列席：許峻郎、劉彥辰、宇文正、王盛弘
◎廖宏霖／紀錄整理

本屆新詩組來稿共一九六件，扣除不符合資格者為一九〇，複審委員為須文蔚、楊佳嫻、林德俊、隱匿，共選出二十六篇進入決選。複審委員表示，以這次來稿的品質而言，感覺得出來台積電青年文學獎已成為這個年紀喜愛文學的學生發表作品的園地，幾乎可以在這個文學獎中，看見未來文壇的許多新力量與新面貌正在成形。此外，就來稿的主題來說，也可以觀察到一些特色與趨勢，比如情詩的比例感覺沒有像以往那麼多，觸及到情感的作品，也多半用較為清淡的語言呈現；另一方面，也許是因為這些年輕人身處於一個資訊交流快速的時代，他們的作品也顯現出對於各種多元議題的思考，例如身心議題、新科技、虛擬世界、兩岸與政治等。最後，整體而言，台積電青年文學獎為這些對文學創作有興趣的同學，打開了一個可以看見彼此的場域，讓整個社會與年輕的靈魂透過文字相互對話，在這十五年的累積下，也逐漸描繪出一幅特別的風景。

會議開始，由台積電文教基金會執行長許峻郎致詞，許執行長表示今年是台積電青年文學獎的第十五年，每一年透過副刊的幫忙，持續紮根，對於鼓勵青年文學創作的成績也有所積累，今年，甚至開始安排一些過往的得獎者，加入評選或紀錄的過程，讓文學獎本身也能夠創造一些良性的循環，同時也讓這些漸漸成為文壇主力的新秀們，在不同的位置上，觀察並學習到更多的經驗。

接著，各評審共同推選陳義芝為主席，並決議先請評審發表整體感言，第一輪投票先不分排名，圈選出自己心目中的前五名。

總評

羅智成：這次的作品，我讀起來還是蠻興奮的，因為入圍作品都很不錯。我覺得擔任文學獎的評審，特別台積電青年文學獎，感覺就好像是在跟某種未來的詩的美學對話。在閱讀中，你可以發現世代間種種生活與思考的差異。值得一提的是，這些學生相較我們那一代，整體上來說，對於文字跟語言的使用似乎更嫻熟，許多作品看起來都很老練。然而，針對這樣的技巧上的進化，我會特別想問作者，你用這樣的書寫技巧，想表達的是什麼呢？年輕作者是否有所自覺地、有目的地在寫一首詩，而不只是一時的抒發或表現？這其實也是我們在創作中要學習的課題。另一方面來說，很可貴的正是，在這個年紀所寫出的作品，也許就是因為還沒有確切或龐大的寫作意圖，這些詩許多都還沒有真正跟所謂主流詩觀對話，也就極有可能創造出了某種遠離現在書寫腔調的作品，應該要有一種自大與狂妄在這些還未固著的創作生命中。

廖咸浩：我自己也非常驚喜，就這個年紀的詩人來說，許多作品都算是相當成熟，有些作者的風格非常强烈，我覺得這是最彌足珍貴之處。比較不一樣的觀察是，我覺得年輕這一代，「書寫」的機會其實被快速的資訊交流模式所壓縮，可以說是「失去語言的一代」，但由此角度去看這次的作品，能夠有這種掌握語言的展現，確實非常不容易。此外，在這種短詩短文的寫作風潮中，一首詩的結構更顯得重要，沒有結構性的閱讀，就很難有結構性的書寫，以這次投稿的詩作為例，許多作品處理單一意象的能力，已經算是相當成熟，但如何不只是呈現孤立的意象，將主題不斷往前推進，就有賴於結構的能力，因此我會特別關注有這種能力的作品。

許悔之：詩作如果可以有深刻的意義，我想那是因為它能夠帶領我們到比現實更遙遠的地方，所謂想像力的展現，又因為詩要透過文字來呈現，它必須要具備某種可溝通性。有時候我會想到曾經住在精神病院裡的卡蜜兒（Camille Claudel），她年輕時代許多創作中的主題、技法、形式與概念，往往是不見容於當下某種普遍的標準，但在日後的藝術史中，卻被認為投射出了一種時代的美感，我想這也是我做為文學獎評審的功能之一，我要能夠指認出那些大家還沒接納的美的呈現。因此，回到這次的作品，我會希望從中選出一些好像因為想要跑很遠，有些時候甚至跌倒了，「姿勢」並不好看的作品，像這樣的作品我覺得會更「生猛有力」。

鯨向海：現在「厭世詩風」當道，我覺得也有影響到這一群年輕的創作者，這次的作品很多其實是在書寫生命的苦痛，以往那種青春無敵或是要歌頌世界的作品卻比較少見。我自己比較會注重作品中是否能夠呈現出幽默感，比如說在關於苦痛的書寫中，作者可以用一種調侃或自嘲的方式，去帶出一種時代的黑色幽默感，我就會特別欣賞。另外，這些作者都是二十一世紀的少年，幾乎從出生開始，就用與我們截然不同的方式接收資訊以及與世界互動，我相信這些長年的累積，都會成為幽微的影響，所以我也會特別觀察他們在創作中，這些可能已被內化的因素，是透過什麼樣的形式顯露出來。

陳義芝：我會思考什麼樣的詩需要我來推薦，我們從台灣現代詩的發展史來看台積電青年文學獎，這批創作者可能是未來引導詩壇很重要的作者，所以我比較會注重一種「整體的穩當性」。為什麼會要求「穩當」呢？我的觀察是現在是一個戲耍成風、輕易出手的時代，而詩一直是一種泥沙與珠玉容易混雜在一起，一般人比較難以區辨的文類，做為評審的我們，是不是也應該有某種責任，指認出真正的好作品出來。比如，瑞蒙卡佛曾經在談論小說時，說到他很厭惡所謂實驗性的創作，因為有才華的人實驗是一種創新，但反之，有時候是在掩飾一種無能。回到這次入圍決選的作品，在我的閱讀理解中，即便好與壞的差別還是有一段落差，不過所謂實驗性的作品，都能夠有一定程度的「穩當」。

第一輪投票

發表整體感言後，進行第一輪投票，每位委員以不計分的方式勾選心目中的前五名。共 15 篇作品得票，投票結果如下：

〈謊〉（許悔之、陳義芝）

〈一之狼蛛的獨白〉（許悔之）
〈街邊哲學家〉（鯨向海、陳義芝）
〈我們順著它走〉（羅智成、廖咸浩）
〈一起褪色〉（許悔之、廖咸浩）
〈你問天主在哪兒？〉（鯨向海、廖咸浩）
〈未成年的魚〉（許悔之、廖咸浩）
〈網路視界〉（羅智成、陳義芝、廖咸浩）
〈唯一〉（羅智成、陳義芝）
〈匆匆那年我們〉（許悔之）
〈戲中戲外戲的場記〉（羅智成）
〈黎明之前〉（羅智成、陳義芝）
〈當你如此潔白〉（鯨向海）
〈透光區〉（鯨向海）
〈雨光〉（鯨向海）

一票作品討論

〈一之狼蛛的獨白〉

許悔之：我會針對不同的獎項調整不同的標準，以這次台積電青年文學獎而言，我覺得年輕人應該要有更大膽創新的表現，所以我特別挑了心目中年輕人的創作。這首詩比較像是羅智成以前《中外文學》時代的作品，用一些看起來疊沓繁複的語言，營造出一種孤傲而幽密的氛圍，我覺得是很能夠觸動與吸引人的作品。

陳義芝：我沒有選這篇，完全是因為我個人的詩觀，剛剛它的優點悔之已經說得很多了，只是我在細讀之後，覺得它有一些語法混亂的現象，最後並沒有說服我作者有足夠的能力去掌握像這樣的語言。

〈匆匆那年我們〉

許悔之：很多很多年前我在《聯合文學》編過李欣倫的《藥罐子》，我覺得女性做為孕育的身體，一直創作者可以一再去探掘的意象。這首詩用籃球做為意象，指涉了了身體與生命的雙重性，語言雖然簡單，可是意象很強烈，但語調也不特別哀傷。更值得讚許的是，這首詩有一種自我寫照、自我覺醒的感動與省思流露出來，接近某種身體政治學的思考。

〈戲中戲外戲的場記〉

羅智成：我本來在它跟〈謊〉那篇做抉擇。這篇的優點是在於它很努力建構出一個架構，它有一個層次感，舞台意象非常一致，算是企圖心很大的作品。不過它的主要問題也是在條列性的東西，比較即興，有點混亂。但即使如此，你還是看得出來，這位作者非常努力在經營結構。

〈雨光〉、〈當你如此純白〉、〈透光區〉

鯨向海：這三篇都只有我選，所以我就一起談。我覺得這三首詩都是技術都很好的作品。首先是〈透光區〉，它比較特別，押韻的部分很自然，讀起來很可愛，也許有人會覺得這比較像是歌詞的表現，但我想這也某種「招式」。另外，我覺得它裡面有一些關鍵字，例如「模仿」、「偽裝」、「掩藏」，描述那種極為痛苦卻又無法順利表達的狀態，而我覺得這很可能是年輕人在面對困擾時，故作鎮定的方式的體現，而詩中所呈現的海洋意象，也許也能連結到這個世代那種無邊無際的資訊交換與產製訊息的世界，或者，也可以當作一首情詩。總之，這首詩能夠被解讀的面向相對較大，一些特殊的比喻也都布置得很巧妙。再來是〈當你如此純白〉，這首詩的一、二段寫得特別優美，技藝成熟度在這次作品可排前幾名了，比較可惜的是，整篇形式的設計到了最後會逐漸有一種疲倦感。然後要推薦的是〈雨光〉，此詩是在談一種「用假裝的方式來認同某種被誤解看輕的情境」。彷彿在此孤獨感易被忽視的的資訊喧騰時代，各種困頓依然使他們不得不假裝，正因為嚮往自由反而選擇了隱藏才華。結構上則是節制而不氾濫的奇幻視界，水系與光系的兩派意象自然地交融，魔性地演化，低調釋懷卻仍保有自尊，氣氛掌控處理得頗迷人。

許悔之：我是最喜歡〈雨光〉，這裡面有一種開展跟通透，至於〈透光區〉跟〈當你如此純白〉，它用了很多其他詩人都用過的譬喻，所以我還是寧願更支持那種可能姿勢不是很好看，不過它有想要跑遠一點的那種作品。

廖咸浩：我曾經考慮過〈當你如此純白〉，這裡面顏色的處理太工整了，所以閱讀之後，少了某種自然的感動，但是不得不說這首詩有其設計上的長處。〈雨光〉則是原本就在我的待選名單裡，我也可以支持它。

羅智成：我最喜歡的是〈雨光〉，它的詩情很一致，情緒的醞釀也很自然；〈當你如此純白〉技巧也很好，卻有一種可預測性。〈透光區〉裡面則涵蓋了我喜歡跟不喜歡的東西一樣多，鯨向海剛剛說的那種幽默感，我的理解就是一種反諷，可是反諷其實很難，在這首詩裡，他跳出來的一些字眼，反而讓幽默成為了「故作幽默」，那個反諷就不太有深度與力道。

陳義芝：我也比較喜歡〈雨光〉，它的抒情很細膩，也有寫出一種普遍的經驗；〈透光區〉我則讀不出韻味；〈當你如此純白〉則是在某些段落，例如剛剛廖咸浩所說的關於顏色的處理，有一些用力過猛之處，造成了一種閱讀上的阻礙。

兩票與三票作品討論

〈謊〉

許悔之：詩意跟文意永遠有一種差距。比如夏宇寫父親的死亡，用一張父親的照片做為起點去鋪陳一種文意，但呈現出來的卻是滿滿的詩意。這首詩本來看前三句我覺得很散文化，可是它卻漸漸在文意中結構出一種詩意，讀完以後會覺得句子可能沒有很厲害，可是這裡面有一種凝聚力，像是引子一樣，把那些原本應該很老生常談的關於謊的道理，用文意堆疊出詩意，催眠般在閱讀中感覺有了感動，讀到了一些新的東西。

陳義芝：許悔之要表達的完全就是我要表達的。我一開始也是看見了它的散文化，不過，我們不能僅從詩的語法跟外在來看，以這首詩為例，我覺得最重要的是它將「謊言」中的詩意凸顯了出來，並且把它寫成一首詩，這是他在散文化以外最特別的地方。

羅智成：這篇我一開始也覺得過度散文化，但我細讀之後發現它的結構能力很好，它的散文化是在抵抗詩化的語法，它的詩不是存在於文句上，而是在思想上。我後來會覺得評審的過程，就是在尋找每個創作者心智狀態的可信度，這個可信度不只是建立在那些技巧的展現，更重要的是作品要能說服評審，這個創作者的心智狀態是足以討論它作品中所想要探討的主題，那這首詩我覺得他在可信度的展現上，以這個年紀的創作者來說，還滿具有說服力的。

鯨向海：〈謊〉確實是太散文化了，我是覺得並不是說散文化不好，而是要搭配一些節奏，所以我會比較欣賞像〈唯一〉那樣的作法，它雖然也散文化，但節奏感很強烈。

廖咸浩：我基本上同意剛剛許悔之的說法，我會用王家衛的電影舉例，每當我覺得片子開始俗濫時，就會有一個轉折，影像中的詩意就會迸現。但回到這首詩，我覺得它並沒有真正很成功地「救」回來，節奏點與轉折的力道都差一點。

〈街邊哲學家〉

鯨向海：這首也是有一點散文化，但它是有節奏感的營造，一開始讀會被它的節奏感所吸引。細讀之後，我覺得它有一種深層的幽默與反諷，藉由描述流浪者、乞討者的形象，指涉當代人文社會學的社會位置，也就是所謂的「哲學」。另外，它的語法也很自然，好像很輕鬆地在跟讀者說話，選用了一些巧思的字眼，讓感覺上應該是要很沉重痛苦的意象，被呈現得很輕鬆自在。

陳義芝：我也同意鯨向海剛剛的說法，這首作品的確有他要反諷的對象，如果不從這個角度去思考，可能就會覺得這首詩的敘事太明白清晰。另外，這首詩所呈現出的一些身體的姿態，例如「跪著」、「捧著」、「趴著」等等，用一種身體感去凸顯那些比較抽象的主題，我覺得也是滿好的嘗試。

羅智成：這首詩具體可被觀察的技巧都不錯，但一首詩成不成功我覺得要回到一開始的書寫策略的檢視，這首詩的書寫策略上我沒辦法被說服，主要是因為要談論社會對某些事物、觀念或對象的物化，作者想要透過一個乞丐的形象去負載這個訊息，但實際上詩中所呈現的多半是作者個人所投射的情感，我覺得這個策略並不成功。

廖咸浩：我認為題目這樣寫，直接點出「街邊哲學家」，閱讀起來就少了一種可以由讀者自己醞釀出來的理解，例如倒數第二段就有些太直白了，就像是格言或座右銘一樣。不過我還是很肯定作者的企圖心，他願意這樣去描述一個人文的位置，具有一種超齡的關懷。

〈我們順著它走〉

羅智成：我一開始沒有給這篇太高的分數，但是後來覺得作者其實有很紮實的鋪陳與書寫能力，不過放在這個文學獎中，我就很好奇年輕人為什麼會想要觸碰「兩岸」這個題材，因為這應該不是作者直接的生命經驗與感受，但另一方面來說，這首詩也像是稍稍揭露了年輕人怎麼去看待那段歷史的角度。第一段有一些刻板印象的敘述，其實也顯示了這個主題離作者的生活有點遠，不過後面的鋪陳，可以看見他比較深刻地進入了一些比較可以共感的主題，例如思念或無奈的心情。此外，這首詩也讓人看見年輕創作者並不是一味地自我表達，而是能夠開始看見一些與自己有距離的人事物，並試圖去同理、去表顯。簡言之，這首詩如果不要第一段，就會是一首很漂亮的詩。

廖咸浩：這首詩所描述的情感不是他自己，讀時會讓人略感懸念，他是不是會為了要寫這個主題而寫這首詩，不過若是以作者為高中生的前提去看這首詩，我同樣也覺得是非常不容易，而且他的語言也很純熟，並沒有非常牽强的感覺，意象也層出不窮，感覺上是一個滿有經驗的寫作者。

許悔之：這篇是這一次我看的作品裡面很成熟的一首，這首詩的作者感覺擁有豐富的詩的閱讀經驗，在詩中你彷彿可以看見台灣現代詩發展的某種岩層的痕跡，有一些長的句子像是七、八零年代常見的文字呈現，所以我看見的是一位生於二十一世紀的年輕人，也許讀了很多前輩詩人的詩集，但是在創作中，他還是很努力地成為他自己。

〈一起褪色〉

許悔之：這是我非常喜歡的一首詩，他的聲響、節奏，包括一些很細膩的切換，都帶給我最單純的讀詩的愉悅。我會把它定義為「美麗地為賦新辭但並不强說愁」，作者只說那一點點的美與愁，沒有要談什麼大道理，但卻很貼切地表達那種流動的思緒。我讀到第二段、第三段就覺得很動人且不凡，作者用很輕巧的譬喻和語氣，把那個年紀該有的那種思維與情感表現得很傳神，意象不濫俗，很完整也很原創，也不會用力過猛，對於一個青年文學獎來說，真的是一首難得的好詩。

廖咸浩：這首詩給我的當然也是那種很單純的感動，包括他處理的情感與描述方式，使用的意象也很自然精巧，能從簡單的語言，慢慢醞釀出一些比較深重的意趣，整體而言還算渾然天成。我自己也是滿喜歡的。

鯨向海：我也喜歡類似「接不住你」這樣俏皮的形容。作者沒有故意裝老成，忠實反應回首青春無敵生機淋漓的感覺，卻又帶著一點懂得和憐憫過往的慈悲，蠻可以說服我，頗符合這個年紀給我的想像。

羅智成：我也是滿喜歡的，但是第一段我感覺牽强了一點，但整個來講，作者比較誠實面對自己的年輕，沒有太龐大的企圖心或虛張聲勢，就是所謂的「文質彬彬」，表達的內容與形式是具有某種平衡感的。

〈你問天主在哪兒？〉

鯨向海：這首詩應該是在寫一個苦難跟悲痛的生命經驗，但是卻用一種輕快的語氣，用問題的方式去營造一個節奏。詩中提到藍白膠囊，應該就是常見的憂鬱症用藥「千憂解」，再加上最後面描述到類似跳樓與割腕這種自傷的橋段，這些主題應該都要是很沉重的，但是它卻轉化成一種相對輕快的節奏和語調在處理，我覺得是這首詩最成功之處。不過第三段，把「自殺」的字眼直接寫出來，我感覺是一種失手。

羅智成：這是一篇典型的透過複沓結構而成的作品，但我覺得比較大的問題是在於，作者一方面用了一些比較行內的用語，另一方面不斷重複「你問天主在哪兒」這句話，這兩者之間的語言質地是有落差的，並沒有結合得很好，所以最後在我讀起來比較多看到的會是一種刻版印象的病痛現場的呈現。

許悔之：這首詩的優點我就不再贅述。我記得之前也是台積電青年文學獎，有一首談失眠的詩，作者除了把失眠的情境描寫得很細微之外，還把失眠的意義寫出來。我覺得這首詩，少的就是那種意義的萃化，簡言之，痛苦如果變成文學要有意義，至少要告訴我們痛苦以外的東西，例如為何痛苦？痛苦之後的沉澱是什麼？只要再多一點點的發展，這首詩會更完整。

陳義芝：這首詩讓我想到張詩勤的詩集〈除魅的家屋〉，那本詩集就是在描述一種繁複的痛苦、憂鬱與黑暗的狀態，作者用自己的生命體驗，在詩中去創造一個全新的情境。因此，相對來說，這首詩的貼切感就沒有那麼高，書寫上也比較簡單，另外，我也贊同把「自殺」兩字寫出來，會是一個比較明顯的敗筆。

〈未成年的魚〉

許悔之：年輕的時候，你總會想像某種夸父追日的「悲壯」，彷彿存在一個你必須要很果敢的世界，這首詩在我讀來，就是很努力地要把這個「悲壯世界」中，人的脆弱與孤絕表現出來，會感覺到作者用力很深，擁有一顆幽密而深刻的心，不是「作文」可以做得出來的。

廖咸浩：我在讀這首詩的時候，很具體的感受到詩中營造的絕望感，也就是詩中所描述的擱淺的狀態。整首詩有一種完整的演進過程。不過，最後兩句是敗筆，幾乎把前面營造的鼓鼓的張力，一下子戳破了。

羅智成：我也滿喜歡這首詩，但是喜歡的點不一樣，我覺得他最厲害的地方在於把一些抽象的東西，轉化成一種可感的描述，詩中的意象遠而犀利，最弱的部分就如同剛剛前面提到的最後一段，那些他想要再多做「說明」的部分。另外，詩中提到「無風帶」我也覺得很特別，這次的作品中，我記得至少就有三首詩用到這個詞彙，我會把它理解成這個時代的窒息感，在這個部分，這首詩也算是具有某種代表性。

陳義芝：這首詩我讀起來是在寫自我，就意圖跟表現來說，的確有滿高的完程度。另外，詩中的那個晃蕩感，其實投射出來並非那種富裕的、有閒的悠遊者形象，而是一個痛苦的朝向成熟的行走者，也是很能夠表現這個年紀的一種心智狀態。

〈網路視界〉

羅智成：我覺得這首詩是這次比賽作品中，比較準確而完整的某種幽默感的展現，不過在詩中太多條列式的東西，卻又沒辦法讓它們發揮出相互呼應或延長意義的有機發展，就會讓詩進入某種可預測性，並且顯得瑣碎。所以我會建議作者，可以盡量將作品敘事化、故事化、多一些因果上的線索。但整個來說，這首詩最大的意義還是在於，他用一種新世代的視野與敘述方式，經營出一個意象紛然而華麗的文字派對。

陳義芝：這首詩我很喜歡，雖然九零年代林燿德就以電腦終端機或網路的一些元素當作詩的主題，但是這首詩還是保有很現代的意象，作者用字遣詞非常有自信，也很有表達能力，對於詩中所提到的題材感覺上都有一定的嫻熟度，在看起來有所侷限的語言裡面呈現了豐富的主題。

廖咸浩：這首詩也是我從第一句就開始被吸引，讀起來非常流暢，雖然有時候會顯得有些油腔滑調，在幽默與過於油滑之間，可能還要多所斟酌，另外，如果有一些地方，在語言上能夠處理得更詩意一些，會讓整首詩讀起來更有韻味。

許悔之：一首在寫網路時代的詩，應該負擔什麼？比如十幾年前，駭客任務在那個時代就帶出一些很深刻的思考，他提出一些與人性有關的問題，或者更類似的創作，例如林群盛的〈沉默〉在那個時代，就已經在嘗試思辨一些更深刻的事物。回到這首詩，我們已經在網路時代很久了，在很多文學獎裡我也看過很多類似的作品，但我一直在等待一個創作者，能夠提出一個與當下這個時代，更切合的提問或思考。

鯨向海：這首詩我有點遲疑，比如第四段，已經不是散文化或是缺乏詩意的問題，裡面有許多語句都不太有邏輯，語言與結構都有點混亂，雖然他用了很多新奇的名詞，但我還是無法確切掌握他想傳達的觀點。不過，也有可能是我期待太高，因為我會想像這群新世紀少年寫這樣的題材，應該要表現得更自然、更高明。

〈唯一〉

羅智成：我覺得這首詩的斷句，形成一種精力充沛的節奏，並且在這個理直氣壯中，有一種雄辯的意味，營造出某種令人不安與反諷的氛圍，以及對青春這件事的另一種反省，在書寫策略上是蠻成功的。

陳義芝：這首我蠻推崇的，開頭就把整首詩的那種音樂性表達得很好，內容上也不是在描述一種特定的意識形態的對立，長句有形成長句的意義，不覺得有一種多魚的拖沓或重複，語言跟思想是可以相對應，思想成熟而語言練達，觀察的角度在詩中快速的變換，好像沒有邊際那樣的隨手捻來，高中生能夠呈現這個深度，我覺得除了是一首很好的作品之外，也相當值得期待這位作者未來的作品。

廖咸浩：這首詩我覺得最主要的問題還是在於，我看不出來他要控訴的是什麼？首先是敘述觀點混亂，詩中的「你」的身分不太明確，「你」跟「我」跟「我們」的關係不太清楚；因為這些技術性的問題，這首詩就失去了它的說服力。另外，詩中的長句反而是我比較無法掌握的部分，一方面不精準，另一方面缺乏與前後文的銜接。我當然可以隱約感受到那種很強烈的青春的動能在詩中蠢蠢欲動，但是作為一首詩來說，這個能量是以一種無緣由也無目、且較缺乏詩意的方式四處發射。

許悔之：這首詩如果是第三段加上最後一段，我覺得會是佳作，但其他段落卻有一種虛張聲勢的危險，他不是左派也不是右派，而是一種虛無派，當然你也可以是虛無派，但我覺得最重要的是，作者沒有提供一個可以聚焦的詩思或哲思之處，我在閱讀中找不到那個聚焦點。

羅智成：這是一首典型的反諷詩，所以你看到的表面上的意思未必是它真正的意思。我覺得最有趣的地方在於，他混雜了三種風格：波特萊爾、rap、鴻鴻，所謂「青春戰歌」不是只是在歌頌青春的美好，某種程度它也表達了青春的躁動與無知，詩中的一句話「我願做為囚犯與你困在這裡不知所云」，其實就點出了這種沒有方向性的狀態。所以，我覺得這首詩就是要刻意去表達那種令人不安的情緒，把年輕人的那種矛盾與不確定性，都盡可能表現出來。這首詩不是要做一種單向的說明，每件事都刻意地表達了雙向性，雖然技巧上可能還是不夠純熟，但這也是因為作者不是想要「美化」青春，而是要透過「異化」青春，讓一些看似不合理的事物浮現出來。

陳義芝：我呼應一下羅智成的說法，我認為他的思維是有一個超越的高度，一般這類的詩會有一個明確的立場或議題，但是這首詩要呈現的是那種無名的躁動，以這個角度來看，我覺得反而是可以理解的。

廖咸浩：要判斷一首詩或一個文學作品是不是「反諷」，恐怕必須有更多的證據，否則任何一個作品都可以說成是它表面的反諷。這首詩中我們所看到的所謂反諷的部份，看起來更像是失手。即使是反諷，也因為寫作技巧不足，而無法讓人確認是反諷。虛無並無不可，但是若要說這首詩具備了某種更高的視野，我覺得就詩本身來說，線索還是太少。最終而言，這首詩讓我感到最大的不安之處還是詩感的缺乏。

〈黎明之前〉

羅智成：

相較我們剛剛在討論的〈唯一〉，這首詩就是一首令人有安全感的詩，它所描述的那個情境也具有一種普遍性，讀者能夠比較快投射進那樣一種狀態。簡言之，這是一首比較穩當的詩，讓人讀起來很放心，表達形式跟傳達的訊息極為相稱，整首詩控制良好、收放自如，清楚而準確。

陳義芝：這首詩我也很推薦，就如同剛剛羅智成說的，它最大的優點就在於它的「穩當」。特別是在現在這個語言破壞、表達混亂、溝通困難的時代，有時候幾乎成為一種災難，因此我覺得，對於這種清楚而明白的語言，這類型的創作，應該要多所鼓勵與關注。我當然覺得年輕人可以在語言上冒險，不過冒險的前後，必須要有所檢視，這首詩就是讓人覺得他在語言何思考的路徑上，一方面完整，另一方面也是非常有自覺地不做出太過突兀的表現。

廖咸浩：這首詩的長處是穩健，缺點也是穩健。最後一段顯得太平常普通了，幾乎把詩感打散了，他也許可以用更多的意象來說他想說的話。

鯨向海：這首也是很好，但我是比較喜歡那種可以讓人爭辯的詩，比如剛剛那首〈唯一〉。

第二輪投票

經過逐篇討論之後，一票作品〈雨光〉有人覆議進入第二輪，其餘一票作品淘汰。共十篇進入第二輪投票，委員分別就自己最喜歡的八篇作品給分，最高給八分，依序遞減。投票結果如下：

〈謊〉（許悔之四分、陳義芝二分、廖咸浩一分、羅智成四分）十一分
〈街邊哲學家〉（陳義芝一分、鯨向海八分）八分
〈我們順著它走〉（許悔之五分、廖咸浩七分、鯨向海一分、羅智成一分）十四分
〈一起褪色〉（許悔之八分、陳義芝五分、廖咸浩八分、鯨向海六分、羅智成二分）二十九分
〈你問天主在哪兒？〉（許悔之三分、廖咸浩五分、鯨向海四分）十二分
〈未成年的魚〉（許悔之七分、陳義芝四分、廖咸浩六分、鯨向海二分、羅智成六分）二十五分
〈網路視界〉（許悔之二分、陳義芝八分、廖咸浩三分、羅智成三分）十六分
〈唯一〉（陳義芝七分、鯨向海五分、羅智成五分）十七分
〈黎明之前〉（許悔之一分、陳義芝六分、廖咸浩四分、鯨向海三分、羅智成七分）二十一分
〈雨光〉（許悔之六分、陳義芝三分、廖咸浩二分、鯨向海八分、羅智成八分）二十七分

投票結果，最高分〈一起褪色〉二十九分，第二名〈雨光〉二十七分，第三名〈未成年的魚〉，優選五位，〈黎明之前〉二十一分，〈唯一〉十七分，〈網路視界〉十六分，〈我們順著它走〉十四分，〈你問天主在哪兒？〉十二分。

最終名次出爐如下：

第一名：〈一起褪色〉

第二名：〈雨光〉

第三名：〈未成年的魚〉

優勝：〈黎明之前〉

優勝：〈唯一〉

優勝：〈網路視界〉

優勝：〈我們順著它走〉

優勝：〈你問天主在哪兒？〉

二〇一八高中生最愛十大好書

由二〇一八台積電青年學生文學獎所有參賽者票選「高中生最愛十大好書」活動，獲選書籍（按作者姓名第一字筆畫序）：

太宰治《人間失格》（漫遊者文化出版）
白先勇《臺北人》（爾雅出版）
村上春樹《挪威的森林》（時報出版）
吳明益《天橋上的魔術師》（夏日出版）
李屏瑤《向光植物》（逗點文創結社出版）
金庸《射鵰英雄傳》（遠流出版）
東野圭吾《解憂雜貨店》（皇冠出版）
保羅・柯爾賀《牧羊少年奇幻之旅》（時報文化出版）
張愛玲《傾城之戀》（皇冠出版）
簡媜《我為你灑下月光：獻給被愛神附身的人》（印刻出版）

支撐寫作的，是寫作之外的事

二〇一八台積電青年學生文學獎——選手與裁判座談會紀實

時間：二〇一八年八月十八日　下午二點
地點：聯合報總社一〇四會議室
與談人：黃麗群、廖玉蕙、廖咸浩（按姓氏筆畫）
參與學生：王采逸、王柏雅、呂佳真、呂翊熏、周予寧、馬安妮、曾俊翰
紀錄：莊勝涵

在文學獎的競逐之後，總有幾位年輕的寫作者脫穎而出。某種意義上，每個獎項都是一張邀請函，來自寫作那個美好的國度。但自投入文字創作的那一刻起，從文字場上拂起的塵埃就未曾落定，寫作的困頓將永恆與寫作者纏鬥。而座談會就像文學的引力聚合了選手與裁判，在文學的宇宙中，他們心中同樣充滿問題，但問答之中許多火花照亮了彼此，讓寫作的困頓霎時明朗起來。

小說的細節決定解析度

如文字能夠傳遞畫面，如何細節拿捏就決定了畫面的解析度。短篇小說獎首獎得主呂翊熏用這個譬喻向裁判提問，當作者在寫作中捕捉一般人所忽略的細節時，讀者如何跨過門檻，捕捉到那些獨特的生命經驗與感受？黃麗群認為，鋪陳細節不能為了寫而寫，衡量的判準還是在寫作的題材與形式，所以「如何讓細節有效？」是寫作者必須不斷自我叩問的問題。就像電影畫面帶到的一個物件、演員的每個表情與動作，都是導演精心安排的伏筆，使細節恰如其分地為故事服務。

短篇小說三獎得主呂佳真也在意細節的問題，她以置身座談會場感到不自在的心情為例，問裁判們該直接表明人物心情，還是堆疊大量的細節營造不自在的心境？廖咸浩認為，現在作家通常不用全知觀點寫作，所以不會由作者直接表明角色的心情，而且限制觀點因為所見有限，反而吸引讀者閱讀的想像力。黃麗群同意廖咸浩，指出作者不必跳出來說話，因為細節本身就能把

（曾吉松／攝影）

角色的心情說出來，若想表達走進會議室不自在的心情，以「她坐下來的時候，感覺到她的裙子一直不服貼」，可能要比直接說指明內心感受來得具體。

廖玉蕙則用自己曾寫過的散文〈味道〉回應，在這篇散文中，她寫一位喪母的女兒，透過穿戴母親生前的衣物捕捉母親的氣味，以此追念母親。文中從圍巾、外套寫到帽子、睡衣，用大量的描述寫出女兒思念的心情，「但其實我沒有直接寫出『思念』兩個字」。黃麗群也藉此提醒「寫作者最怕話太多」，她說評審文學獎看過很多例子，作者因為怕讀者讀不懂，就忍不住就跳出來說話，「本來一切都很好的，本來要飛起來了，結果就突然墜機了！」

寫詩一流利就俗套了

詩與小說畢竟不同，小說能夠操作更大的篇幅，細節與敘事的問題容易顯題化。詩則不然，決勝的關鍵在短短的幾行之間，意象的經營相對成為焦點。新詩獎三獎得主馬安妮問起，當寫作主題已經被大量操作時，該如何寫出新意？這其實就碰觸到詩歌意象經營的問題。

廖玉蕙首先回應，說文學本就取材於人生，人類歷史幾千年來，碰到的課題相差無幾，很難不重複前人的題材。但人生有共相，也有殊相，同樣的題材在每個時代的具體經驗都不同，況且語言也有自己的生命，表達的方式會不斷改變。「文學貴創新，沒有俗套容身的空間」，且文學的創新未必表現在嶄新的題材上，「怎麼寫」要比「寫了什麼」更接近文學的本質。

確實，文學是語言的產品，組織語言的技藝才是文學的決勝之處。但廖咸浩說一般人的語言都是「口水語言」，難以讓讀者感到激動，所以創作常常一流利就變成了俗套。特別是寫詩的時候，語言不能那麼自在，行雲流水很可能就變成口水語言。寫詩的創新常常表現在轉換視野，用新的角度看世界，這正是經營意象的要訣。他提到著名法國詩人波特萊爾最受人稱道的，就是把別人沒有辦法入詩的事物，變成詩歌嶄新的意象。以〈腐屍〉為例，波特萊爾以長滿蛆蟲的屍體入詩，表達即便美貌終要消逝，但愛人將永誌於心。這其實是一首典型的情詩，但嶄新的意象讓這首詩充滿張力，反而讓愛情這道永恆的課題重新活了起來。

黃麗群接續「怎麼寫」的話題，但是換了一種說法。從寫作的實務經驗來說，在形容一件事物的時候，腦中浮現的第一個說法絕對不是最好的，第二、第三、第四個也不是，甚至第五個也不會是，「你要不斷往後退，往裡面退，你會找到自己說話的方式」。所以，寫公車上擁擠的畫面，絕對不能再寫「跟沙丁魚罐頭一樣」，太流利，就俗套了。

散文寫作中的契約

雖然文學與虛構常被聯想在一起，但散文與虛構的關係卻特別曖昧。從記憶中拾掇碎片，拼湊出自我的片段，繼而連綴成文，過程總不免帶有幾分創造性的成分。獲得散文獎二獎的曾俊翰對此感到焦慮，擔心自己在散文中把虛虛實實的自我包裝成一個故事，會不會淪為販賣商品的推銷員？但另一方面，在書寫中全然袒露自我並不容易，於是他問在場的評審，散文創作中揭露自我的尺度該如何拿捏。

關於散文與虛構的距離，是近來不斷被討論的問題，但在文類跨界互涉的文體生態中，這個問題或許又更為複雜。廖玉蕙認為不妨從「真實」的定義來衡量寫作的尺度，因為「真實」未必是實際發生的事情，生命經驗也包含各種聯想的成分。寫作者必然會選擇自己想要表現出來的面向，我們都沒有、也沒辦法把自己全然奉獻出來，攤開給讀者看。散文中的自我與真實的自我之間，固然有一定的聯繫，但在寫作中呈現的「我」就像是俄羅斯娃娃，一層一層疊加包裝起來，所謂的真實性有複雜的層次感。廖咸浩則說，他自己寫散文時敘事者乾脆改用「你」，避免揭露自我的尷尬。

放寬了真實的定義，當然不意味作者的自我要求能夠懈怠，反而因為組織「真實」的過程總不免有「建構」的成分，於是從挑選素材到經營意象，再到結構與題目的訂定，作者都得反覆自我檢視。拿捏的尺度，全繫於一紙「不成文的契約」。黃麗群說，讀者預設散文反映的是真實人生，是作者與讀者之間的默契，作者可以跳過虛構寫作中「說服的工程」，直接取信於讀者，所以基於寫作倫理，作者不應佔這紙契約的便宜。但她也補充說，只是把早餐吃三個饅頭寫成四個肉包，這種情況應該也不算佔讀者便宜。

寫作與寫作以外的事

若寫作是意志的呈現，文字構成一個巨大的自我，那麼揀擇書寫的主題即是鋪陳自我展演的姿態。獲得新詩獎首獎的周予寧問到，她書寫的一直是個人情感，是否也應嘗試將社會議題寫入作品？

廖咸浩先是回應，都需要，適時岔開目前的軌道，有助於打開視野。但他也提醒，揠苗助長會讓寫作成為無聊的事情，因為創作往往是從不知不覺被什麼東西牽引開始的。廖玉蕙也說，剛開始寫作時常被問到寫作的動機，但她自覺只是「延續寂寞的童年裡在閣樓裡的自言自語，不是追求名山事業」，每個年齡都有最擅長寫的主題，但長期來看書寫也會展露個人的生命軌跡。

作品與作者何者居主導地位，確實是思索文學寫作難以迴避的問題。黃麗群認為，「寫作是寫作以外的東西在支撐」，中學的生活很大程度受到社會與家庭提供的框架控制，一旦進入大學，生活不再受到控制時，就能體會人生的路將如何影響寫作的方向，即將進入大學生活的年輕寫作者，都將寫出各自不同的生命姿態。

寫作之外，我們也閱讀

有時是寫作者被閱讀，有時寫作者也閱讀他人的寫作。王柏雅問到推薦序該怎麼寫的問題，曾寫過無數推薦序的廖玉蕙率先回應，她秉持兩個大原則：首先一定把作品看完，且真心喜歡；此外，不能只寫出作品的熱鬧，一個專業的評論者也必須寫出門道，必要時指出作品的小疵，更能顯出序文的客觀。「一百分的作品沒有說服力」，廖咸浩補充，懂得用小疵襯托作品其他的長處，是寫序的關鍵。

新詩獎二獎得主王采逸從閱讀的角度再次觸及「文學大於寫作者」的核心，因為閱讀有時會超越作者的預期，她說對於作品的解讀如此之多，但作者的本意未必如此，她的作品也曾獲得自己從未想過的解讀，身為寫作者該如何面對類似的不虞之譽？

黃麗群呼應前面提到的，寫作之外有許多東西支撐著寫作本身，包括生命裡許多無意識的運作，也會如同鬼使神差透過文字展現出來，影響寫作的構成。況且文學作品的價值也正在多元解讀的空間，過於簡單直白的文字才會只有單一的解讀。廖咸浩同意，他認為作者往往無法掌握寫作的自己，甚至有時在潛意識以外，還有集體潛意識的介入，因為語言文字連結著更廣大的世界，許多超乎個人生命經驗的東西存在血液裡，所以寫作過程有時也帶著一點神祕色彩。

在個人生命經驗與日常邏輯以外的深淵，往往正是安放文學的深淵，而那些在寫作之外支撐著寫作的事情裡，必然也包含寫作者的聚會。在座談會上，選手親見偉大航道，裁判也得以回首來時路，像是宇宙的孤星被串聯，從此心中的那張星圖，或將成為星空裡的許多故事。

2018作家巡迴校園講座

第一場　文華高中

充滿故事的空間

【李孟豪／記錄整理　黃仲裕／攝影】

主辦單位：台積電文教基金會、聯合報副刊、文華高中
時間：二〇一八年五月四日
主講人：駱以軍　主持人：宇文正

空間轉守為攻，從四面八方朝現代人撲擊……除了被動地知曉龐大資訊量外，我們還能做什麼？文學能夠幫助我們什麼？……

「汪洋大海裡有艘俄籍貨輪，在滂沱雨勢中打撈起一名男子。無人知其身分，包括他本身。男子上岸後，不斷地遭到狙殺，然而無論敵方身手多矯健，總能順利擊退。其後，他與一名女子相遇，在酒吧裡。男子同她說：我能夠告訴妳，在吧台喝酒的女子，是名左撇子，而且是蕾絲邊；坐在她對面的壯碩男子，體重有兩百公斤以上，且能在一秒內格殺一名壯漢；我也能告訴妳，如果有人進來追殺我們，脫逃的路線該如何行走；我還能告訴妳，酒吧外頭停駐的十台車輛的車牌號碼，而且藏匿槍枝最適恰的地點，是第三台車副駕座下，那裡鐵定有把槍。然而，為什麼我知道這些事情，卻不曉得自己是誰？」

駱以軍講述了電影《神鬼認證》開頭十五分鐘的畫面，以此為引，且預告將以三則故事作為隱喻，說明什麼是充滿故事的空間。他認為現代人時常進入到一個空間裡，在尚未弄清自己是誰、身處主或旁觀的姿態，如同魚游於水，已經將空間裡所有故事的可能，包裹在內。只是，其後須得依靠小說寫作的方式，去描述掌握自身所處的世界。每格空間皆是一組組繁花無盡的故事。他勉勵青年學子，趁著年少時期，心眼開闊，多去關注世界。

上觀景台的另一種方式

二十多年前，駱以軍與妻子相偕至中國度蜜月。路程大致先抵南京，探望同父異母的哥哥；轉火車至江西山城見老友；再搭機到上海、北京，最終飛抵香港過聖誕。

（黃仲裕／攝影）

貝聿銘替中國銀行設計總部，以玻璃帷幕構築而成，像把匕首插在維多利亞港，名為中銀大廈。創辦人徐展堂先生是知名的古物收藏家，尤以瓷器最為出名，且有幾件珍貴的汝窯作品，展在大廈裡的博物館。駱以軍的妻子是典型的中文系美人，相當孺慕中國古典文化，特愛瓷器。因此相當期待拜訪此地。然而到訪才知，博物館早已搬遷。幸好，大廈於高端上有座觀景台，仍不虛此行，卻僅有兩座電梯供遊客搭乘。由於不想排隊等候，他帶著新婚妻子隨上班族乘商用電梯，至九十六樓後，改走逃生梯登九十七樓，卻來到一層工地。縱使環境堪憂，卻仍舊可以隔著玻璃窗眺覽，底下的海港如童話般，一艘艘潔白的船，參差散落在水面上。

準備下樓時，才發現安全門已然鎖死，只好層層遞跌，逐樓敲門呼救。大概走到八十九樓時，他倆大抵有數，得一路走回平地。兩人如落葉，在斗直如脊的大廈裡，旋落下降。將近三十幾樓時，駱以軍老毛病又犯，鬧肚疼，因此兩三階併一步，沿途蹦跳下樓。終於歸抵一樓。推開門，光迎面射來，隨即一陣軍靴踩地聲，一群香港武警將他團團圍住。一名矮小精悍、身著白衫的中年男子，從人圍外竄入，劈頭操著廣東話對著他罵。幸好，駱妻隨後也從逃生門步出，腳成麻花，用英文溝通，才曉得，當他們自九十六樓推門伊始，即觸動了防盜警報。一大群武警隨即衝上樓準備攔截，卻不斷地與他倆錯身。

最終，他在維多利亞港附近，尋到一間公廁解手，一瀉千里。這故事很充滿喜感吧，駱以軍笑著說。

父親只是不斷地在各地流浪

約略在七、八年前，駱以軍受邀至廣州一間書店的開幕演講。翌日，搭車至廣州白雲機場準備返台。在機場購買飲料解渴時，身後傳來老年人沉厚的嗓音：這位先生，我沒看過有人的相貌同您這般的好。駱以軍回想當時，一瞬念即認定是詐騙。轉過身，赫然發現，是一位長得與逝世十餘年的父親相似的老和尚。彼時，他疑惑，父親為何在此？和尚餽與他一片地藏菩薩的佛牌，不要錢的。在駱以軍執意下，老和尚最終收了一張新台幣，笑臉盈盈離去。

後來他想起，往昔在香港某大學駐校時，有名助理是女孩。駐港期間，時常同他們夫妻到海邊喝酒吃食談天。其後，女孩的先生因為憂鬱症自縊，她怎樣也走不出來，非常苦痛。駱以軍寫了一首獻詩，在喪禮上念誦。詩歌內容大致是：親愛的，我不曾離去，只是不斷地在世界各地輪轉流離，因此身旁有時會站著肩膀鼓起，有著翅膀的天使。我只是忘了自己在哪個港口上岸，又在哪個機場離去。

他回想起往日，在殯儀館摸著父親骨骸的經驗。他始終認為，父親只是不斷地在各地流浪，漸漸地，在旅途中，忘了自己是誰。一日，依著多元宇宙，在廣州的機場外，化身為詐騙和尚，再度相遇。老和尚不曉得駱以軍是他在上一個形態的兒子，只是覺得熟稔，因而跑來對他說著：這位先生，我沒看過有人的相貌同您這般的好。

在機場外，抽菸的時候，遇到一個瘦巴巴男子操著閩南語問他，有沒有認識想買金佛雕塑的老闆？婉拒對話，回到機場時，他揣想，這人不曉得在哪裡見過。由於數十年來的訓練，駱以軍表示，他已經相當習慣進入到一個空間後，瞬即開啟攝影機模式，將周遭事物精準攝入腦中，不曾遺忘。起飛後，他猛然一驚，想起該男子的來歷。原來是數年前，在城中咖啡屋外頭的吸菸區，一群外省老人裡，唯一的本省男子，臉色蒼白、佝僂著身，瑟縮在角隅。

東北二人轉之夜

前些年，中國作家協會邀請駱以軍和幾位作家到東北旅遊。一夜，作家協會作東招待晚宴。宴席間，表演節目除了凜然唱紅歌外，還有東北著名的二人轉。據駱以軍所述，是夜，登場的是名巨頭且綁沖天辮的男性侏儒，臉容方正，頗有滄桑歷盡感；與其配搭的是位體態頎長婀娜、一襲清涼白紗的美人。表演過程中，侏儒不斷以各式黃腔調侃女子，台下一片浪笑，猶如嘉年華般。陡然，音樂霎變，氣氛嚴凝。侏儒表示為了答謝大夥的熱情，將獻上拿手絕活。其後，只見他站在板凳上，以鼻吸牛奶，從眼眶流出，落下白眼淚，相當駭人。

緊接著，他拾起兩只硬幣，從中打洞穿線吊起水桶，以眼皮含夾硬幣，舉起水桶擺晃。

駱以軍認為，這像極了五四時期魯迅的小說；又舉金庸的武俠小說為例，總是有像段譽、虛竹這般的角色，碰到武功高深的老人將內功灌注於他們身上；到後來的莫言《檀香刑》等。他認為中國人如此鍾情於身體的怪異，在古典崩解之初，急迫想在身體上超英趕美，展現各色怪異絕技，完全違反資本世界的邏輯，充滿怪異與駭人。到底，他認為，在東北觀賞這場展演，某個程度上，既是在看人類如何將尊嚴取消的過程，卻也是在看人不可思議的意志力。

最後駱以軍表示，這三則故事，彼此皆與最初所述的電影場景呼應。空間裡的人，不斷地闖入他人的世界裡。多年前，張愛玲曾經來過台灣，作陪的小說家王禎和問她，是否有機會以台灣當景，寫作小說？張愛玲則說，不會。台灣之於她，如同默片。然而活在現代的我們，空間已非靜默，而是一個訊息量過大的場域。空間轉守為攻，從四面八方朝現代人撲擊，如同麥特戴蒙在《神鬼認證》裡的情狀。身處於中，除了被動地知曉龐大資訊量外，我們還能做什麼？文學能夠幫助我們什麼？

終究還是得問自己，你是誰。駱以軍如是說。

2018作家巡迴校園講座

第二場　蘭陽女中

詩意的排列演算

【詹佳鑫／記錄整理　侯永全／攝影】

主辦單位：台積電文教基金會、聯合報副刊、蘭陽女中
時間：二〇一八年四月十八日
主講人：陳黎、黃岡、蕭詒徽

詩能不能是一種數學？透過詩人獨一無二的「靈感公式」，以「文字」加減乘除、排列組合，將演算出怎樣的詩意答案呢？暖呼呼的春日午後，越過蘭陽女中濕氣蒸騰的操場，陳黎、黃岡、蕭詒徽三位詩人在滿座的演講廳，以詩為引，為活潑的高中女孩們「解題」。

搞怪與創新

陳黎接過麥克風：「詩無古今，翻新第一。」他認為中文現代詩雖也稱作「自由詩」，但仍有其內在發展的形式基礎。從唐詩、宋詞到元曲，文學體式、內容不斷變化，其中都有承繼與創新的痕跡。而文學的樂趣就在於此，如何從舊語中翻出新意，正考驗一位詩人的功力。他舉李白的詩「床前明月光，疑是地上霜」，但若改成「疑是地上哈根達斯冰淇淋」，就搞笑了。詩行字數和詞彙的特異突出，改變了讀者的閱讀慣性，因而產生陌生化的文學效果。

他分享自己的圖像詩〈台北一〇一〉，閱讀時要由左下角的箭頭進入，從最底往上讀到最高點的「驚嘆號避雷針」。整首詩透過高樓形式的模擬，融合並翻新古典與現代情境，在此節錄底層三行：

……

政黨蒸你的膽年金捻斷你的筋
無憂國家摑你的臉民族煮你的命
由此進↓賣血也要血拚賣國也要國民旅遊

陳黎不避粗俗口語，以詼諧搞怪的語言，暗諷現代生活的種種偽裝與亂象。他說現代詩看似沒有格律，實是「自成格律」。而這也是善用既成的文學技巧，如押韻、排比、類疊等，創造詩的音樂性。他請在場女孩們朗誦〈藍色一百擊〉：

（侯永全／攝影）

藍。1
花籃。2
花蓮藍。3
花蓮藍調。4
花蓮藍調動。5
花蓮藍調動山。6
花蓮藍調動山嵐。7
花蓮藍調動藍花籃。8
花蓮藍調動藍浪花籃。9
花蓮藍調動藍浪花灌籃。10

陳黎於詩後附註：「本詩共一〇〇節，從一字到百字，共一〇〇擊。每節以一句點結尾，除了全詩末的驚嘆號。」從一個「藍」字出發，接龍一般，陳黎以無厘頭的「造詞」增衍一層層詩行，繞口令式的句法給人奇特的視聽感受，頗有數學「等差級數」的味道。他說創作時都會規定自己一些「格律」，進而在格律中挑戰「破格」的樂趣。如〈藍色一百擊〉第十三節寫「一時難解出奇沉默便祕而不宣」，刻意將「便／祕」兩字排在一起，藉此產生詩的歧義性；又如第十六節「有幸得窺藍波神采飛溢色與庶乎通靈」，「藍波」可指「藍色的波浪」，亦可指涉「法國詩人藍波」（Rimbaud），透露與偉大詩人比並的意味。

　第四十七節：「我說山谷兄啊峽谷路仄要嚴守規矩亦步亦趨：遨遊迤邐迂迴道，忘情恐惹惡急懲，春情暉暖早晚明，詼諧說時謝諂語。」陳黎效法黃庭堅〈戲題〉的「同旁詩」，以「同部首」的字來造句，他頑皮地說：「黃庭堅是我學長，他的『奪胎換骨，點鐵成金』和我寫詩的理念類似。」一般詩作的音樂性會從頭韻、尾韻來看，但陳黎思考，有沒有一種「視覺的押韻」？像他的〈戰爭交響曲〉，以「乒」、「乓」、「兵」連結斷手斷腳的視覺與刀槍砍擊的聽覺，生動鋪排出一幅戰爭圖景；又如〈孤獨昆蟲學家的早餐桌巾〉，以三五二個「虫」部首的字，織出長方形的桌巾：「虭虮虯虰虱虳虴虷虹虺虻虼蚆蚇蚊蚋蚌蚍蚎蚐蚑蚓蚔蚕蚖蚗蚘蚙蚚蚜蚝……」陳黎說，詩的題材無所謂大小，但要能創發出新的樣子，讓自己「腦洞大開」，跳出平常思維，才能持續進步。

詩的天啟與實踐

　以詩集《是誰把部落切成兩半》獲得第一屆楊牧詩獎並入圍二〇一五年台灣文學金典獎的黃岡，分享自己沒有設限的人生。她七歲立志當作家，就讀東華大學中文系時沉浸在電影、文學與搖滾樂中，直到二十六歲才「認真」寫下第一首詩，就獲得林榮三文學獎新詩首獎。二〇一三年帶領台灣原漢劇團「冉而山劇場」，參與愛丁堡藝穗節三十場演出；二〇一四年再度代表台灣參加法國外亞維儂藝術節。二十九歲飛到美國擔任聖塔菲藝術學院駐村作家，目前正準備赴美留學。

黃岡問在場同學：「七歲的你想做什麼？微小的火苗還在燃燒嗎？」她說有次夢見一首打油詩，驚醒後趕緊抄下，「那像某種天啟，召喚了你的天賦，注定人生要往那轉彎。」黃岡念中文系和研究所時，都沒有意識要創作，直到有天搭火車望向窗外，莫名決定休學。她到花蓮的偏鄉部落當英文代理老師，開始寫作是因一個原住民學生的觸動。那年黃岡二十五歲，該名學生因前一晚和爸爸上山打獵而沒寫功課，引發她對於原住民文化的關心：「我跟著他的腳步走入山林，一邊思考觀光與開發如何影響部落生態。」〈是誰把部落切成兩半？〉就此誕生，開頭是母親在對街的呼喚：「ina 常常在這邊呼喊我的名字／叫我去那邊的雜貨店跟 Pilaw 買一包檳榔／一條沒有禮貌的山路開過我家大門／它跟我一樣有座號／它是 11 號 我是 9 號」。「11 號」與「9 號」暗指了「台 11 線」與「台 9 線」，全詩藉由兒童口吻，娓娓道出部落環境的開發與變遷，詩行間隱隱流露幽默、矛盾與無奈。

為了準備國外留學考試，練習 GRE 數學題時，黃岡突然萌生一系列「數學詩」靈感，她笑稱這是遊戲之作，如〈我愛你，有幾種排列組合的方式〉：「我愛你，／你愛我，／愛你，我／愛我，你／你愛，我／我愛，你／我，你愛／你，我愛／愛，你我／／在愛裡，我們互質」。透過簡單的字詞排列重組，詩人道出了錯綜複雜的愛情心聲，「互質」則暗示兩人關係中難言的孤獨狀態。另一首〈試問這題的解是〉連結數學符號與情境，發想個人存在的意義：「我一個人的演算／我今天在分數的橫槓上午睡／繞著π走圈／方程式＝過渡 心事／我是我儀式中的一枚代幣x／疲於奔命 將自己帶入 消去」。

此外，黃岡也書寫女性的身體經驗：「我聽見體內一顆鬧鐘在走動／有時順時針／有時逆時針／……／你可曾聽見／一片滑落自壁崖的／胚胎的啼哭／男人可以知道血為何而流／但我往往弄不明白」。詩中提到的月經、暖暖包與止痛藥，引來在場女孩一陣理解的笑。

錄音、代筆與限時動態

同樣喜歡創新的蕭詒徽，二〇一七年出版了《一千七百種靠近——免付費文學罐頭輯I》和《蘇菲旋轉》。他討厭別人說「我不喜歡小情小愛的東西」，因決定作品好壞的關鍵並非主題，而是表現方式。蕭詒徽在鶯歌二橋國小當替代役時，每天等待處室長官下命令，重複同樣的瑣事，很難有一段完整的寫作時間。有次被指派到生態池拔水草，他靈機一動，一邊除草，一邊用手機

APP來「錄音創作」。他說：「藉著錄音，漸漸將我的寫作語言往口語趨近，〈甜蜜的家庭〉這首詩就是這樣完成的。」

談及靈感，他想起《享受吧！一個人的旅行》作者伊莉莎白．吉兒伯特（Elizabeth Gilbert）的寫作困境，因小說暢銷後產生壓力，反而寫不出東西了。蕭詒徽說，其實靈感不屬於自己。「靈感的詞源是在空氣中亂竄的小精靈，書寫者只是導體。有人只被小精靈穿過一次，有人可能很多次，那他就比較接近作家的體質。」

然而，我們就只能這樣安靜地等待小精靈嗎？曾以新詩獲得三次林榮三文學獎的蕭詒徽，並非以「詩集」出道，而是模仿電影《雲端情人》中的「寫信人」，在臉書專頁發起「免付費罐頭文學企畫」，接受各方委託，累積出版七十篇代筆書寫散文。那是在形式與方法上的創新，也是主動邀請精靈們一起來玩的手勢。代筆內容包羅萬象，他分享曾接過的一個特殊個案，委託者想寫信給自己，因在被追求的過程中身體遭受侵犯，從此不敢與他人有任何接觸。蕭詒徽當時不知所措，還打電話到113家暴中心詢問處理方法。「雖名為代筆，最後還是以『我』的身分寫信，因為我終究無法跨進別人的生命。」

另外，蕭詒徽還發起了「我國限時動態企畫」，他在臉書專頁附上創作步驟：一、任選一份當日發行報紙。二、剪取標題字詞組成內容。三、附上每一字詞原始新聞。如〈〇四四—窗〉的剪貼成果：「身體愛過你的地方／都已化成玻璃／／如今 當你看風景／我就假裝你在看我」。又如〈○三二一—團康〉：「外婆又變小了／我們拿出放大鏡／前天是媽找到的／今天我要加油」。

閒適的四月午後，陳黎、黃岡、蕭詒徽三位小精靈在蘭陽女中，為女孩們點亮詩的靈光。青春走筆，詩意排列，不論有解無解，懷著勇敢調皮的心，在生活的稿紙或計算紙上，我們都能挑戰「靈感公式」與「解題」的美麗實驗

2018 作家巡迴校園講座

第三場　嘉義高中

文學的第一個瞬間 靈光的啟蒙與接近

【陳育萱／記錄整理　黃仲裕／攝影】

主辦單位：台積電文教基金會、聯合報副刊、嘉義高中
時間：二〇一八年四月十九日
主講人：黃崇凱、李欣倫
主持人：王盛弘

漫畫啟蒙文學魂

如果很快地以一個詞來替代文學，或一想到文學會想到什麼？這或許會使人想到國文，也可能有人連結到讀課外書的經驗。李欣倫回憶起文學的第一個瞬間，竟是從苦悶高中生活開始的。

那是位於台北，一所男女合校，卻涇渭分明的私立中學。逐漸自由的年代，校內仍有髮禁。早上六點起床吃早餐開始，一直到晚自習為止都在讀書的日子，生活可謂極度苦悶。

然而，自由度非常有限的生活仍有裂隙，每周六傍晚到周日回學校之前，學生可以返家。那段短暫時間，漫畫成為文學啟蒙的始點。

眾多漫畫作品中，李欣倫印象最深刻的是《惡魔的新娘》。故事主軸描述哥哥迪莫斯與攣生妹妹維納斯發生不倫戀而受到詛咒，變成了惡魔。妹妹墮入地獄，遭受左臉逐漸腐化溶蝕的苦。迪莫斯必須在人世間找一位跟妹妹相貌相似的女孩，讓妹妹的靈魂進入凡人肉體，才能再度獲得重生。惡魔迪莫斯選中了美奈子當作妹妹的替身，故事所傳達的黑暗敘事節奏開啟了想像，讓當時還是高中生的她，跳脫監獄般的日常，進入異質時空。李欣倫於是在這部以禁忌為主體，深刻解剖人性的漫畫閱讀經驗裡，獲得貼近文學的經驗。

直到因推甄大學的緣故，李欣倫接觸的新地出版社作家選集，其中黃春明的〈蘋果的滋味〉，讓她彷彿正式受邀進入另一個空間，與文學面對面。美好的閱讀經驗，讓她日後買下台灣麥克出版社出版的整套繪本，逐一認識了魯迅、褚威格……。然而深感幻滅的是，進入中文系不代表能夠一直讀現代作品。理想與現實的掙扎，直到遇見焦桐老師後才有轉機。透過上課所接觸的現代作家，讓李欣倫湧現對文學的熱情。可是，從閱讀到學習怎麼經營一篇散文的過程，也有挫折。「第一次投校園文學獎，被批評八股陳腐，結構太嚴謹古板。原來高中作文標準與真正想跨進文藝創作，遊戲規則不同。」

李欣倫分享跨越捷徑——閱讀年度散文選。一如唐諾在《閱讀的故事》所提示的：「下一本書，就藏在此時此刻你正念著的這本書裡頭。」模仿是許多初寫者開始的第一步，仿效心儀作家，透過一本藏著一本書的大量閱讀，才有可能摸索出自己的聲音。

無獨有偶，漫畫與動畫也是黃崇凱文學第一瞬間經驗的媒介。他呼應李欣倫：「當我們有文學的感覺時，並不見得非得藉由文學來完成。」回顧最初對文學的感受，來自日本漫畫家井上雄彥以高中籃球隊為題材的漫畫作品《灌籃高手》。這部風靡六、七年級生的漫畫於1996年結束連載，它啟蒙少男對籃球團隊運動的認識，並成為次文化的重要一環。它給予的文學養分存在於主角櫻木花道未能發揮應有實力來爭取勝利的遺憾，或論及高中籃壇神級角色時，往往帶動心靈的激盪。

感動不僅僅發生於漫畫，更可能是青春少年的集體投射。所以，其他漫畫如《風雲》、《天使傳奇》。這些如今提及宛如天寶遺事的作品，縱然錯誤百出，卻不礙讀者沉浸於故事的過程。舉例來說，商朝不可能存在的宮殿式建築，卻被畫進《天使傳奇》裡。歷

（黃仲裕／攝影）

史細節存在不少謬誤的狀態下，這部作品卻很能激盪出文學的感覺，因為它混合神話，讓人沉醉想像幾千年前的生活，成為一支特殊的閱讀系譜。

「文學的第一個瞬間，並不是直接從文學本身出發，而是其他來源。如果一個人熱愛文學，通常也會喜歡其他的藝術呈現。」黃崇凱提到二〇一六年當紅的日本動畫作品《你的名字》，它會使人燃燒熊熊中二魂，但也同時給予文學的感受，使人宛如乍回高中時代。

除卻異質媒介的觸發，黃崇凱更提出未來的想像，邀請在座同學思考：「若干年後可能你的左右同學或學長學弟變成了作家，你憶起曾經與他共處一室，那正是文學的感覺。以及，你可以想像許多與你年紀相同的人，他已經可以寫出你很多未曾想像的事情，這也是文學的感受。」

除了感受的重要，黃崇凱鼓勵同學應該嘗試台積電青年學生文學獎，因為它是極佳的機會，讓人學習如何從文學的第一個瞬間進入書寫。

想要寫得好，就得靠得夠近

「所以，文學要能接續下去，不能只靠一個瞬間，文學還需要有很多契機。」

黃崇凱分享自身經驗，一九九九年，他選擇從輔大休學，回嘉義重考。過的生活是每天搭公車到嘉年華影城旁的儒林補習班報到。只是，補習班或許比私校多了一點的自由。每當六日，二手書店即是親炙的開始。

從販售自修參考書的成大舊書店，翻找出詩人羅智成的《寶寶之書》，翻開標價處僅有五十元。當時買到時，只覺有趣，詩句如「只因我心有所愛，不忍世界毀壞」讓他印象深刻。將這本詩集買回家閱讀的黃崇凱從沒想過，這本詩集當時已有天價拍賣價格。

達摩書店則讓他挖掘到詩人楊澤《薔薇學派的誕生》的初版。〈給格弟非〉寫成於二十多歲：「親愛的格弟非：我花了長長的一個冬天無所事事／……／啊，格弟非／在金黃的花系上／你是花冠、你是花萼、你是花粉」。這樣的詩句，讓他開始深深著迷。除了經典詩集，黃崇凱在嘉義市的二手書店徘徊的時光，持續吸收各類養分。例如張大春《城邦暴力團》使他開始能以疏離眼光，後設的角度來看待事物。

因此，文學第一個瞬間讓黃崇凱意識到脫離現實框架這件事。第二個瞬間是它可能會暗示你可以往哪邊去，如何創造接下來的生活。

李欣倫承接而論黃崇凱小說作品《文藝春秋》，其中〈你讀過《漢聲小百科》嗎？〉或集內其他篇章出現的漫畫、ＫＴＶ，都不屬於文學，但素材均以養分或媒介的形式，被用以書寫一個世代的成長過程，夢想或幻滅。

既然如此，挑選什麼樣的素材入文才恰當呢？

近時打破俗常嚮美執念是二〇一七年清大月涵文學獎散文首獎作品〈醜女〉，它以第一人稱開始，用醜為主題，再驚世駭俗的觀點都不避諱。過往幾乎沒有人在作品中專門描述醜、不堪、骯髒，不過〈醜女〉都挑戰了，這不妨視為世代美學的差異。

美學從廣義來說，它不應局限一隅。李欣倫引述今年度九歌年度散文選主編王盛弘於序文提及諾貝爾文學獎得主石黑一雄的得獎致詞是：「我們必須努力，不要對什麼是構成好的文學，做出太過狹隘或保守的定義。下一個世代將會帶來各種新的、有時令人迷惑的方式，來訴說重要和美好的故事。我們應該對它們開放心胸，特別是在文類和形式上，如此我們才能培養並禮讚當中最好的作品。」

所以，若無法定義當前的文字，或尚未找到適當詞語，二十世紀最偉大的戰地攝影師羅伯特．卡帕的回應是：「如果你拍得不夠好，那代表你靠得不夠近。」

旁觀者的位移

「寫作者在某種意義上是河流一環，當自以為是下游時，實際上已經慢慢移動到上游，是能夠傳授他人相關標準的。」黃崇凱說，成為《字母會》一員，從內在改變了寫小說的方式。

在座的同學熱切詢問已漸漸位移到上游的前行者們——如何成為一位寫作者？黃崇凱認為，

每個寫作階段都有必須克服的，例如已出版過第一本書的作者，大概會開始思索如何豎立自我位置、座標，自我要求寫出最極致獨特的東西。故而寫作者需要藉由長期的閱讀與實踐，以維持敏銳跟寬廣視野。

至於寫作歷程中無法抵抗的孤獨與難以排解的創作瓶頸，如何度過？反照生命，其實比較困難的反而是跟害怕孤獨，渴望關愛、自由，對存在的疑問等共處，每一天都與此搏鬥抵抗。李欣倫建議：「必須選一個繼續活下去的理由。在那一刻已經跟寫作無關了，寫作已經是一種後設。你經歷過了，再用旁觀者的眼睛，再度整理。」

從文學的第一個瞬間迸出啟蒙靈光，從閱讀進入梳理個人經驗，再學習旁觀者的位移。寫作作為後設的梳理，總是給予再次詮釋世界的權利，而這份獨一無二的經驗便是下一度提筆的理由。

2018作家巡迴校園講座

第四場　板橋高中

只有你能捕捉的寶石光澤

【李蘋芬／記錄整理　侯永全／攝影】

主辦單位：台積電文教基金會、聯合報副刊、板橋高中
時間：二〇一八年四月二十五日
主講人：李屏瑤、林育德、陳柏言
主持人：吳鈞堯

台積電青年學生文學獎邁入十五周年，期間發掘許多秀異的創作者，如今在文壇綻放新銳光芒。李屏瑤、林育德和陳柏言從文學獎的意義談起，延伸成年、求學與進入社會的多方經驗。在春天的尾聲，與學子暢聊創作心法。

以文字定位自己，辨認彼此

近年先後出版小說集的林育德和陳柏言，高中時即以新詩奪下台積電青年學生文學獎。吳鈞堯認為，要全面了解一位作家，相當困難也不易定位，例如林、陳二人後來轉向散文、小說，是質地的根本變化。現為專職文字工作者的李屏瑤，高中時也從新詩著手。她笑著自嘲：「殘忍地發現，一九八四年出生的我，無法參加台積電文學獎。」她希望以「圈外人」的角度來談此獎。陳柏言接著說：「十年前得了台積電文學獎，感覺有如白頭宮女話當年。」

林育德認同道，這情景就像當兵的人互報梯數，陳柏言是第五屆，他是第二、三屆。他在東華大學華文所創作組期間，完成摔角主題的《擂台旁邊》，第二本小說《縣長旁邊》今年將會出版。目前的工作有較多時間與記者聯繫、寫新聞稿，工作仍是寫大量的字，「跟文學較少直接關係，是以另一種方式轉化於寫作中。」

最初一瞬與文類選擇

林育德就讀花蓮高中時加入校刊社，曾任主編。他微帶靦腆地自稱「前文藝青年」：「花中有不少詩人學長，有時我很難面對當初寫的作品，一來出於害羞，一來是明白自己已無法再寫出那樣的文字。」當年他性格有些孤僻，常跑圖書館並嘗試寫作，而詩是頗能觸動他的文類。

（侯永全／攝影）

直到進入華文所創作組，成為吳明益老師的指導學生，在小說、散文方面提供他豐沛的經驗。另外，高中時他與家人曾有一段關係不佳的日子，選擇「詩」也能藉由較隱晦的方式，讓他人無法輕易解讀其內心。後來經過彼此的磨合與退讓，改善關係，「我想寫他們更易讀懂的文類，那就是小說，直到今天，我都專注在小說創作。」

最初嘗試的文體，經過成長後的體驗、遭遇，發現它不是自己最合適或鍾愛的方式。如此轉變，在陳柏言身上也看得見。他以高中時選類組為喻：「是一生懸命的當口。」他高二時不顧家人反對，一心要考中文系。回想彼時自己，面對未來不知所向：「世上最不缺的就是茫然青年，我便是其中之一。」由於父執輩都是警察，過年時總被親戚們圍繞、勸他考警大。最後，他們被說服的原因就是文學獎有獎金。

「有獎金固然好，但我認為那更像宮廟中的結緣金，它設置了踏進文壇的入口。也像虛設家族網路或族譜，在這裡，你可以遇見賽馬和伯樂。」高二時，他仿鄭愁予〈寂寞的人坐著看花〉的氛圍寫了一首詩，並將抒情變種為「廢」，因而獲獎。在政大參加文學寫作坊，指導老師是小說家季季，開啟他寫作小說的實踐。

談到類組選擇，李屏瑤高二時選擇理組，對未來的想像是成為工程師或心理師，其後轉組考上台大中文系。無論是選組或文類，就像「霍格華茲的分類帽，不知不覺就變成現在的樣子了。」

然而往後的路仍是可變、非固定的，相較於「用軟碟開機的時代」，她鼓勵學生們不需囿限於當下的處境。

由於家人關係緊密，她最初在筆記本內寫作，卻發現日記已被人讀過。她打趣地描述那段青澀時期：「我有點叛逆，會把彈跳惡作劇盒放抽屜，家母應該有受到驚嚇。」她因此轉而使用電腦創作，也認為小說可以和更多人產生連結，希望以說故事的方式持續寫作。

不斷練習說故事的口氣

那麼，創作新手要如何獲得文學獎肯定呢？陳柏言表明：「提筆寫作很簡單，但『什麼時候』開始寫才是重點。」累積足夠閱讀量時，才能藉此評判自己的位置。創作者必須先學習作為一位讀者來審判自己：「太溺愛自己作品的人是無法寫好的。」他建議正在學寫小說的堂弟多讀青年作家的第一本書，例如楊富閔《花甲男孩》。儼然練拳的拳譜，以學徒的心態，觀察他們如何揣摩文學並試圖接近。

李屏瑤則勉勵學生尋找自己的路子，推薦「練功」小說如黃麗群《海邊的房間》和林育德《擂台旁邊》。回顧擔任文學獎評審的心得，非常看重「說故事的口氣」，亦即一個和身處的日常、精神與文化緊密相關的「只有你才能寫的故事」。例如，她在學生時代會和朋友在班上傳紙條，現在的學生是藉網路串連彼此、形塑同儕，這將造就不同時空寫作者的差異。她往往會選擇具有寶石般光芒的作品，而非四平八穩的敘述，那顆寶石，就是寫作的核心。

林育德擔任評審時，除了特別在意題材和布局，也會幫奇葩型的作品「辯護」：「我會感覺到，作者有強大的原力，只是還在學徒階段。」觀察文學獎的得獎作品，自然會有較容易被關注的「熱門題材」，然而，作為參賽者，跟隨此潮流與否都是個人選擇。

他從前一屆的評審紀錄中尋覓線索，發現隔一年就會出現大量與得獎作品相似的題材。然而他認為，此類現象如同國中基測加入英文聽力後，某年題目有關捷運，但其實很多地區沒有捷運。「即使住在同一個地方、同時間出生的人，仍有不同生命經驗，仍應對題材有熱情，才能繼續寫。」

艾加．凱磊（Etgar Keret）的短篇小說集《突然一陣敲門聲》，其中一篇講述主角在自家後院發現一個不斷出現神祕東西的洞。原來那是他所有說過的謊所形成的世界。李屏瑤以這則故事為引，想到前幾年的大考作文，假設如果主角換成台灣年輕人，「後院的洞大概都裝著死去的親人與寵物。」歸根結底，寫作為生活所滲透，可以小題大作，也擁有專屬作者視角、年紀才能看見的事物。

她進一步提到，文學仍是有溝通性的橋樑，因此當有人寫出「邊緣」的內容，就會是「超特別經驗」。曾讀到一篇生動的參賽作品，描述手機沒有上網吃到飽的男孩，每逢月底他就和所有人失聯。她直言，「題材」可能是擺在最後的課題，若為得獎而勉强寫出陌生卻討好的題材，恐怕傷及原本想寫的、關心的對象。

得獎作品的題材不只受潮流影響，和獎項的形式要求亦有關。陳柏言說，林榮三文學獎的小說字數限制為八千至一萬二千字，一般會以為該獎較偏向鄉土小說，但其實是由於如此篇幅需要更强大的寫實功力。至於「熱門題材」，他借王德威的話來說，是「邊緣人滿為患」。但是，還原自己最原始狀態，日常中所觀察、體認的事物，才是創作者須把握的對象。

文學是永遠敞開的門

李屏瑤大學畢業的第一份工作是廣告文案，其中最多者為豪宅文案。「最重要的是說話方式，像小說中的人物性格。」她說，寫小說也能融入這些方法，都是在融入一種說話的情境，引導讀者或消費者理解背後的世界觀。研究所時開始接採訪工作。對她而言，文字的門永遠是開放的。

從生澀的文藝年少、投身文學獎的練習者乃至於出書作家，三位作者所經歷的是當代創作者隱約相仿的發展軸線。文學獎的印記，確如辨認彼此身分的暗語一樣，將相互共鳴的聲音圈圍起來。寫作無疑是一種凝聚，一種極為自我、也能牽動他人的說話方式。

二〇一八第十五屆台積電青年學生文學獎徵文辦法

宗旨：提供青年學生專屬的文學創作舞台，發掘文壇的明日之星，點燃台灣文學代代薪傳之火。

主辦單位：台積電文教基金會、聯合報

獎項及獎額：

一、**短篇小說獎**（限五千字以內）

首獎一名，獎學金三十萬元

二獎一名，獎學金十五萬元

三獎一名，獎學金六萬元

優勝獎五名，獎學金各一萬元

二、**散文獎**（二千至三千字）

首獎一名，獎學金十五萬元

二獎一名，獎學金十萬元

三獎一名，獎學金五萬元

優勝獎五名，獎學金各八千元

三、**新詩獎（限四十行、六百字以內）**

首獎一名，獎學金十萬元

二獎一名，獎學金五萬元

三獎一名，獎學金二萬元

優勝獎五名，獎學金各六千元

以上得獎者除獎金外，另致贈獎座或獎牌。

四、本屆新增「高中生最愛十大好書」票選及系列活動，由參賽者選出心目中最愛的台灣出版文學類書籍。

應徵條件：

一、全國十六歲至二十歲之高中職（含五專前三年）學生均可參加，唯須以中文寫作。

二、應徵作品必須未在任何一地報刊、雜誌、網站發表，已輯印成書者亦不得再參賽。

注意事項：

一、每人每項以參賽一篇為限。但可同時應徵不同獎項。

二、作品須打字列印（A4大小），一式五份，文末請註明字數（新詩請另註明行數）；字數或行數不合規定者，不列入評選。

三、請另附一紙，每位參賽者須列出一至三本最喜愛的文學類書籍（不限作者國籍、語言，但須在台灣出版），須標明書名、作者、出版社。

四、來稿請在信封上註明應徵獎項，以掛號郵寄（221）新北市汐止區大同路一段三六九號四樓聯合報副刊轉「台積電青年學生文學獎評委會」收；由私人轉交者不列入評選。

五、原稿上請勿填寫個人資料，稿末請以另紙（A4大小）打字書明投稿篇名、真實姓名（發表可用筆名）、出生年月日、就讀學校及年級、聯絡電話、e-mail信箱、戶籍地址並附學生證影本，資料不全者不予受理。得獎者另須提供較詳細之個人資料、照片及得獎感言。

六、應徵作品、資料請自留底稿，一律不退。

評選規定：

一、初複選作業由聯合報聘請作家擔任；決選由聯合報聘請之決選委員組成評選會全權負責。

二、作品如未達水準，得由評選會決議某一獎項從缺，或變更獎項名稱及獎額。

三、所有入選作品，主辦單位擁有公開發表權以及不限方式、地區、時間之自由利用權。前三獎作品將在聯合報副刊（包括UDN聯合新聞網及聯合知識庫）及聯合報系北美世界日報副刊發表，優勝獎作品刊於台積電文教基金會網站及聯副部落格。日後集結成冊發行及其他利用均不另致酬。

四、徵文揭曉後如發現抄襲、代筆或應徵條件不符者，由參賽者負法律責任，並由主辦單位追回獎金及獎座。

五、徵文辦法若有修訂，得另行公告。

收件、截止、揭曉日期及贈獎：

收件：二〇一八年三月三十一日開始收件，至二〇一八年五月二十二日止。（以郵戳為憑、逾期不受理）

揭曉：預計二〇一八年七月中旬得獎名單公布於聯合報副刊。

贈獎：俟各類得獎人名單公布後，另行通知贈獎日期及地點。

詳情請上：台積電文教基金會網站

二〇一八台積電文學之星

吳睿哲 VS. 劉煦南
文學還在

我發現我們分別從文學走往藝術，以及從文學走往哲學，然而當中繼承的卻是兩種相對的文學特質……

吳睿哲

二〇一五年，旻瑞在得了大獎後的致詞裡提到：「我們都是寫作路上的失蹤兒童。」他事後跟我說，我也包含在內。那時候我在新竹讀研究所，日日夜夜在地下潮濕的工作室裡蟄伏，像一隻蟲，夜半再緩緩騎車返家。從學校到家的距離，大概是最安靜的時刻，我常常想起在更久之前，寫作、投稿，那樣子單純而富有期待的日子。有的時候我甚至快要想不起來當初青春正茂盛的樣子，那個時候的自己多話，話多了就寫下來，好像成為一種習慣。

說實話的，其實我也從未認為自己走在寫作路上。高中的時候多愁善感，寫作成了一種抒發情緒的方式，偶然得獎，促使我好像慢慢被人看見。後來大學讀設計，後來慢慢接案，偶爾遇見出版社的主編，他們看見我的名字的時候會問起我是不是當初的那個人，還有繼續寫嗎，有稿子都可以發給他們看，有機會的話可以出版。我通常都低低著頭不知道該怎麼回答。

我也不是沒有過想要出書的夢，這個夢後來就淡忘。高三畢業前夕，性傑老師語重心長地說他感覺我遇到瓶頸了。其實心裡是明白的。畢業典禮那一個晚上，典禮結束後大夥笑著在教室收拾行囊，把教室後方的櫃子清理乾淨，像是在對過去的自己進行一次告別的儀式，今天與明天，畫一條線，再過去就沒有童年了。我們在校門口前面合影道別，他們往中正紀念堂，我往萬華車站，高中生涯戛然而止，好像有那麼一個時刻，忽然知道自己不能寫了。

也許是不想寫了，或是不敢寫了。上了大學之後偶爾有寫，多半寫了揉爛，丟棄一旁。偶爾跟◯聯絡，◯得了大獎之後就沒再寫，他說不知道為了什麼而寫，我也是。有的時候我會懷念起當年那個什麼都敢說的自己，每天上學放學，在通勤的搖晃的公車上用 Sony Ericsson 記錄生活的日子，好近又好遠。

劉煦南

這世界上有許多迷人而且值得嚮往的東西，文字是其中之一。它也是我生命中最先愛上與追求的。

現實生活的流動，有時候不足夠、也來不及彰顯其內在的豐富意涵，這時候，寫作就成了乘載那些精神的最好的舞台。這不意味著，寫作必須打造額外的巧奪天工之詞，雖然那也有一種精工藝的樂趣；然而，讓我最為讚嘆與著迷的，是發現生命之中，你我遭遇的那些既獨特卻又普遍的故事，一落於稿紙，就像是電影鏡頭下收入的畫面，無論是微風中的羸弱小草、磚紅牆頭，還是繁忙川流的街道、焦慮而緊握的雙手，抑或老婦的咿呀織布機、嬰兒的瀅瀅酒窩——在鏡頭的關注下，一幕幕都那麼深刻雋永。蒼穹之下的點滴，歡愉或是苦難，一旦真誠地讓它們一一充分開顯，便自有一股神聖的美感。

回顧這段愛戀文字的青春之路，是美好又讓人心懷感謝的。尋常的日子，通過一枝筆的努力，可以留下詩意的線索，暗示著通往晃晃聖殿。光陰的流逝，現象的泡幻，文字彷彿能許它們一個永生的願。化腐朽為神奇，化平凡為不朽，化人生的虛無為意義，化點點悲傷的淚斑為美麗詩篇。從這個角度而言，文學一如其他的藝術，是一種詮釋與精煉生命經驗的活動。而對藝術的追尋，其背後隱約有一個驅動的根源，對於我，那個根源，是對美的追求。

但是，若更進一步地檢視文學，又能在所有藝術媒介之中，發掘文學獨樹一格之處。那就是它所使用的媒材——文字——本身的透明性。它不像雕刻、繪畫、音樂，以石頭、顏料、旋律等物質性或知覺性的材料組成。文字是全然被穿透的符號，沒有一個字會停留在它自身。它總是指向意義，超出它自己。當文字真正被使用時，本身甚至是「不在場的」。這樣的穿透性，讓文學作品能被作家的意志全然地浸透。我的文字幾乎等同了我的意志，使我擁有最高的主體性。如果留意到這一點，那麼在對美的追求中向文學靠攏，而未選擇其他藝術，或許已經預示了我後來對哲學的投入。

吳睿哲

年少的每一天都是尋常。我無法記憶起那個時候的自己是如何度過每一天，但似乎有跡可循：每一天依著相同的路徑，在一樣的路口轉彎，搭同一班公車，在同一個時間點抵達教室，按照相同的課表上課，在同一個時間點離開學校。好像都是如此。現在想起來，那樣的日子聽起來無趣，但不知道為什麼年少的日子有了文字或其他之後就不這麼平凡。我喜歡你說的文字是全然被穿透的符號，它總是指向意義，超出它自己。對我來說，文字仍帶著它自己的材質，在不同排列組合裡產生不同的指涉。年少的文字也因為年少的狂妄與單純，有了另一種特別的顏色。

不寫字之後，我開始畫圖。畫圖好像也是如此。二〇一六年幫徐珮芬的詩集《在黑洞中我看見自己的眼睛》畫了一系列的插畫，我用我的方式重新詮釋了她的詩，我在這個系列中使用了各種不同的媒材，讓那些材質、層次自己產生對話，我喜歡把各種媒材擺放在一起，讓它們安靜地、輕輕地碰撞，發出清脆而模糊的聲音。寫作對我來說也是如此，我喜歡觀察每個作家是如何排列文字，我們說同樣的語言，使用相同的文法，卻因為擺放的方式不同而產生不同層面的意義。李歐納．科仁在《擺放的方式》一書中提及，「擺放物品通常傳達了某種意義。」大抵是平面設計的背景與寫作的影響，我喜歡玩弄圖像的排列，如同排版，我只是使用了另一種物件，在相同的版面做一樣的事。

常常有人問起我，插畫是什麼？我也說不上來。但對我來說，它就是另一種形式的文字。作家與畫家都是在傳達什麼的人（communicator），他們都在說他們想說的話，用的僅僅是不同的方式與形式，但概念是相同的。當我畫不出圖的時候，我會試圖回想當年是如何找到靈感，我會誠實地詢問自己，那些傷口、那些深刻的經驗、那些人、那些街道的風景。忘記是誰曾經跟我說過，寫好散文就是不斷地傷害自己、傷害他人。我想任何形式的創作都是誠實的。誠實地面對自己，誠實地回應自己。如果我的創作不再誠實，那就失去我的意義了。

劉煦南

很有趣，我發現我們分別從文學走往藝術，以及從文學走往哲學，然而當中繼承的卻是兩種相對的文學特質。你特別著重的是文字自身帶有的材質、顏色、氣味，它們排列組合構成的不同氛圍。我提及的卻是文字作為符號指向意義，裝載了意志而生的主體性。

這個差異，曾經在沙特的《何謂文學》中被詳細討論。在那裡，沙特區分了詩與散文的不同。詩雖也以文字構成，但被沙特歸入與繪畫、雕刻及音樂同類的藝術，而不與散文同類。詩人感受這個世界，然後用文字來呈現這個世界。然而，文字原初的使用是「命名」——用一個字眼指到某個對象，也就是前述的符號的運作。但是詩人感受世界的方式並不是命名，而是擁有感性經驗。詩人用文字呈現感性經驗，正好是打破了文字的使用方式。因而說，詩人是「在語言之外」。

如此一來，詩人作詩與畫家作畫本質並無不同。無論是用顏料還是字母，皆不透明了，都是在描繪、拼貼出某個畫面。正如你說的，你喜歡把各種媒材擺放在一起，或玩弄圖像的排列，寫作對你也是如此。

相對於此，散文作者則是「在語言之內」，意思是，散文是在語言框架內完成，而這個框架正是那文字本身不在場的符號原理。散文作者充分使用文字的承載功能，即文字的透明性，而且正是運用文字這樣的性格，來發聲、勸說、影射作者所要表達的。

因此，容我粗略地這麼說，你承襲了文學中的「詩的精神」，而我承襲了文學中的「散文精神」。這其實也說明了文學的內在，走往藝術，以及走往哲學的兩個方向。前者習於暗示，後者習於雄辯。當詩愈發往媒材本身的姿態發展，它逐漸與藝術靠攏；當散文精神中「文以載道」之「道」發育過盛，其文藝之美便衰落了。

於我，藝術是生命情感的渲染與表現，濃烈迷人，使歡喜更加歡喜，悲痛更加悲痛，終能導致重生與毀滅。藝術帶給我深刻的感受與啟發，使我的生活充滿它們飛舞的光影。然而藝術引發的情緒浪潮雖然牽動著我，我卻始終隱隱感覺自己對「真」有著更强烈的渴求。這個渴求强過了我起先對美的執著，我覺得這是我從散文過渡到哲學的主因。

吳睿哲

我想我們都是幸運的。即使我們分別從文學走向藝術與哲學，但都帶著文學的精神往前走。你在二〇〇九年的得獎感言裡形容寫作是生命真誠的反省，不得不寫。我想在生命的不同階段裡我們都需要對自己真誠地反省。我喜歡在很久之後回望過去的自己說了什麼話，這會讓我想起來一些事情，重要的或不重要的。那些都是生活裡的碎片。對我來說，寫詩或是創作都是將生活裡的碎片撿起來，擺放在一起重新排列。我想哲學或許也是如此，在生活裡的碎片裡找到那些精神的所在。

我們或許都離開文學了，但文學其實還在。回顧年少那段時間所遺留下來的，我們或多或少都帶著一些，正在往前走。

但願我們都還能找到它們。

劉煦南

「真」是什麼？這真是一個非常困難的問題。相較於「美」有一種直觀性，「真」似乎時常是隱匿的。它的這份隱匿性卻也作為一種指引，閃爍著引領我不斷向它挖掘。

在古希臘文裡，「真理」就是「解蔽」（aletheia）。揭去那對真的遮蔽，所顯露的就是真。雖然，這個揭去，可能是極為艱難的修行。

當寫作是生命真誠的反省，那麼，自然也是一種解蔽。如果說，文學人企圖在美之中尋找真，那麼我亦未能忽略美的呼喚，因而渴望在真之中找到美。是的，我願意相信它們是在一起的。就如柏拉圖的想法，真、善與美是不分離的。從這個觀點來看，我們在不同時期投入的，最終都是一體的。

第八屆新詩優勝得主

吳睿哲

簡歷：吳睿哲，一九九二年生。台北人，目前旅居倫敦。就讀皇家藝術學院視覺傳達研究所，主修插畫。曾入圍波隆那插畫展與葡萄牙插畫雙年展。散文曾入選《九歌 100 年散文選》。

第六屆短篇小說首獎得主

劉煦南

簡歷：劉煦南，一九九〇年生於台北。現為台大哲學研究所博士生。

二〇一八台積電文學之星

林育德 VS. 江佩津

能夠一直寫下去的人生

江佩津

鏡頭拉近，受訪者的臉孔變得過分清晰，我按下錄音筆，竊取許多人的人生，若是遇到尚未敞開心房的受訪者，我便會俯身向前，說著：「我也曾經是……」試圖卸下對方的武裝，以自己曾有的悲傷或困頓揭開序幕。

在此之前，我則是用自己的人生作為談資，來書寫、來轉化內在對於這個世界的許多不滿以及疑惑，只是疑惑以及不滿終將在日常裡磨損殆盡，或因著各式遭逢的柔軟而逐漸消融，過往對著電腦謄打的困頓，如今很輕易地化作一張蹙眉的自拍照，上傳、打卡，便能獲得更多關注，好過在電腦前寫出整夜的篇章。我想起得獎那年寫下的得獎感言，狂狷地說著自己想要成為「才貌兼備的作家」（然後被另一名詩人改成了「才貌雙全的作家」），彼時擔心著這是否只是一場空夢，但沒想到終會在現世的美圖APP裡得到了實現，大數據運算出的面容總是姣好，文學擁有足夠的時間去實現。

然後，從關注自己人生，到關注他人、為社會／自由／理念／讀者

／老闆而服務，差一點就當起仙女送公文。我想，我們的文字成為聯繫大眾與現實、公關與虛無的橋梁，每一個敲擊鍵盤的動作，從製造夢境，到自己活進去這個夢境裡，無有所感。循著這個路徑，我想，對於文字的夢甚是成為一種咒詛。

猶記得，在已然熄燈的八卦雜誌裡曾有個欄位名為《後來怎麼了？》，記述著新聞結束後，身處其中的人如今過著什麼樣的生活，是落魄、是潦倒，是燈光散去後的寂寥，就如同一般人的生活。時間過去，來到得獎的十年後，忍不住也想知道所謂的文學新星們，過著什麼樣的生活？先回望一下自己，這樣殘酷地直面著過往的光輝。

林育德

又一年過去了。

姑且不去細究那個某種約定俗成，其實破綻百出的説法「出社會」，其實應該是「入社會」才對吧？但無論如何，我們被丟入／置入／加入／進入一個或多個類別，失去保護膜、成為社會人。有些人自嘲從人變身為：社畜，但豢養我們的從來不是有良心的飼主、體恤且良善的主人，打卡上班，打卡下班，逐漸不再對發薪日感到興奮。一如每日叫醒自己的，絕對不是夢想，而是包含帳單以及各種破碎瑣事，被大家稱為「社會責任」的集合名詞——而且，並不輕柔喚醒，而是痛擊，不得不醒。

你會不會有時候問起自己：我到底在做些什麼呢？一定是有個微小的地方出了差錯，導致蝴蝶效應，以致青春時期的未來預想畫面，走到了完全難以追溯轉折之處的現在。我已經不記得問過自己這樣的問題幾次了。

也許可以推給水逆，或許怪罪超自然的神祕力量使生活逸出常軌，但有可能都是假託之詞，其實當年看到的，青春時期的未來預想畫面，事實只不過是偶一為之的系統ＢＵＧ，原本就不該被看到的景色，卻誤記為將要實踐的藍圖。像小確幸一樣，用小災難安慰自己，會不會也是一種成癮？

我在龐大公務部門的邊陲分部，充當起聯繫記者、發布新聞稿的新聞聯絡人。某一段時間裡，也假扮政治工作者的幕僚，之所以都是充當、假扮，是因為對這些工作的核心一無所知，說到底，並沒有全然接受這就是當下的命運啊。總覺得自己隨時都可以離開，至於要離開、要走去哪裡？其實並不知道。重點應該是行動而不是結果……總之永遠有遁辭可說，永遠有幹話可講。

「希望可以一直寫下去」，似乎是自己Ｚ年前的得獎感言，是啊，在工作裡，一直寫下去了，但好像跟想像裡的文學，沒有多大關係了呢。

江佩津

從青春期全心寫作、到一語成讖地在踏入社會後以寫作維生，始終有一句話掛在我的心頭上。胡淑雯的〈界線〉：「我必須，把這個故事從垃圾堆裡撿回來，講一遍。它不容我扔棄，除非我記得。於是我敘述，為了記憶。記憶，以便遺忘。」我反覆記下那些原生家庭人們希望我忘卻的（然而卻又在每一個團聚的時刻反覆提起，戳穿彼此的傷口），而這其實也沒什麼值得再次提起的，僅是這個世界頻繁上演的日常，我們卻抗拒去閱讀自身曾有的歷史，轉而按開電視，收看電視台上演的風水世家、鄉土日常，看著裡頭的鄉土劇情，說服自己那只是戲劇。距今兩年前的夏天，當我選擇踏入此生的Dream Job、拿起紙筆書寫「真實」前，翻閱了彙整前輩們人物採訪的書籍，《有故事的人，坦白講。：那些愛與勇氣的人生啟示》、《華麗的告解：廚師、大盜、總統和他們的情人》，乃至於到最近的《像我這樣的一個記者》，裡頭深刻記錄浮世的寂寥、憂鬱、渴望被愛、快樂、遺憾，這些情感刻畫出眾生的樣貌，而我發覺自己並非總是孤獨的。

忍不住想，如果能有一本閱讀人生的手冊，抑或是SOP，我們會不會活得更加輕鬆？明白所遭逢的許多事件，都僅是人類的共感；所有脫韁的行為，也都只是對於某些情感的索求，我們渴望被愛所以做出了許多荒唐但美好的事。而這樣的道理，我們卻總是理解得太慢。只是那一本手冊能怎樣書寫？而今，媒介的繁衍、紙媒的削弱、數位的浪潮，世上充斥著各種值得分心的事物，讓我們達到六百字就能盡述一個可能偉大的人的人生，幾十年的人生也能夠在幾日的拍攝過程、三分內的影片裡敘述完畢，這樣的境界。

說到底，我輩還能企求些什麼？當我想起我們應該討論文學、討論寫作，討論那個十年前寫出一篇小說便滿足不已的自己，彷彿從那一刻起文學成了全然的信仰。我把自己的人生跟曾經遭遇的受訪者們貼和，以為這樣就能夠淡化根深柢固的悲觀色彩。長於南方，卻跟著在十年前受獎的那一年起，就在異鄉生活至今，〈漂向北方〉這首歌直到此時才唱起，而我看著離散的、養育自己的那個方向，我只想為那一個自己思念的方向、寫出第一篇小說的地方，好好地留下記錄，一如我在此時此刻，為了生活所做的一切寫字、一切記錄一樣。

林育德

很長的一段時間裡面，離開了第一本小說的作品出版之後，自認很快可以交出第二本。除了每日販賣自己不含通勤、加班等時數的勞動時間八小時外，每日工作後的失魂狀態，不得不承認即使是工作上的「充當、假裝」，也會耗去絕大部分的精神與體力。

回顧並不太懷念的文青時代，就算是再怎麼不合志趣的書籍，都還算是自豪偏低的「棄坑率」，如今，無法整本讀完的書，數量直線上升；甚至無法讀完的網路文章，更無法細數了……常見的情況是，像是代打報告的槍手，依照不同的科目需要，生硬吃下了許多新聞與政治相關的文字，大多與文學距離甚遠，强迫自己反芻兩次，第一次：無關痛癢的新聞稿、如何應對媒體、表達强烈譴責、在褒貶中權衡比重……；第二次：反芻成為個人的寫作素材。但顯然我要求的太多了，反芻不成，恐怕也傷害了消化系統，損害了我的閱讀口味。

然而這些都是內部的影響與變化，來自外部的直接衝擊則更為明顯，身為短暫政治工作幕僚的日子中，原本應該按照計畫前進，但進度始終不如預期的下一本小說，這也才遇上了來自現實中參考原型對象的善意「提醒」，透過家族網路循線而來。這一刻，我比所有讀過或是讀不下去的政治文獻提到的，都還更清楚感知地方政治的網絡與氣息。

我最近讀到最喜歡的書是V. S. 奈波爾（V. S. Naipaul）寫於二十五歲的小說《艾薇拉投票記（The Suffrage of Elvira）》，他寫道「這世上所有的甜頭，最初都是甜的，最後卻酸苦的要命。」他指的是小說中艾薇拉山丘的民主，或是奈波爾成長的千里達。

我的「北漂經驗」和同代人比起來，非常短暫，相比之下「大花蓮經驗」應該是我的全部了。但就是如此，更應該要把我預設的地方政治小說寫完才對，我是這樣對自己說的，就算要查水表，那也沒辦法。

說到這裡，想問你，小說會是你第一本書的主要形式嗎？更具體的說，會是一本怎麼樣的書呢？

江佩津

我想，大概是因為我過去是透過寫出小說，來轉化那些青春的躁動，試圖以小說的形式模糊現實與虛構的界線，想要消弭過度的私我，才會讓小說成了一切的起點。只是虛構與現實之間的界線，在論戰之外卻是無時無刻地存在、且模糊著。過去我曾花費許多時間，想要在故事裡頭隱去名姓、細節、愛與恨，但在幾次參與、或是採訪社會運動的場景裡，一次一次破除了這個界線。站在參與與記錄者的兩端，發覺了自己哪裡都不屬於。幾次走進的社區、反迫遷的場址，最後都成了廢墟；來自南方，因為城市的發展、產業的變革而被推動、拋下的人們，其實也與我成長的一切相關。我開始放棄掩飾與假裝，試著讓自己走進那些破碎。就像是另一種寫作體現在小說之外，不只是新聞採寫，在每一次訪問結束後，文字記者不只寫出即將印刷的內容，而還有影片剪輯之前的腳本，綜觀所有受訪的話語，揀選、組合、打散重來，用各自的語言與畫面在短短的三分鐘內，輸出每一個人的人生故事。

回首這近年來的寫作，透過運動孕生的散文、回望過往構築的小說，貼合著一路成長的脈動。

好像很陌生，卻也這樣記錄著自己，說是如實嗎？但什麼才是真實的？散文，抑或是小說？我想像那個鏡頭就這樣照射在每一個人身上，你，以及我，究竟會被化作什麼樣的一支影片呢？

林育德

很認同你說的「站在參與與記錄者的兩端，發覺了自己哪裡都不屬於」，說起那個四年前影響甚大的社會運動，在某個樂隊十五周年的紀念演唱會，主唱說，在他的故鄉，參與社運的年輕人，人們談論起是會給予正面評價的——在我的故鄉並不是這樣的，但也許，就是這樣的不屬於，這樣「被」如何如何歸類、決定的一切，正好反證了我們作為每一個不同個體的，可以自主的方式吧。

又一年過去了。書寫卻還沒有過去。

第三屆新詩優勝得主

林育德

簡歷：一九八八年生於花蓮。畢業於花蓮高中、東華大學華文所創作組。詩作選入《更好的生活》、《生活的證據：國民新詩讀本》。小說選入《九歌一〇五年小說選》。出版摔角小說《擂台旁邊》。地方政治小說《縣長旁邊》即將出版。

第五屆短篇小說優勝得主

江佩津

簡歷：一九九〇年生，高雄人，居於台北。畢業自台大農業化學系，寫字維生，寫散文、小說與報導。文字工作者，曾任壹週刊人物專欄組記者，現於果菜市場中蟄伏。三心二意的語言使用者。

二〇一八台積電文學之星

林宜賢 VS. 蔡均佑

陪自己玩的青年

城市

林宜賢

均佑是屏東人，高中在高雄讀書，而我正在高雄讀書，港都可能是我們共通點之一吧？聊聊城市吧。

台中和高雄的關聯可以說是空氣吧，骯髒的空氣，令人絕望的霧霾。粗殘台中，生猛高雄。台中火車站舊站的典雅，到新站現代，我在台中長大。究竟台中哪邊能逛呢？一中、逢甲或勤美，高美濕地和望高寮，有時還是難以確切回答台中旅遊口袋名單。海線山線，澎湃的台中愛，名產是慶記？

都市傳說到城市記憶，高中到大學，我曾經騎過台中高雄，地圖上那一小段，高鐵一小時，那樣的距離來到高雄生活。半年時光港都調調，最熟悉的海邊是蚵仔寮小漁港，夜景從望高寮變成了忠烈祠，搖滾台中到大港開唱。藉由從前聽的高雄樂團，我一一驗證港都生猛氣息。

「他說這是高雄獨有的寂寞味道／生活百般無聊」淺堤的歌詞詮釋了剛來高雄的生活，想念家鄉時會播一首〈粗殘台中〉，搖頭晃腦，而返鄉時總在台中新站感念舊站古典之美。

均佑，東港到高雄的記憶又是如何呢？

蔡均佑

在城間輾轉的幾年，我是一介逃徒。

往往隨手一扯行李便搭上火車，有多臨時起意，就有多不告而別。驚惶、羞赧染濕車票，我的形象總接近落荒而逃。觀察朋友的限時動態，發現原來慣性逃犯並不只有我。從一座城市逃往另一座，又因不同緣由，不久再度擺渡回來。

最近一次逃回家，是在沿海公路上飆車。遙迢路程嵌滿回憶景點，我彷若由逃家這幾年，一路逆行。台南的謙遜、温文儒雅，高雄的豪氣、驕傲軒昂，再回到屏東的暖心、温柔坦誠，將南方毗鄰三市的人文特質，一甲甲刺在身上。

公路柵欄外即是大海，誘發我噙住淚水大喊，我終要逃回港口啦。無盡道浪有固定的方向、規律的周期，從海的中心，直直撲向沙灘，但身為逃徒可沒如此幸運，須在陸上城市間輾轉來去。

宜賢，當你離開陸地、踏足海浪，是如何的感覺？

興趣

林宜賢

Surf's up!

那樣的感覺就是活著吧。

站在浪上，在南灣，教練順著浪將我推了上去，短暫神異的快感。後來，每天都纏著在墾丁長大的老闆，追問衝浪技巧，下班就抱著借來的板子跳進大灣亂划（在地小孩相當厲害，常讓我覺得丟臉。）

自己入門的有點艱辛。首先，住的要離海邊夠近，長板笨重難載也是個問題，更怕在海上惹到老鳥。當一切困難被妥適處理，偶然的午後，在佳樂水，體驗數十次被浪拋在後頭的挫折之後，以足夠的力道追上那道適合菜鳥的小浪，在確切的位置起乘，順順地推動，快速滑行。自己追上的第一道浪，從此對浪上癮。

來高雄讀書是有原因的吧，宿舍離海邊相當近，蚵仔寮小漁港的沙灘，是上個夏天被突然發覺的浪點，雖然浪況比不上墾丁的浪點，但已經足夠新手的練習日常，一待就是一個下午，不務正業。好笑地想起衝浪歷史上的「黑暗時期」，教會禁止夏威夷人衝浪，原因是衝浪的人都不愛工作……

學會看浪，等待好浪，到起乘的過程是珍貴的。一抱起浪板就熱血沸騰，只圖短暫卻至高的快感，精疲力盡就賴在沙灘上，學習生活。

均佑，對你而言，興趣和生活是怎麼樣關聯的呢？

蔡均佑

寫這段時，我正好處理滑壘弄傷的膝，須完整紗布攤開才勉強掩蓋。我預估得花三周痊癒，還將留下顯眼的疤。

問起打棒球的傷，直覺必定是肩膀痠痛，由於過度投球的不適，嚴重時甚至無力提起臂膀。被打中蛋蛋，亦是可能遭逢的慘案。例如滾地球忽然中邪似不規則彈跳，害內野手來不及擋球。外野手較無此「隱」憂，該擔心的是臉部。深遠飛球若剛好經過太陽，沒戴墨鏡的話，球可能被吃入光線，在視線外消失。我弟因此被擊斷門牙（幸好及時接回）。而我自己受過最嚴重的傷，是練球不專注的後果。球都進手套偏偏又彈出來擊中嘴巴，流了一攤血，還得送急診縫合。

面對喜愛事物，嘴裡喊疼身體仍情願承受，無論寫作或棒球。尤其與生活中的無力感對照，在球場上盡力把本分做好，控制局勢，相信下半局能吹起反攻，總提醒我許多隱喻。

連公園阿伯都能重燃熱血，講述滿口棒球經，對我們「沒棒球就吃不下飯睡不著覺」又寫字的人來說，棒球每局都像全新的章節，談完九局後，恐怕還想跟你聊延長賽吧。

閱讀

林宜賢

閱讀的種類相當局限，小說占了相當重要的部分。以前跟著金庸練功，反覆穿梭龐大、史詩般的歷史架構。曾經喜歡歐美的翻譯小說，像胡賽尼的三部曲、霍爾的《蝕憶之鯊》吸引國中時的我。

村上春樹，他的小說對我來說是種啟發或是標竿，自己的文字也常被評審老師指出有村上的元素（不得不承認被影響了啊）。村上先生靈活貼切地讓音樂和文字結合的部分很精采，另外具體上（爵士、古典或酒），到抽象的事物（羊男），都是引起我興趣的元素。與其說被影響，確切來說好像找到適合自己頻率的文字那樣吧。

村上龍的才華完全吸引了我，《69》的年少輕狂，《電影小說》的頹廢氣息，性、毒品和嬉皮，而音樂和電影絕對是村上龍表達的重要管道，這樣的訊息來源是我非常贊同的部分，聲音和影像到文字密不可分，是接觸世界的必要管道。

小說以外，很少讀詩和散文，單純只是頻率不同。

吳懷晨的《浪人之歌》，衝浪散文；夏曼．藍波安，海洋文學。原則很簡單，有海我就喜歡。

《革命前夕的摩托車之旅》，我喜歡切．格瓦拉粗獷真誠的鄉村描寫，熱血的檔車之旅。特別的是《革命與詩》，陳芳明教授對社會、理念的書寫令我動容。另外，山林傳說，怪談文學也是吸引我的部分，例如《聊齋誌異》、《台灣妖怪圖鑑》或各種當地傳說。

報導、雜誌或評論方面，非常喜愛《大誌雜誌》多元豐富的書寫面向，《國家地理雜誌》之中，每張攝影作品都在傳遞珍貴的故事。

蔡均佑

我不主動談論閱讀，這件令我惋惜、羞愧的「義務」。當人們談起讀過的作品時，我只好將目光移上時鐘，耳朵偷記陌生名詞。

但我曾經很愛閱讀。

小一讀《波特萊爾大冒險》，小三迷專給孩子的世界名著，小五看完《哈利波特》。我常中午躺在客廳地板讀書，下午打棒球，晚上再持續閱讀到熄燈。閱讀讓我感到與同學不同，更使我嘗試在日曆紙上，編寫想像虛構故事。

國中課業加重，壓榨我自由閱讀的時間。不過最關鍵的是第一次段考完，意外發現自己適合考試，開啟我接連六年樂於温習教科書的怪癖。

國小時我因閱讀廣泛，而比同儕多享國字、知識。但進入升學時期，我的視野愈趨限縮，專一於課本指導的資訊，思考邏輯也僵化，創意枯萎，以致現在寫作時，我仍時常感到正在挖掘國小累積的小礦山，拿陳年或稚嫩的體悟土法煉鋼。閱讀停滯的六年，彷若消失而沒長大。同學常刻板以為，喜歡創作的人也廣泛閱讀。我每次都只能羞愧以待，我真的沒你想像中讀多少書。好吧，別人大概如此，但我惋惜我沒有。

在接觸其他同儕後，我開始把閱讀視為「義務」與責任，總得能與人分享或回應閱讀心得吧？另一面，閱讀是創作者精進自我的方法之一，這也算對讀者該肩負的責任。

困境與寫作

林宜賢

有時候會仔細思考，活著這件事，雖然聽來像是莫名崇拜卡謬的SWAG群青，思考存在對我而言依然重要，因此我時常感到無聊，有夠害怕無聊。

在高雄生活之後，無聊可能真正成為我的困境之一。總覺得這城市，可能比台北無聊許多？當然也缺乏恆春那種飄飄然的熱帶氣息，所以找樂子這件事變得相當重要，我想要獲得快樂！

獲得快樂，至少得有《69》描述的：「我發現，我們竟然能靠自己的力量，活得這樣快樂」，那樣程度的快樂才行。

透過文字、聲響或影像來獲得樂趣，去海邊烤肉，和一些人聊天，半夜在高雄市區遊蕩，騎著檔車去恆春，盡可能穩定地站上那道浪，再說一些「我才不介意虛耗生命」之類的中二鬼話。然後我們坐下來聊聊困境和寫作，均佑。

非常佩服村上春樹那樣有紀律、穩定產量的作家。規律生活和寫作，對我而言簡直遙不可及，但仍然依賴寫作的過程，釐清存在、無聊或「徹夜未眠生活一團糟的狀態」。文字也許有若干功能，娛樂大家、寫假新聞來帶風向，或變成超有意義釋憲理由書，而自己最在意的會是，建構和重整思緒的過程，這樣也許能夠面對困境，至少不會無聊。寫作對於我，就是不斷釐清自己，就像每天早上醒過來懷疑人生。

蔡均佑

文藝營上有人告訴我，她恨醫生，因為所有醫生都嘗試將她的文藝病醫好，而非教她與之共存。我生活中也免不了文藝病的誤解。不熟的人以為我裝腔作勢，朋友坦言我圍繞陰沉氣場，像一座藍染缸，滴入幾許紅顏料也改不了色澤。連家人也笑我無病呻吟。

寫作前後我的確判若兩人，原本一直就潛藏在體內的不安，被寫作喚醒了。但親愛的朋友，那不是我們的錯啊。不安必然存於生命之中，差別在如何處理，在心上斧鑿多深刻。

文藝人折服於不安中細微的美麗，決心留下，描摹她的形象。但不表示我們的日常，總是沉浸於不安的低潮啊。朋友，如果揮去表面陰沉的雲霧，直探內裡星球最柔軟的核，會看見綿延的溫暖爐火，比任何行星都勇敢燃燒，提供在宇宙中運行的動能。朋友，請別被雲霧迷惑，而卻步、不願登陸。

文藝病最先感染五官，賦予我們得天獨厚的陰陽眼，目光穿梭於物質及形上界。請試想，當你有天忽然能目睹鬼時，你的氣場必然陰沉；但一旦見著神時，那陽光也非來自人間取得。目睹鬼並沒有壞處，朋友，當越與鬼相熟，越能透過觀察，知曉如何征服鬼的辦法。

親愛的朋友：正是寫作，在染藍玻璃缸後，更教我們珍惜那些紅水滴。所以這遭須臾生回，才沒有白搭，才那麼值得我們情願啊。

第十四屆短篇小說首獎得主

林宜賢

簡歷：一九九八年生，台中大里人，就讀高雄大學法律系，寫小說，喜歡海，喜歡騎檔車去旅行。慢慢習慣高雄生活，習慣和蚵仔寮的小浪相處。最近對滿洲牡丹靠海那邊的山區很有興趣，那種荒涼真的很療愈。

第十四屆散文三獎得主

蔡均佑

簡歷：屏東人，一九九八，成大醫科，偶爾忘記要上學。曾獲台積電青年學生文學獎散文三獎、小說優選，現為想像朋友寫作會會員。興趣是發限時動態自言自語，不愛回訊息，但卻喜歡與人聊天，而這好像很過分齁？

二〇一八台積電文學之星

陳玠安 VS. 陳又津
關於改變

陳玠安

我得到的是書評獎。那對於我日後如何看待「評論」，其實，沒有很大的差異——高中時期的閱讀與評論，已不是啟蒙，而是摸索、開始實作。後來寫很多影評跟樂評；書評，反而沒什麼機會。

有一段時間，我喜歡「評論者」的角色，好像真的能透過自己的觀點，尋求一些不必是唯一的邏輯。

後來……尤其這幾年，對於評論者的樣貌，感到厭倦，坦白說是不喜歡整個評論環境……我能做的，比較想要在一個有距離但仍然入世的地方，說我的感受。我還是自私的想要有些清醒，而不只是在社群媒體上面耍嘴皮。

這樣的清醒有時候很難，也滿孤寂的，所以我會儘量去讀一些國外的評論，找那個清醒的空間。

得獎前，已經跟出版社有默契。二十歲沒有寫出一本作品，對當時的我，是毀滅性的事情。離開教育體系，還是需要用創作證明自己。高中勉强畢業，大學沒有念幾個月，對於作品的危機感更强，同時也很興奮——青春的腎上腺素吧。幸好，二〇〇四年出版了第一本書。

不變的可能是當年的躁動，因為我還是一直在聽搖滾樂，著迷所謂另類的文化，電影啊，小說啊。變的部分，大概不那麼相信某一個想望中的自己或情境了。寧願好好吃一頓飯。

印象很深刻的是，當年決審過程有登出，有些評審覺得高中生應該對於「他方」之類的概念還不夠深刻……或者說一整本書，我只找了一段講。那時有點生氣，「憑什麼高中生寫書評得像個高中生？那是什麼？」

現在也覺得，嗯，評論本來就不是要比「最懂」，而是真的有反饋的切片。好的壞的，都一樣。這點越來越深有所感。

我還是覺得書評獎是很需要存在的。

陳又津

如果不說，我大概會忘了自己得過書評獎，現在也不打算回去看當初寫的了，反正我從來不以評論者自居嘛。只記得當時詩社的同學得了小說獎，或許我也投了小說只是沒上，重要的是，當時一起寫作一起得獎的少女情誼。但我那時候太害羞了，連作者簡介都不會寫，想著乾脆空白就好，收到書的時候發現主辦單位替我把基本資料寫上去了。

二十歲之前要出書，然後在三十歲之前死去——我認真想過這些事，反過來說，現在的我忘了當時的自己寫了什麼，也就等於死了吧。當然，我沒能在二十歲之前出書，或許算是小小的遺憾。但忘了聽誰說的，小說又不是寫真集，幹嘛要看年輕的作者？那樣教四十二歲才出書的松本清張怎麼辦？（笑）

寫作之於國高中時期的我，大概是唯一登出現實的辦法。只要有廢紙，上課時就不用聽討厭的老師那些屁話，自己寫自己的，也不會吵到別人，運氣好的話還有點獎金。所以就習慣用寫作的方式安頓自己了。不，那時候還沒想過要寫小說，就算有看似小說的東西，也只是將所見所聞更加具體化的散文。

同意你所說的，「憑什麼高中生寫書評得像個高中生？」如果青春期的少年少女寫評論要面對這麼多限制，成年以後寫小說也有路人各種「我用膝蓋也會寫」、「這個角色會用這種腔調嗎」的質疑——非常好，在寫作上不退讓的這點來說，我大概是沒變的吧。見到有人一件事堅持十年以上，我就會很佩服，所以我很好奇作為天才少年（定義是二十歲出書）的你，到現在持續寫作，這些年是否有什麼包袱或顧慮呢？

陳玠安

回答你的問題之前，先回應你說「寫作上的不退讓，大概是沒變的吧」。

這是最難的事情。也是所謂的包袱。

但也是必然要面對的事情。

有那麼一度，我認真的對自己產生懷疑。之於文字，之於我所喜愛的一切。好像逛了一圈，私以為的歸屬，根本並不需要我的存在啊。

大概快要三十歲，我記得雜稿寫得很累，作為一個雜誌編輯，身心俱疲，有些崩潰指向了「你是不是根本不適合」。

做了很多改變，比方說，去找一份自己不那麼喜歡的工作，說服自己其實也能夠像他人一樣。我認為那些日子裡，每一天都在清洗自己的內心的堅硬，其實是洗不掉的，就像你說，不退讓的部分。

如今想來，那些刻意去「洗」，刻意血肉模糊的日子裡，讓我更加確信了一個事實：那個不退讓的核心根本牢不可破。我以為我會脆弱或示弱，我希望暫時倒下後，不再那麼强悍，結果每一個傷口，都讓我更堅硬。

「那些殺不死你的，必使你更强壯」。

「清楚知道想要成為什麼樣的寫作者」，本身，就是包袱。包袱其實不存在，是那個過程裡，對於歸屬的想像，如果崩塌了，那就印證了不管天才與否，有種與否，一切根本沒什麼好說的。

應該這麼說吧：在那個試煉的過程後，我不再懷疑自己是否變髒，是否同流，是否變質。我甚至試著要那麼做啊！去變質看看，卻無法。那有些東西，確實就不用擔心退讓與否了。形式是一回事，精神面向是不必多慮了。

在那之後，好像也就把自己從文字裡鬆綁了。並不試著要成為一個怎麼樣被期望的人。那是最舒服的。連自己都不堅持於期望自己時，才有可能接納靈魂裡的躁動，並且接受人生的過程。然後，才會有真實的文字。

所以我也會想問你，少女作者，或者你寫的題材，種種容易被刻意甚至輕易定調的狀態裡，你曾經感受過什麼較不為人知的心情呢？

現在對於那些定調，又有什麼新的思考嗎？（畢竟我們是最年長的年輕得獎者，哈）

陳又津

有一次，同在寫作路上的戰友說：「你沒辦法商業化啦。」

他對於商業化的定義是，寫成百萬字網文，變成好萊塢公式，結構是完整的五幕劇。我也曾像你說的，「努力洗掉自己。」想辦法寫出結構完整的劇本，用一句話解釋自己的作品，結果這些我都不在意，我在意的是整體的節奏感、距離感，還有某種別人寫不出來、唯有我能做到的怪異。當然那些技巧我學了以後，後來也受用，只是我繞了一些路才發現自己的價值。（在別人的眼中，這些價值可能是垃圾。）

比起批評，更可怕的是讚美。一個作品的完成與出版，在我是一個疑問的終點。後來有人問啦，你總是關注邊緣角色，但（按照戰友所言）無法商業化的我，其實也沒有關注邊緣啊。後來我去搞清楚何謂邊緣，但寫著寫著忽然發現，為什麼自己要擺出公共知識分子的姿態呢？到頭來，「商業化」和「邊緣」這種東西，如果與我有關，也只是剛好。

記得高中那時候，最常得到的評語是詞藻華麗，現在完全看不出來吧？可是那時候的華麗，似乎是一種才氣的證明，為了得到這種證明，只好往那個方向去了。我的夢想是成為天才少女，但有這種心願的人，通常不是真正的天才，不是真正的少女。所以我每次出手，都要想個新的名詞來發明自己，少女大概是我比較常用的，但我也不斷重新定義這個詞，如果哪天少女成為人類的代名詞，我就成功了吧。但哪天厭煩了少女這個殼，也是很有可能發生的事。

我自己都不知道怎麼定義自己，如果能被他人定調，無論是題材的，或是政治正確的，我都無所謂。話說回來，研究不是我的專長，這種事還是交給研究生好了。反正我就待在創作者的位置，讓下一本作品粉碎前面的印象，讓人看不出來這些是同一個人寫的。

關於我的作品，記得有一齣戲到中場休息，某個大叔跑來說了什麼意見，我隨便應付一下，後來才知道他是劇場界前輩，但他講的事我毫不關心，所以也不會修改。後來我同一本書有被罵翻的，也有人表示喜歡，我個人現在當然是覺得近作比舊作好，但也有人喜歡舊作超過新作，記得我對那個讀者說：「你真是個人才。」過去的我可以遇見現在的他真是太好了，但他一定不知道我在講什麼吧。總之呢，我可能比我自己想的還強悍。被討厭也是沒辦法的事。

最後一個，應該也是最初的問題，你為什麼寫作呢？

陳玠安

寫作是對於語言的迷戀。

語言不只限於文字，這是當然。可能是音樂，是戲劇，是電影，甚至是生活的方式。但對於我而言，文字是一路相伴的事情。

對於世間的語言，不管溝通的載體怎麼改變，多數時候，我還是有些疏離的。過去是刻意疏離，如今發現，啊，有很多部分注定是疏離的。但不可否認的，我必然經歷入世，所以，用自己的語言去凝視或者對話，越來越重要。

所以，為什麼寫作呢？是一種生存本能，是之於語言，自己最擅長的途徑。在各種範疇裡，因為文字的練習，我得以抒發，或者表現。

或許，我其實更喜歡音樂或電影多過小說一些，但誰會知道哪個階段的自己，遊走在何種語言之間呢？當我準備書寫，那個預備與慾望，橫跨興之所至，讓我始終保有著「想要說」的狀態。

特別是不想「說」太多話時，寫的東西特別讓自己滿意呢。

我也想問你，文字對你而言是什麼呢？

陳又津

曾經，我以為自己可以做個全能的「文字工作者」，具體來說就是：文案、編劇、導演、帶作文班／寫作班、寫散文、寫小說、寫臉書、採訪、演講，只要是文字相關的，我都想要嘗試看看。後來發現我拿下這些斜槓，只是為了證明自己的能力，符合所謂作家的想像。但我真正喜歡的還是走走看看，想到某些事物至今還沒有被人發現，就一定要寫下來，否則就太可惜了。

「所謂的卓見，就是把自己的偏見，化為大家可以接受的意見。」這句話應該是我念大學的時候聽老師說的吧，他說的是理論，但我也希望一直待在寫作這條路上，接收、散播奇妙的電波，讓讀過的人也覺得自己哪裡怪怪的，創造和諧的怪異宇宙！

第一屆書評首獎得主

陳玠安

簡歷：作者，樂評人。曾任多屆文化部金音創作獎評審，串流音樂平台顧問，現職北藝大講師。

去年發表《歡迎光臨風和日麗唱片行》一書，今年參與焦安溥「煉雲」演唱會文字紀實，依然遊走於台北與花蓮之間。

第一屆書評獎佳作得主

陳又津

簡歷：台北三重人，任職媒體，但致力於爭取自由文字工作者的權益。台大戲劇碩士。二〇一〇年起，陸續獲得時報文學獎、國藝會長篇小說補助等。出版有小說《少女忽必烈》、《準台北人》、《跨界通訊》。

二〇一八台積電文學之星

翟翱 VS. 鍾旻瑞

新手作家，遲到中

當年參加頒獎典禮時，焦桐老師對台下的高中生說：「你們也許不知道，被稱作『新銳作家』是多幸福的事。」新手有新手的焦慮，也經常在接受祝福，真希望能再幸福一陣子……

翟翱

前些日子，網路上流傳一張「新手作家」哏圖，列舉那些「跟寫作發生關係，但不會稱自己為作家」的寫作者特徵。看到這張圖，我覺得我中箭了。

拔箭過程如下：「拿過幾個文學獎，但很討厭評審」（是的，但我也喜歡某些讓我落選的評審）、「得獎感言寫得比得獎作品好」（是的，因為那是掩人耳目的最後機會）、「很想聽童偉格對自己作品的意見，但又害怕受傷」（是的，童偉格是我心中的小說之神）。

隨後，我發現一件更讓我困窘的事——我可能還不夠格跟人分享這張圖。亦即，當我拿它來自嘲時，別人找不到笑點。因為他們確實不會想到我是作家。這的確符合我有陣子在報章雜誌上的簡介——文字勞工、文字工作者（視當時的經濟狀況），或是「作品散見xx報和xx文學雜誌」等。

我開始想這其間的落差為何？從我得到台積電青年學生文學獎到現下此刻，我是否更靠近「作家」這個稱號？更讓我思考的是：如果成為作家意謂踏足文壇，那麼文壇在哪裡？——如果有這個東西的話。

很長一段時間，我周遭不乏真正可稱為作家的友人，我卻不覺得我在文壇中。某段時期我覺得是因為我來自花蓮，大學北上以來仍未打入台北。然而，我又不禁思索我與這座城市的關係近乎煩膩，何以我仍覺得自己是局外人。後來讀了趟研究所，認識布迪厄的「文化資本」，算是小小但並未全部解了答。

然後我看到鍾旻瑞在某處開玩笑寫說：「請大家不要再傳這張圖給他了！」便決定拖鍾旻瑞下水來思考這件事。

順便透過這樣迂迴的方式告訴大家：這張圖對我也是成立的！

鍾旻瑞

我的狀況則相反。我有意識地寫作開始較早，從國中就在參加文學獎，那時也是大家在經營部落格的時代，我會發表日記在網路上，回想起來，內容多半是青少年在傷春悲秋，但同學看了以後說文筆很好，漸漸會叫我作家。

他們口中的作家，語氣比較接近調侃，不是那張圖所指的，有在發表作品的寫作者，但我的確是很早就被貼上一些寫作者可能會有的標籤。「像你這樣的文青……」是我常聽見的話，當我說喜歡村上春樹的作品，對方也會露出一副理所當然的表情。對於這樣的歸類，其實心情滿複雜的，一方面這可能是能力或品味的肯定，一方面卻又將我硬套在一個模型裡，我經常有點不是滋味，因為我並沒有他們所想像的這麼樣板、這麼好預測。

可能因為我有意在遠離這樣的標籤，沒有朝這個方向去發展，我在大學以前，身邊幾乎沒有同樣在寫作的朋友。真正開始有所謂的作家朋友（泛指有持續在發表創作的人）也僅是這一兩年間發生的事而已。雖然我寫作開始得早，但長久以來都是自己一個人，沒有特別想過文壇這件事。

我們其實聊過類似的話題，你給我的回應是，與我同輩的寫作者都還年輕，所以還未發展出交友圈。而我的確覺得你們那一世代的作家彼此之間的互動較為熱絡，但這有可能是臉書將私下的交際移到檯面上，所引發的錯覺。

看見你提出的疑問，其實最讓我感到好奇的是「大學北上」後的那一段。雖然因為朋友的聚會每周見面，而彼此感到熟悉，但我與你認識其實不到一年。這之間我經常感覺不對等，你對我

（的人生或創作）瞭若指掌，而我對你卻很陌生，接到邀稿時看見你高中時也參加過這獎，腦中實在很難想像你少年時的樣子。想請你聊聊再更年輕一點時（哈哈哈），你是如何思考創作這件事的，你願意嗎？

翟翱

為何覺得你預期我追憶高中會有話天寶遺事之感？高中時獲得這個獎，確實開啟我對自己原來可以寫作的想像。然則，這又牽連何以過往我不覺得自己可以寫作這件事——其實這問題如今仍不時惶惶如幽靈教我心煩。這一點正是我非常想問你的：關於寫作，尤其是小說，你對人敘述故事的動力何在？你會不會恐懼自己的故事放諸這個宇宙，以及小說擴張出的無限虛構宇宙中顯得缺乏意義？寫小說，是要向誰「說」，這件事始終困擾我。

當初在頒獎典禮上，某位嘉賓的一席話我仍記憶猶新。他說，評論家正是因為當不成小說家才來評論小說。這話當然有自嘲之意，不過仍緊箍在我腦中。說這話的人，叫作王德威。我當時不知道他是誰，之後才知道他確實很威，有資格這樣自嘲；看似貶低評論家，實則是為了光耀說故事的人——更難為之，並面臨我上述種種疑問。

當時，還有一位有意思的嘉賓楊照。由於書評獎前兩名很巧都是花蓮人，楊照開玩笑說，這實在是因為花蓮太無聊，大家只好看小說。不過，我在花蓮的閱讀記憶所剩不多，當時基本上是處於一個封閉的世界（後山？），一個人默默的讀，讀了也不知道要幹嘛。不過我要誠實的說，當年影響我深刻的不是什麼高上大的小說，而是《蘇菲的世界》。當初，班上一個同學覺得我好像看很多書，就丟給我這本，還嗆說：「你一定看不懂！」結果我就把它讀完了。簡言之，《蘇菲的世界》向我展示藉由文字思考的力量。閱讀時，真切感受到腦袋被打開了。如今，閱讀某些科幻小說才能帶給我這樣的愉悅。

除此之外，有一個閱讀時刻或者說發現閱讀無力的時刻教我永生難忘。那是我在花蓮文化局圖書館翻開《荒人手記》時。文化局圖書館是花蓮高中學生考前K書的熱門地點；你可以想像那是靜默無聲又充斥窸窸窣窣的空間，眾學生因可厭的升學制度困在這裡各懷所思，而我，卻在書庫角落翻起對當時的我來說有如天書的《荒人手記》。當下我發現：小說是可能被拒絕閱讀，或者說是可以毅然與讀者斷裂的。

到了研究所，再閱讀《荒人手記》，便是不同光景。也就是在研究所時期，因為朋友的介紹開始幫文學雜誌寫稿，成為廣大台北盆地裡的眾多寫手之一，因而出入文學集會，或是採訪作家。文壇對我而言，成為實際的人際網路。於我，這一直有種「非循正道」之感。

有意思的是，理論上所有的作者同時都是讀者，但後者往往未必是前者。這其中有何落差呢？國際書展時，我誤入童偉格講座，算是幫助我解答了。他說，創作者到了某個階段，就能夠「欣賞」任何文本——再爛的東西，若循著創作者思路去感受，就能靠「腦補」達致令自己滿意的水準。例如你會思索這裡的缺陷其實是作者力有未逮，其力有未逮之處又指向一個可能是永恆或少有人撥雲見日之命題。他舉的例子是他正在看的日劇《來自星星的他》，並天女散花般給予這部日劇非一般觀眾的思考維度。

童偉格一席話撫慰了我。我開始幻想自己在閱讀小說時同時是小說家，只是我沒有寫出來罷了（我知道聽起來非常阿Q）。我想，身兼編劇導演小說家眾多創作者身分的你，對此應該有更多體悟吧！

鍾旻瑞

看到第一句我笑出聲！我好沒禮貌。

我也算是愛看書的小孩，但一直局限在網路小說或暢銷榜上的翻譯文學，國中時，有兩本書改變了我的人生，它們分別是村上春樹《挪威的森林》和駱以軍的《經濟大蕭條時期的夢遊街》。當時學校發了一張百大好書清單，其中列了《挪》，隔天一個同學說他爸媽看到清單很不滿，因為《挪》裡面又是自殺又是色情，怎麼適合國中生呢？我對性愛描寫太好奇了，就去圖書館借來看（大笑）。而《經》就純粹是因其意味不明的書名，讓我在逛書店時拿起來翻閱。

這兩本書都令我深刻有種被雷轟、開天闢地的感覺。《挪》給我的是內容上的衝擊，我十四歲，對世界了解這麼少，卻得在故事裡去和死亡對立、去處理絕望，那一刻我才明白，人家說文學能帶你去遠方是什麼意思。《經》則讓我知道中文可以如此靈活地開創可能性、突破邊界，告訴我語言的自由。

不知現在是否還保留這樣的程序，我們那一屆比賽在名次公布後，會讓得獎者和評審們見面會談。我深刻記得前輩們都曾有過這樣視野被開啟的經驗，我至今經常想，會不會成為寫作者或許決定於，是否經驗過類似的啟蒙時刻。

真正追溯起來，我從國小的時候就開始寫小說。我當時的偶像是蔡智恆跟九把刀，寫了一些校園愛情故事，拿給我的朋友看，她先嘲笑了我一番，然後問我「你寫這個要幹嘛？」語氣很輕蔑，但其實問到一個根本的問題，寫小說的目的到底是什麼？

我很怕把這題答得過度崇高，但對我來說，寫作不是為了成就什麼意義，那就是一個我本能想做的事。除了小說，我寫過影像或舞台劇的劇本，大學到現在也拍過片，如果我有畫畫的才能，我很大機率也會嘗試畫漫畫。我想我心中原本就有內建敘事的需求，像是原廠設定，而那不是限定在寫小說而已。

我不是要把自己講得多純粹，創作有它很世俗的需求。比如說大學參加文學獎，因為我想出國交換，但爸媽沒有非常贊成，我天真地想如果得了獎，賺到獎金，比較有籌碼去跟他們溝通。或我現在一直尋找機會拍片或寫劇本，也是因為那是我最想要的謀生方式。但若把這些統統拿掉，我可以無所事事地過活，我還是會在家慢慢地寫。至少目前為止，我還沒有在創作上感到虛無過。

你的提問還有另一面向，說得簡單一點，那比較是自信心的問題。我最開始寫小說，可說是幾乎蒙昧的狀態，我不知何謂好小說，對我之外的世界也所知甚少，寫就只是寫。但隨著我漸漸認識到除了寫，我也必須去回應、記錄，這使我對作品能否做到這些事非常焦慮。對現在的我來說，最大的課題就是自信心危機。

儘管常常不知所措，但許多嶄新的事情正在發生，我還是為此充滿興奮感。當年參加頒獎典禮時，焦桐老師對台下的高中生說：「你們也許不知道，被稱作『新銳作家』是多幸福的事。」新手有新手的焦慮，也經常在接受祝福，真希望能再幸福一陣子。

第一屆書評二獎得主

翟翱

簡歷：一九八七年出生於花蓮，現居台北，大學就讀中文系，研究所念了一趟台文所。曾獲幾個文學獎。現為鏡文學編輯。等待生產線瓦解或被淘汰的那一天到來。

第八屆短篇小說二獎得主

鍾旻瑞

簡歷：一九九三年生，台北人，政大廣電系畢業，創作跨足文字及影像，作品入選《九歌一〇四年小說選》、《九歌一〇五年小說選》，曾獲台北文學獎、林榮三文學獎等。目前從事影像相關工作，努力學習成為好導演、編劇。

二〇一八台積電文學之星

鄭琬融 VS. 蔡幸秀

在真實中枯竭

鄭琬融

日子在流，時間在走，你相信生活過的，會將我們撐大、變形嗎？又是過年，亦是欺騙的節氣，騙長輩在外生活闖蕩沒有受傷，騙自己當言語攻擊自己會生活好好。

欺騙是否已成一種慣性，在拋擲出去的瞬間永不停止，最後成為一把利刃，依然傷到我？

有人說寫作是說謊，是騙術，也有人說，寫作是利用這樣的伎倆，以最接近真實。我傾向於後者。最近在讀吉本芭娜娜的小說《甘露》，裡面一個立志當小說家的弟弟，被問到了為什麼要當小說家，它裡頭有一段話是這樣說的：「為了把這些想不透的事情吐露出來，只好編個故事表達一下。總覺得在寫各種各樣的人的各種各樣的故事當中，好像能夠弄明白自己所感覺到的事情。」分析、逼視，層層剝開武裝的自己，寫作某種程度上即是這樣。

麻。年飯桌上親戚們碎語交疊，年復一年，終究這句話還是落在我身上：「畢業後要做什麼？」他們使你反覆逼視自己的本質，的僅有、的缺無。寫作亦如是，為什麼交談之間的語言又更是困難？二十一歲的人卻仍不善圓融，銳利、鑽牛角尖，我想我是與太多善意之人錯過了。

寫作除了理清困惑，也同樣再建構了某種真實，我想這也是為什麼文字同時如此强大的原因。就像我若曾說我恨我的父親，或思念某個人，那幾乎是永遠了。寫下來的東西像是不可撼動，它不像影像恍惚易散，卻是如針灸一般，精準地刺進去。很深，多數時候你感覺不到，但你知道它在，也確切影響了什麼。

年前我回到家，實行著一連串的復健。因脊椎側彎壓迫而至的舊傷，時時讓我疼著。我感覺我的身體總承受太多，而我慣性的忽視，使這一連串的擠壓，讓我的身體日漸變形。

我睡不好，肩胛骨的位置總傳來一陣陣酸楚，我不得不扭動出怪異的姿勢好繼續坐下去。打稿、看書、睡眠，連這些最基本的動作，也變得能夠傷害我。

但老實說我不害怕。我從這副身體學到很多。有人說要在懸崖之間保持清醒，才能同時擁有美景和性命。這不美嗎？在邊緣之際，清醒、死亡、美景，輕或重的想像疊在一起。

不知道你是否也常有這樣的感覺。因為經歷了某些重大的事情，而感覺整個人不一樣了。被變形了。可以這麼說，而無法再變回去。心靈層次上的變形往往比物理上的還要巨大，也許這也是為什麼我不那麼害怕的原因。經歷過毀壞的誘惑，好幸運的恢復，就會理解完好純粹的美，我這樣想。

你喜歡旅行嗎？總覺得每每出走一次，身體才能從四散一地的被重新組裝回來。曾經住過一間能一邊泡澡一邊望海的民宿，我好喜歡。至今，那畫面已經脆弱得只能用照片來回想起來，但我忘不了那種感覺。好不真實，在那裡的真的是我嗎？那種不真實就像是往往在小說裡看見一點點自己的影子一樣。好像我？怎麼會是我？

身處的虛幻，或被別人指認出的，我想往往都是真實。不在乎它是否為真。

蔡幸秀

我沉迷於這個世界的多重性。總感覺世界不夠具體，若即若離，虛幻以及現實，像是各種可能性的疊加，才重複積累成為肉身所接觸到的世界。而某些珍貴的事物則藏匿於世界的另一側，無法輕易所見。比如孤獨和幸福，我把他歸類在虛幻那一邊。奇妙的是，虛幻、祕密以及謊言，似乎有著共通性，而這些存在又和現實、真實纏綿悱惻，真實倚靠虛幻而成，世界如此運轉。

琬融提到了吉本芭娜娜，讓我想起在她的書之中，我特別喜愛《哀愁的預感》，而在我所閱讀為數不多的她的小說中，則特別著迷於她筆下的某個角色特質，那些人物總是會有強烈的直覺與預感，像是《蜥蜴》裡的這段：「每天，只要家裡發生不愉快的事情或悲傷的時候，我就做這個動作。結果兩年之後的一個傍晚，當我坐著面對夕照曖曖的方向時，突然意識到我的祈願已經實現，清楚的知道。啊，終於達成了，我的眼睛也可以好起來了。我那時真的很確定那個傢伙死了。」這種不知從何而來的預感，彷彿人的意識和宇宙的意志有所關聯，語言建構了我們所處的世界。而以文字來說，利用如果句或假設的筆法，就能夠製造出充滿時間扭曲感的文字，浪漫而令人著迷。

虛與實，並存而行，任何一個被具體說出來的想法，背後都有尚未明說的可能性。我想起在三島由紀夫的《春雪》裡頭有這麼一段話：「我的眼睛，能把海和沙灘的閃爍，看得那麼清楚，為何就不能把這個世界底層的，不斷引起的微妙變質看透呢？」故事裡，兩個王子因為妹妹過世，卻沒能及時感受，而懊悔著，他們覺得他們應該要能夠「預感」到什麼。村上春樹的書之中，我特別喜歡《海邊的卡夫卡》，一直以來除了文本本身外，閱讀經驗也會帶給我諸多感受與體驗，在看這部作品的時候，我迫切想要理解那些分支故事之間的關聯，期待著最後會有什麼精妙的解答，但是沒有，就好像那裡應該要有一個核，可是觸碰不到，瘋狂追逐，帶來的只會是枉然。在這本書裡，村上春樹給出了藝術家的定義：「所謂藝術家，就是指具有迴避冗長性的資格的那些人。」建構小說文字本身的過程中似乎無法迴避思考，但我卻透過自身閱讀的體驗感受到了另外的感受。

近來，讀的書量大不如從前，除了被生活輾壓之外，或許也與見識跟不上書中文字所承載的厚度有所關聯，我迫切想要成長，年節時間，我與朋友為了冬季奧運特地飛去韓國，剛好遇到溫暖的那幾天。連續三年寒假都到了可能下雪的地方，卻遲遲沒能親眼見過下雪的場景，很是遺憾，那些夢幻的想像，我只能倚靠著書中的文字重複，經歷了一場場貌似虛構的人生。

（《春雪》裡描摹的春子和清顯的初吻場景實在太美，令我對雪景有著過分幻想）

鄭琬融

回到山邊，山都是藍色的，一塊塊璞玉般的身體，在陽光出現的時候被照亮，它被溪谷鑿開、被鳥啄傷、被人炸穿。山充滿傷疤，卻從不遮掩，我要我左肩的一道長疤也是這樣子的。受過傷不會恢復原狀，拿走剩下的能量，記取教訓，走多遠就是多遠。

這學期之後想著要去交換，到波蘭一年或是一學期，未定。我嚮往那裡，辛波絲卡、布魯諾．舒茲，和魯熱維奇，他們的出生之地。我沒出過國，不懂一點波蘭語，但我決心如此。

聽說那裡的天氣時常陰冷，十一月就開始下雪，現在二月，已經是負十七度。看著櫃子裡的衣服一大半都是短袖薄衫的，才驚覺，那個國家真的會是個全然不同的世界。我會第一次看見雪。

在布魯諾．舒茲的《鱷魚街》裡，一段話是這樣：「在那個冗長、空洞的冬天，黑暗在我們的城市裡不斷繁殖，最後得到了一場巨大無比的豐收。」我懷疑那豐收是什麼，在白雪皚皚的沉寂裡，有什麼會熱鬧起來、令人為之振奮的？

《鱷魚街》可以算是我的文學啟蒙，那年高中在聯合文學裡翻見它的試閱，喜歡得不得了，立馬買了它。高中，沒有其他太多慾望，比如說衣服或者化妝、旅行或去電影院，沒有，只是一股腦的把錢拿去買書，還小心翼翼，深怕凹折，給它套書套。

布魯諾．舒茲的文字讓我理解文學「可以是什麼」，他說暴風的肺部，他讓黑暗繁殖生長，他看見書的裡面都充滿了金果梨子。那是詩，有著我所崇尚的厚實以及完滿，他告訴我世界能夠被凹折，他改變，將異質的融合為一。

那是一種溝通嗎？它雖是溝通底下的產物，但許多時候仍然徹底打擊我。比如辛波絲卡的〈這裡〉：「幻覺——只有在失去時才要付出代價／擁有這個身體——只要用身體去支付」我彷彿總在中心之外。文字是能這樣具特定方向卻又能不致清晰，露骨到你倍感乏味。這樣的一段話，總能讓我琢磨甚久，直到時間長了成好大一塊。

文字如此神奇，它能創造或扭曲的世界是如此之大，如卡爾維諾的《宇宙連環圖》，他說，月亮曾經離我們僅只幾尺，跳一下就能飛上月球，採集月乳；或者馬奎斯的〈流光似水〉，開燈就能划船潛水，家具都浮了起來。他們宛如擁有魔法，改變質地並將之可能性發揮到淋漓盡致。

你說起迫切地想要成長，我亦然，我迫不及待要去看更多世界，不管它是否輕易就能弄傷我。想把魔法鍛鍊出來，一種介於直覺與迂迴之間的精準。但願有天我們都能成為透明、被光灌注之人，承受熱與辣，並將它都折射出去。屆時，世界依然悲傷，願製造彩虹的人，能是我們。

蔡幸秀

前幾天，台南停水了，這是一座極少下雨的城市，熱度漸漸掙脫寒氣，直到今天傍晚，又一度冷卻。從前，在台北，我深愛著夏天，蟬聲、暑假以及一切不可告人的故事，令我感動；冬天裡，濕氣將話語全都泡濕，所有情節都結束在那些陰冷的日子。然而，我如今卻秉持著迥異的想法，此地的冬天，中午陽光依然熱辣，只有夜半才有一絲涼氣，冬天比夏天更不常下雨，乾燥的空氣則令皮膚龜裂；而夏日的一場滂沱大雨，讓人無地自容，我渴望思考，卻無疾而終。

首先，祝你順利！波蘭的歷史處處都是傷疤，或許也是因為如此，才誕生了那麼多令人尊敬的詩人、作家及藝術家。有時候，我會想，追求什麼是否代表必然將遇到什麼危難，如果可以理所當然的幸福，或許就不會那麼苦惱。人們到底想要的是什麼呢？愈是深思，愈是困惑。

記得高中幾年，我習慣一天到晚去學校圖書館，每個月都要翻看聯合文學，我對你提及的那一期，也有深刻印象，看完後我也立刻買了《鱷魚街》和《沙漏下的療養院》，並深受懾服。如今，我印象特別深刻的是那一氣呵成的氛圍，文字彼此之間的呢喃，甚至讓我開始學會濫用某些形容詞（不成熟的表徵）。記得那兩本書的譯者序也非常浪漫，我很喜歡看一名譯者如何面對一本書，透過他們的追尋，感受到純粹的愛，為了一些蛛絲馬跡，從而去尋覓一切可能。

文字的力量確實令人著迷，透過共同的意識與符號，人們再將那些想像融合在一起，他的自身運作本身藏有著難以忖度的可能性。我並不知道自己在這樣的追求裡，到底能夠得到什麼，但那或許也並不重要。

我想起紀德在《地糧》裡的一段話：「每種慾望都比我慾望中的目的物虛幻的佔有更使我充實。」我認為，正是因為擁有想要理解身邊的人、世界、甚至宇宙的慾望，才能促使那些文字不斷產生更多的意義，詩人全新理解的共同感受，成為詩意的語言，迅速在眾人的腦海裡蔓延生根。

在《80年夏》裡，莒哈絲有一段一直讓我印象深刻：「人們總是寫世界的屍體，同時也寫愛的屍體，在人去樓空的情況下，文字便湧了進來，但他代替不了曾經有過或者估計有過的生活，而是記錄這些生活留下的沙漠。」我不知道是否如此，但那些屍體以及沙漠，因為文字，死亡的姿勢也是極美的，而那種紀錄，也無從去臆測。在這令人感到悲傷的世界中，夢想挽留一切，似乎太過可笑，但果然不能夠因此懈怠。願日後的天空有你有我所留下的曾經。

第十一屆新詩首獎得主

鄭琬融

簡歷：現為東華大學華文文學系。曾獲南華文學獎首獎、台積電青年學生文學獎首獎、王禎和文學獎、x19、Youth Show143 站、聯合文學第三七三期 新人上場刊登。出版詩冊《一些流浪的魚》。

第十一屆短篇小說首獎得主

蔡幸秀

簡歷：一九九七年生，成功大學建築系。在理性與感性之間掙扎生存的普通大學生。喜歡宮澤賢治和那些最後沒當成建築師的作家們。對於如何畢業以及畢業後該做些什麼，目前依舊惶然。臉書發布平台「河河河 @onthekawa」偶爾有碎碎念。

二〇一八台積電文學之星

蕭詒徽 VS. 盛浩偉

present

我常常覺得，人光是生存著就和其他動物不同了。人類內建並且能夠察覺這麼多矛盾，能夠在活著的時候嚷著想死，能夠在不可理喻的情況下堅持溝通，光是保有意識，就有那麼多張力得解決……

蕭詒徽／顏料與鐘擺

現在是凌晨一點四十八分，我還是只有比喻：如何在完全相同的工序下，製造出不完全相同的水壺？那是二〇一四年，一間瑞典家具商找到一種木料，由專業木匠以不導致樹木死亡的技術取下外皮，輕巧，堅硬，耐用，唯獨沒有一種塗料能在上色同時維持它木本的觸感。那份觸感必須保留，因為這間家具商是ＩＫＥＡ——他們已經賣過上千種水壺，他們現在要的就是每一件都不一樣的這種。

廣告說我正在吞的這一款藥能讓我的身體自行製造維生素Ｂ，讓我覺得每次吃藥就像對自己的身體擲三顆骰子。藥片每天隨機掉在我體內不同位置，因而通殺或者距離我的疲勞很遠；過分仔細研究願望清單上每一部電影的簡介，甚至開始以刪節號擺放的位置推斷劇情的精采程度。

遲遲無法按下的結帳鍵。在偶然聽過一次以前、不敢點開的歌曲。

設計師在三年後發現 IKEA 工廠的可能性在於放棄。他不再找尋均勻的塗料，將成型的水壺浸入沒有充分攪拌的多色染缸中，然後得到了他的酬勞——水壺表面因風乾時間和浸染位置的不同，導致了無限色塊和觸覺的差異——他的水壺，用量產機器製造出來的水壺，令縱然第一萬個顧客也相信自己是唯一。

我相信你知道以上敘述其實是三個問題。擲出骰子之前，第一萬個，凌晨一點四十八分。我還是只有比喻——你呢，你那邊現在幾點了。

盛浩偉／廢墟

我呢，我這邊，剛好也是凌晨一點四十八分，就在我寫下第一個字之前。當然是不同日子的凌晨一點四十八分，當然想必你也理解凌晨一點四十八分多麼適合和自己相處，當然寫到這裡的時候也早就不是一點四十八分。當然我們都知道問題的核心不在這裡，當然我們也知道這之中多少帶有一些刻意卻也不乏巧合。至於你的三個問題，我想你恐怕不會比我更困惑，關乎偶然與必然，以及，面對必然裡的偶然、身處於偶然下的必然。

我們總是習慣先以一組二元對立的概念來理解世界，例如必然與偶然，例如已知與未知，努力與運氣，主動與被動，刻意與任意，注定與意外，精準與隨機，相同與不同，平凡與獨特。有趣的是兩兩針鋒的對立項，也彷彿能與旁支橫向相連：必然、已知、努力、主動、刻意、注定、精準、相同、平凡站在同一陣線，反之亦然。用這種方式將世界整齊劃分、切割成無數個封包，並置放在明確的位置上，以便指認與辨識。沒有比這個更令人安心的事情，卻也沒有比這個更令人不安的事情。

事情是這樣。曾經很長一段時間，只要我清醒的時候，便非常強烈而明確地以這樣的方式來認知我所接觸到的所有人事物，後來卻因為過度的清醒導致我非常暈眩，因為現實裡總會碰到無法被劃分的事物，就像是世界上的確存在著比鑽石還堅硬還難切割的東西——不，也許該說，是比世界上最柔軟的東西還要柔軟。但世界上最柔軟的東西是什麼？

那段時間裡，我無法再從語言和文字裡汲取意義，才發現，原來語言和文字運作的基本模式可能就是這種切割與劃分，讓所有具體與抽象、可見的不可見，全都乖巧待在名為詞彙的房間裡；而在我內裡的所有房間，便宛如台灣的自燃古蹟般燒毀殆盡。

怎麼把房間重新建造起來，那是另一個故事了。不過整件事情裡最強烈的感受便是徒勞。當意義從潘朵拉之盒中消失，還能有什麼不是徒勞？我想問的是，對你來說，最徒勞的是什麼呢？

蕭詒徽／瑪莉的鑽石

可是我記得的版本是這樣：他終於知道朋友家中有一座一平方英里大的鑽石礦，知道朋友的家族為了不讓鑽石市場崩盤，恪遵代代相傳的規矩，一次一點規律地賣出尺寸合理的鑽石——要是這座礦脈被發現，鑽石不再稀有，整個家族的富裕也會隨之勾銷——保住財富的方式就是保住祕密，他的朋友因而過著低調節制的生活，從不曾如真正的大亨那樣顯擺。

我記得最後他和這位朋友的妹妹私奔了。貧窮的他的財富是有限的，生命是有限的，甚而在年輕的時候遇見的這件事也是有限的。有限和無限之間，妹妹要的是和這個渺小的男人私奔，在隨時會被家族逮回的逃亡路途上，狹窄的旅館房間裡，她對他這樣說：我很害怕，因為自由。

有整整一年，我相信這個錯誤百出的故事就是那個故事。

黑白瑪莉在一個只有黑色和白色的房間長大。只有黑色，和白色，但房間裡存放著關於其他顏色的所有知識。除了不能親眼目睹之外，不曾踏出房間的瑪莉藉由無盡的閱讀和學習獲知了其他顏色的一切。有天，如果瑪莉終於走出房間，看見青色的天空和紅色的花朵，瑪莉是否會對顏色有新的理解？

我們是否僅僅只是我們已知的事物的總和？再次翻開那本書，逃走的義大利人，十二架飛機，掉下山崖的奴隸，毒死每一個來訪者的父親。我記得的那個關於自由的句子根本不存在。總認為忘記是一個持續丟失的狀態，記憶裡卻充滿隨著忘記而增加的東西。

我可以向你敘述全部，但如果有一天，我們終於交換了身體，你會不會對我有新的理解？

那些理解，比你知道的我更多，還是更少？

如果更多，那是否代表我永遠無法使你完全了解我？

如果更少，那是否代表我永遠無法使你完全了解我？

盛浩偉／屠龍技

我們是否僅僅只是我們已知事物的總和？——答案也許是否定的，那樣很輕易；但如果答案是肯定的呢？如果答案是肯定的，而我們已知的事物隨著時間之流而增長，換言之，我們隨著時間之流而增長，那麼所謂總和——它勢必得是個靜態的結果，否則當下我們將不知道「我們」的邊界何在——就得要在時間停止以後才能結算。這是一個得要死亡之後才能回答的問題，但死亡以後要怎麼回答呢（或者，要怎麼得知死者的答案呢）？

老實說，我記憶的你是極稀少的，一如所有他人記憶的我亦如是。記得哪本書裡曾經這樣斬釘截鐵地寫：「……最動人的意象是我們在彼此眼中虛幻的倒影，映現的只有表象，在一個全心全意追求表象的城市。而不管我們如何努力想占有對方身為他者的本質，都無可避免會失敗。」

這是注定失敗的事，就像我們喜歡探問活著的時候無法解開的疑惑——但我們都依然這麼做，或至少這麼想像著。或許唯一能夠肯定的是，我們（或者只有我？）一生都將會是矛盾的總和。

有一則古老的寓言是這麼說的：一位名叫朱平的人，向名為支離益的師父學習屠龍之術，耗盡千萬家財，費時三年始學成，但這屠龍之術他卻一輩子沒有用上。聰明的人也許會立刻感嘆世間並無龍，故無用武之地；但為什麼這兩個人仍舊如此相信呢？他們是無知，還是願意這樣相信著呢？

這問題大概沒什麼意義。我們總是相信自己相信著的事物（無論自我意願為何），做著終將虛無的事情，日復一日。例如妄想真的有「全部」或「一切」的存在，用那樣言之鑿鑿的語氣說著大大小小的事，例如妄想真的有「愛」的存在，並以此標誌著／善意看待著／遮掩著自己或他人的種種作為。例如妄想著「理解」，但事實卻只有誤解，差別只在負正得負，還是負負得正。

我有辦法透過誤解來抵達你嗎？或是抵達任何地方。

蕭詒徽／回到廢墟

想像一種行為全然精準的動物。每次都以相同角度舉起肢體。有著能用絕對固定分貝的音量發出聲響的器官，直線行走，垂直轉彎，想像牠們的記憶能完整重現過去某一時刻，對方說過的話，身體裡存有一生聽過的所有歌曲，某部電影的兩千零四個鏡頭。能用毫無誤差或遺漏的方式吸收所見的一切，在對話之後明白對方所有意思。在閱讀之後得到一本書全部的涵義。

這種動物從不，也無法省略，因而無法得知省略對生命的影響。正因記得自身全部的歷史，這種動物會在某個年紀察覺，每個瞬間幾乎都在生命中發揮同等的意義。這種動物無法理解人類所謂「至關重要的決定」，因為沒有任何一個決定不是此刻處境的肇因。一種絕對完整、原封不動的連續。對這種動物而言，省略就是一種誤解。

這種動物不對事物抱有觀點。牠們認為，觀點是對一件完整事物的侮辱。人類將無法與這種動物共存，因為精準是情感的天敵。人類認為這種動物不適合作為朋友，甚至不適合作為老師。人類在斷章取義中構築價值。人類在省略裡相信。人類的內在不是完整的時間，而是時間的雕刻。

盛浩偉／餽贈

那麼想像一種所有行為都全然充滿矛盾的動物吧。牠們同時懂得理想與現實的差距，同時知道話語和作為之間的必然隔閡，能夠在感到愧疚的時候表現得憤怒，也能夠在感到自卑的時候無比自大，能夠在成熟的時刻充滿幼稚，也能夠在愛的同時醞釀著恨。能夠把事情搞得愈來愈糟，卻又同時能夠找到一條無論多麼狹窄依舊能夠通過的出路。

有一個古老的問題是，人和其他動物有什麼決定性的不同。我常常覺得，人光是生存著就和其他動物不同了。人類內建並且能夠察覺這麼多矛盾，能夠在活著的時候嚷著想死，能夠在不可理喻的情況下堅持溝通，光是保有意識，就有那麼多張力得解決，不像狗就是狗，貓就是貓，魚就是魚，水豚就是水豚。對人類中心主義者而言，人類的失敗正是人類的成功，相反地，對去人類中心主義者而言，人類的成功正是人類的失敗。

幸運的是我們身處在平庸之中，我們自己也不乏平庸的部分。我是說，那麼極致矛盾的人類形象，也只是想像的產物，實際上我們往往並不那麼這樣，也不那麼那樣。我們在日常生活裡擱置張力，懸掛問題，偶爾不那麼聰明，還保有在混沌裡打滾的本能。

那就是平庸。從前懵懂，以後也未必開明，眼前則處處惶惑。過去心不可得，現在心不可得，未來心不可得。但我們，我是說，你和我，也曾經在種種偏斜中盡力校準了，也曾經在誤解裡嘗試共鳴了。

閱讀你的當下（present）——無論那裡是理解或不理解，可能或不可能——總讓我倍感餽贈（present）。

第六屆新詩優勝得主

蕭詒徽

簡歷：按樂團。餵羚羊工作室。繪本創作組合「醜天鵝」文字作者。網誌「輕易的蝴蝶」。作品《一千七百種靠近——免付費文學罐頭輯Ⅰ》、《蘇菲旋轉》。

第四屆短篇小說獎首獎得主

盛浩偉

簡歷：一九八八年生，曾獲台積電青年學生文學獎、時報文學獎等。著有《名為我之物》，合著有《華麗島軼聞：鍵》、《終戰那一天》、《國文開外掛》等。

文學遊藝場‧第 28 彈

三行告白詩 徵文辦法

如何用一首詩訴盡心意？邀您以三行的吐納，緩緩向另一個人靠近。

邀您以三行（含標點符號）的篇幅書寫「告白詩」，不限傾訴對象、事物，請在徵稿辦法之下，以「回應」（留言）的方式貼文投稿，貼文主旨即為標題（標題自訂），文末務必附上 e-mail 信箱。每人不限投稿篇數。徵稿期間：即日起（3/15）至 2018 年 4 月 15 日 24:00 止，此後貼出的稿件不列入評選。預計 5 月中旬公布優勝名單，作品將刊於聯副。

投稿作品切勿抄襲，優勝名單揭曉前不得於其他媒體（含聯副部落格以外之網路平台）發表。聯副部落格有權刪除回應文章。作品一旦貼出，不得要求主辦單位撤除貼文。投稿者請留意信箱，主辦單位將電郵發出優勝通知，如通知不到作者，仍將公布金榜。本辦法如有未竟事宜得隨時修訂公布。

台積電文教基金會、聯合副刊／主辦

駐站作家：林德俊、楊佳嫻

聯副文學遊藝場 http://blog.udn.com/lianfuplay/article

文學遊藝場示範作

〈豢春〉 ◎崔舜華

我想讓你待在一只黃金的盆裡
收集一些珍珠草的水，像一對最靜的鳥
慢慢啜飲那種，春天方有的話語

〈告白〉 ◎詹佳鑫

濃霧在上，流星在下
你是一條粉紅繩索，勾我在
夢的邊緣高空彈跳

〈溫習〉 ◎楊佳嫻

讓我寫你，讓影子
像鉛筆一樣反覆削短
這是追蹤光的代價

〈睡美人〉 ◎徐珮芬

多想變成睡美人
被你親吻之後
再也不會醒來

〈夢想〉 ◎廖宏霖

我希望每天早上叫醒我的
不是鬧鐘
而是你

三行告白詩 駐站觀察

人生何處不告白

「文學遊藝場」本次徵「告白詩」，以三行為限，主題寬泛，生手熟手都能嘗試。來稿一千六百件，可見大家多麼熱愛「告白」，初選後篩出七十件，最後再選出十件得獎。大多數稿件都是朝情詩方向來寫，也有人試著轉化「告白」意涵……

【楊佳嫻】

多麼熱愛「告白」！

「文學遊藝場」本次徵「告白詩」，以三行為限，主題寬泛，生手熟手都能嘗試。來稿一千六百件，可見大家多麼熱愛「告白」，初選後篩出七十件，最後再選出十件得獎。不可避免，篩選、評審，都是主觀的結果，不完全等於絕對的好壞。雖然大多數稿件都是朝情詩方向來寫，也有人試著轉化「告白」意涵，寫出其他面向的趣味，投稿者亦不乏前輩作者，與近年來在大小文學獎項奪標的青年詩人。

林錦成〈外勞〉以「焊接」為詩眼，異地工作的辛勞與不快形成的「黑暗」，或能在勞動中的狂想得到若干釋放；所謂「故鄉飄來的雲」，類似「千里共嬋娟」的效果，天空、雲朵、月亮等具有廣大、自由等聯想特質的事物能象徵突破地理的限制的心意。

路人甲〈狼尾草〉將植物毛茸茸的形貌與風中擺動的姿態比喻為畫筆，「喜歡你沿著河粗獷地寫生」，「喜歡」點了「告白」的題。陳偉哲〈鉛筆〉寫「削走時光的皮／鉛露出曖昧／塗黑紙的慾望」，以「曖昧」、「慾望」點題，化被動為主動，賦予靜物一點活性。

忍星〈致禿頭特效藥〉說頭髮是「傲慢的蘆葦」，而特效藥則召喚失去的一切，種回沼澤秋光——但頭髮狀態如沼澤好像有點可怕（笑）；邱逸華〈黴菌的告白〉是死纏不走、癡心絕對式的愛，路人甲〈給手機〉傾訴手機是如何成為人生的見證者，漫漁〈垂愛〉屬於默默守候、千年只為一瞬的類型，蔡興祥〈衛生棉〉和宇軒〈電路〉，則都是藉著物件應用特質聯繫情感特質。

一信〈八十七歲的我自白〉，在三行中涉及時代變遷與自我激勵，蠟燭雖然早已漸次為煤氣燈、電燈取代，可是，年歲已高的詩人卻自詡為燭，不過，熱度與光度兼具，風吹不熄，是對自我的堅強告白。

「文學遊藝場」徵文多以小詩、短文為主，容易操作，降低寫作門檻故容易衝高來稿人數，篇幅小，可能更適合轉貼，極端限制字數行數也能帶來趣味性。較能兼顧多面向風格、新人與經典的「每天為你寫一首詩」粉絲頁因成員各有人生規畫、版權等問題而停工，獨霸的「晚安詩」

粉絲頁選詩則多半易懂易燃，深入普通讀者世界，受歡迎的幾位年輕詩人也深諳圖文搭配、從詩作中截出暖性或厭世金句的策略，換言之，是極端為傳播效果而服務的，手機一滑就能感動，特別適合高速運轉的當代社會。

截句是一種「語言的行動」

延伸出去，值得一談的還有「截句」。截句與小詩是否為同一回事？目前台灣幾位詩人提倡「截句」，並出版相關書籍。其實這是從中國詩壇來的觀念，但是台灣相關出版品中，似乎只有白靈明文追溯這個觀念與詞彙的來源。

二〇一五年，中國小說家蔣一談把自己寫的隨感集結成冊，命名為《截句》，以詩集名義出版；他定義截句為「追求詩意的瞬間生發，沒有詩歌題目，且寫作在四行之內（最多為四行）完成」，可以是從較長的詩作中截取，也可以是符合此一體裁的新作，甚至可以是散文家、小說家們較為警醒的隨筆。按照這個標準來看，佩索亞《惶然錄》、布希亞《冷記憶》可能都具備整理成截句集的潛力。

也在截句詩叢裡出版詩集的中國當代重要詩人臧棣，則指出「短詩的寫作容易陷入兩種既有的套路：俳句和警句；或者更糟，只是人為地把篇幅壓縮成短章」，截句則是一種「語言的行動」，看起來可能像警句，但是「不像警句那樣時刻以經驗的規訓性為圭臬」，可以「靈動地處理我們的日常感受」。不過，看過蔣一談、臧棣與白靈的各種說法，「截句」與「小詩」、「短詩」的差異性並沒有真的被區分開來，主要是被限縮在四句內了，中國「截句」不需要題目，白靈則堅持台灣「截句」應該要安上題目，其他的各種性質、精神的說法，其實並無差別，沒有什麼是「截句」可做而過去叫「小詩」、「短詩」時做不到的。

精煉這件事，不是在比長短

截句在台灣的實踐與出版，從臉書場域來看，年輕詩人們頗不喜歡，批評與嘲諷很多。例如詩人黃浩嘉（喵球）就精闢指出，「精煉這件事，從來就不是在比長短。不是四行的比十行的精鍊，一行的又比四行的精煉」，因此將「精煉」視為「截句」的特質，未免是昧於詩且被形式給蒙蔽了。另一位詩人印卡也在《祕密讀者》刊發文章，從中外詩歌歷史與形式理論來討論「截句」，認為台灣提倡這個形式，並非深思熟慮、具有充分歷史認識後的結果，反而可能是恰巧迎合了副刊的版面慣性，且台灣的短詩類型文學早已運作了相當長的一段時間，媒介決定論不一定能有效說明。

不過，印卡提出的證據如《聯合副刊》的「小詩房」與「文學遊藝場」，以及創世紀小詩徵稿等等，都是較近的例子，其實仍不足以說明，倒是從出版品來看，可以發現一九八〇年羅青即已編輯《小詩三百首》，一九八七年張默編著《小詩選讀》，均為爾雅出版社出品，近十年則有張默編著《小詩床頭書》、陳幸蕙也編選了《小詩森林》和《小詩星河》；這些出版品大抵是呈現出新詩較近人的一面，也容易在教學現場運用。若查閱台灣的文學刊物，小詩相關討論多半出現在《創世紀》、《葡萄園》、《臺灣詩學季刊》，白靈早在一九九〇年代就不間斷提倡小詩了。

「文學遊藝場」的經營，促成「全民寫作」

綜合以上，「截句」可能也就是剛好符合了幾位前輩或中生代詩人長久以來對小詩的重視，藉此新詞彙與對岸潮流，重新生發力量。不一定是新東西，但可能想藉此得到新注意。回到「文學遊藝場」的經營來看，無論是小詩、截句或短文，投稿、獲獎者固然不乏寫手、獎棍（余光中語），生面孔之多，投稿年齡範圍之廣，可見確實頗能促成《聯合副刊》長久提倡的「全民寫作」。

告白詩入選十首

外勞 ◎林錦成

膚色黝黑找黑暗的出口
工地高樓頂的電焊焊接
故鄉飄來的雲

狼尾草 ◎路人甲

喜歡你沿著河粗獷地寫生
就只用一支筆
畫出一陣風

鉛筆 ◎陳偉哲

削走時光的皮
鉛露出曖昧
塗黑紙的欲望

致 禿頭特效藥 ◎忍星

時間剪光我頂上
傲慢的蘆葦
你一吋一吋把沼澤秋光種回來

黴菌的告白 ◎邱逸華

卑微是天性，慣於死纏
縱然見不得光，仍愛
寄生你濕暖的床，讓你養

八十七歲的我自白 ◎一信

除了寺廟　已看不見燭
風卻到處吹颳著　我乃
有火有光的燭　仍堅挺亮在風中

衛生棉 ◎蔡興祥

妳用身軀阻擋熔岩
只為守住
火山爆發的祕密

給手機 ◎路人甲

是你照見夜晚，照見我
徬徨的三餐，照見我
失聯的夢與將被照見的明天

垂愛 ◎漫漁

把自己種成一棵垂柳
在深淵的邊際等待，必要時
一把拉起，你浮沉的靈魂

電路 ◎宇軒

多麼複雜
也攔截不了的信仰
指向你

聯副文叢66

書寫青春15：第十五屆台積電學生文學獎得獎作品合集

2018年10月初版　　定價：新臺幣350元

編者	聯經編輯部
叢書編輯	黃榮慶
校對	胡靖
內文排版	黑色墨水
封面設計	黃宏穎
編輯主任	陳逸華

出版者	聯經出版事業股份有限公司
地址	新北市汐止區大同路一段369號1樓
編輯部地址	新北市汐止區大同路一段369號1樓
叢書編輯電話	(02)86925588轉5307
台北聯經書房	台北市新生南路三段94號
電話	(02)23620308
台中分公司	台中市北區崇德路一段198號
暨門市電話	(04)22312023
台中電子信箱	e-mail：linking2@ms42.hinet.net
郵政劃撥帳戶第0100559-3號	
郵撥電話	(02)23620308
印刷者	世和印製企業有限公司
總經銷	聯合發行股份有限公司
發行所	新北市新店區寶橋路235巷6弄6號2樓
電話	(02)29178022

總編輯	胡金倫
總經理	陳芝宇
社長	羅國俊
發行人	林載爵

行政院新聞局出版事業登記證局版臺業字第0130號

本書如有缺頁，破損，倒裝請寄回台北聯經書房更換。　ISBN 978-957-08-5189-2 (平裝)
電子信箱：linking@udngroup.com

國家圖書館出版品預行編目資料

書寫青春15：第十五屆台積電學生文學獎得獎作品合集/
聯經編輯部編．初版．新北市．聯經．2018年10月（民107年）．400面．
14.8×21公分（聯副文叢：66）

ISBN 978-957-08-5189-2（平裝）

830.86 107016748